KB133170

「인사가 늦었습니다. 저는 메르라고 합니다.
일찍이 결정계(프레이지아)라는 세계를 통치하던
『왕』이었습니다.」
이세계는 스마트폰과 함께.14

「좋아, 그럼 상대해 볼까.
먼저…… 프라가라흐(비조검(飛操劍)) 기동―!」

일어서서 검을 겨누고 나를 노려보는 그 남자.
투구가 날아가 처음으로 확실히 보게 된 그 얼굴은, 내가 잘 아는 녀석의 얼굴이었다.
항상 자유롭고 종잡을 수 없는 표정은 사라지고,
분위기는 확 변해 있었지만 내가 그 녀석을 잘못 볼 리가 없다.
「엔데……」

이세계는 스마트폰과 함께. 14

후유하라 파토라 illustration■우사츠카 에이지

캐릭터 소개

하느님의 실수로 이세계로 가게 된 고등학교 1학년(등장 당시). 기본적으로는 너무 소란을 피우지 않고 흐름에 몸을 내맡기는 스타일. 무의식적으로 분위기 파악을 하지 못한 채, 은근히 심한 짓을 한다.
무한한 마력에 모든 속성 마법을 가지고 있으며, 무속성 마법을 마음대로 사용하는 등, 하느님 효과로 여러 방면에서 초월적. 브륀힐드 공국 국왕.

벨파스트의 왕녀. 열두 살(등장 당시). 오른쪽이 파란색, 왼쪽이 녹색인 오드아이. 사람의 본질을 꿰뚫어 보는 마안의 소유자. 바람, 흙, 어둠이라는 세 속성을 지녔다. 활이 특기. 토야에게 한눈에 반해, 무턱대고 강하게 다가갔다. 토야의 신부가 될 예정.

토야가 구해 준 쌍둥이 자매의 언니. 양손에 건틀릿을 장비하고 주먹으로 싸우는 무투사. 직설적인 성격으로 소탈하다. 신체를 강화하는 무속성 마법【부스트】를 사용할 줄 안다. 매운 것도 좋아한다. 토야의 신부가 될 예정.

쌍둥이 자매의 여동생. 불, 물, 빛이라는 세 속성을 지닌 마법사. 빛 속성은 별로 잘 사용하지 못한다.
굳이 따지자면 낯을 가리는 성격으로 말이 서툴지만 가끔 대담해진다. 단 음식을 좋아한다. 토야의 신부가 될 예정.

일본과 비슷한 먼 동쪽의 나라, 이셴에서 온 무사 소녀. 존댓말을 사용하며 남들보다 훨씬 많이 먹는다. 진지한 성격이지만 어딘가 어긋나 있는 면도. 본가는 검술 도장으로 유파는 코코노에 진명류(眞鳴流)라고 한다. 겉만 봐서는 잘 알기 어렵지만 의외로 거유. 토야의 신부가 될 예정.

애칭은 루. 레굴루스 제국의 제3 황녀. 유미나와 같은 나이. 제국 반란 사건 때에 자신을 도와준 토야에게 한눈에 반했다. 쌍검을 사용한다. 유미나와 사이가 좋다. 요리 재능이 있다. 토야의 신부가 될 예정.

애칭은 스우. 열 살(등장 당시). 자객에게 습격당하고 있을 때 토야가 구해 주었다. 벨파스트 국왕의 조카. 유미나의 사촌. 천진난만하고 호기심이 왕성하다. 토야의 신부가 될 예정.

애칭은 힐다. 레스티아 기사 왕국의 제1 왕녀. 검술에 능하며 '기사 공주'라고 불린다. 프레이즈에 습격당할 때 토야에게 도움을 받고 한눈에 반한다. 긴장하면 말을 더듬는 습관이 있다. 야에와 사이가 좋다. 토야의 신부가 될 예정.

전(前) 요정족 족장. 현재는 브륀힐드의 궁정마술사(잠정). 어려 보이지만 매우 오랜 세월을 살았다. 자칭 612세. 마법의 천재. 사람을 놀리기를 좋아한다. 어둠 속성 마법 이외의 여섯 가지 속성을 지녔다. 토야의 신부가 될 예정.

토야가 이셴에서 주운 소녀. 기억을 잃었었지만 되찾았다. 본명은 파르네제 포르네우스. 마왕국 제노아스의 마왕의 딸이다. 머리에 자유롭게 빼낼 수 있는 뿔이 나 있다. 감정을 겉으로 잘 드러내지 않지만, 노래를 잘하며 음악을 매우 좋아한다. 토야의 신부가 될 예정.

린이【프로그램】으로 만들어 낸 곰 인형으로, 마치 살아 있는 것처럼 움직인다. 200년 동안 계속 움직이고 있으며, 그사이에도 개량을 거듭했다. 그 움직임은 상당한 연기파 배우 수준. 폴라…… 무서운 아이!

토야의 첫 번째 소환수. 백제라고 불리는 서쪽과 큰길의 수호자로, 짐승의 왕. 신수(神獸). 평소엔 새끼 호랑이 크기로 다니며 눈에 띄지 않게끔 한다.

토야의 두 번째 소환수. 두 마리가 한 세트. 현제라고 불리는 신수. 비늘의 왕. 물을 조종할 수 있다. 산고가 거북이, 코쿠요가 뱀.

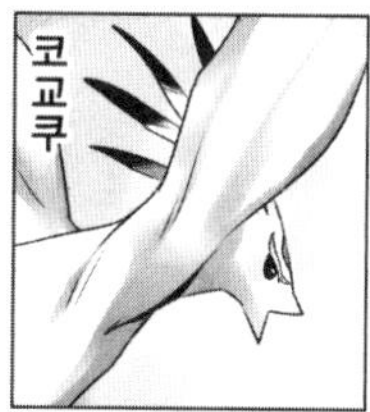

토야의 세 번째 소환수. 염제라고 불리는 신수. 새의 왕. 침착한 성격이지만, 외모는 화려하다. 불꽃을 조종한다.

토야의 네 번째 소환수. 창제라고 불리는 신수. 푸른 용으로, 용의 왕. 비꼬기를 잘하며, 코하쿠와는 사이가 나쁘다. 모든 용을 복종시킬 수 있다.

정체는 연애의 신. 토야의 누나를 자처하는 중. 천계에서 도망친 종속신을 포획해야 한다는 대의명분으로, 브륀힐드에 눌러앉았다. 느긋한 말투. 꽤 게으르다.

정체는 검의 신. 토야의 두 번째 누나를 자처한다. 브륀힐드 기사단의 검술 고문에 취임. 늠름한 성격이지만 조금 천연스럽다. 검을 쥐면 대적할 상대가 없다.

바빌론의 유산 '정원'의 관리인. 애칭은 셰스카. 메이드복을 착용. 기체 넘버 23. 입만 열면 야한 농담을 한다.

바빌론의 유산, '공방'의 관리인. 애칭은 로제타. 작업복을 착용. 기체 넘버 27. 바빌론 개발 청부인.

바빌론의 유산 '연금동'의 관리인. 애칭은 플로라. 간호사복을 착용. 기체 넘버 21. 폭유 간호사.

바빌론의 유산 '격납고'의 관리인. 애칭은 모니카. 위장복을 착용. 기체 넘버 28. 입이 거친 꼬마.

바빌론의 유산 '성벽'의 관리인. 애칭은 리오라. 블레이저를 착용. 기체 넘버 20. 바빌론 넘버즈 중 가장 연상. 바빌론 박사의 밤 시중도 담당했다. 남성은 미경험.

바빌론의 유산, '탑'의 관리인. 애칭은 노엘. 체육복을 착용. 기체 넘버 25. 계속 잔다. 먹고 자기만 한다. 기본적으로 게으르고 뭐든 귀찮아하는 성격.

바빌론의 유산, '도서관'의 관리인. 애칭은 팜므. 세일러복을 착용. 기체 넘버 24. 활자 중독자. 독서를 방해하면 싫어한다.

바빌론의 유산, '창고'의 관리인. 애칭은 파르셰. 무녀 복장을 착용. 기체 넘버 26. 덜렁이. 게다가 자각이 없다. 깜빡하고 저지르는 실수가 잦다. 잘 넘어진다.

바빌론의 유산, '연구소'의 관리인. 애칭은 티카. 흰옷을 착용. 기체 넘버 22. 바빌론 박사 및 넘버즈의 유지보수를 담당하고 있다. 극심한 어린 여자아이 취향.

고대의 천재 박사이자 변태. 공중 요새 '바빌론'를 비롯한 다양한 아티팩트를 만들어 냈다. 모든 속성을 지녔다. 기체 넘버 29번의 몸에 뇌를 이식하여 5000년의 세월을 넘어 부활했다.

이세계는 스마트폰과 함께.

세계지도

금까지의 줄거리

느님이 특별히 마련해 준 스마트폰을 들고 이세계에 오게 된 소년, 모치즈키 토야. 수많은 을 거쳐 소국 브륀힐드의 왕이 된 토야는 세계의 왕들과 힘을 합쳐 이세계의 침략자 이즈에 맞선다. 나라라는 울타리를 넘어 세계를 돌아다니던 토야는 어느 나라에서 고렘이라고 는 기계 장치 인형이 존재하는 다른 세계로 들어가게 된다. 거울을 보는 것처럼 좌우로 역전된 지도. 토야의 앞에 새로운 이세계의 문이 열렸다…….

표지 · 본문 일러스트
우사츠카 에이지

제1장 숨어드는 이변

"해적이요? 그건 큰일이네요."

"누가 아니랍니까. 장사는 시기가 중요합니다. 그때를 놓치면 큰 손실을 보죠. 정말 지긋지긋합니다."

상인 오르바 씨가 머리 위의 여우 귀를 쫑긋쫑긋하며 불평을 털어놓았다.

브륀힐드 스트랜드 상회에 들른 나는 우연히 마주친 오르바 씨의 초대로 안쪽 방에서 차를 마시게 됐다.

오르바 씨의 스트랜드 상회는 상당히 광범위하게 장사를 하는데, 본점은 미스미드의 왕도인 베르주에 있다.

오르바 씨는 미스미드에서만 활동하는 상인이 아니므로 다양한 나라와 무역을 하고 있는데, 기본적으로 상품은 배로 수송한다는 모양이었다.

벨파스트, 레굴루스, 라밋슈, 로드메어, 라일, 펠젠, 레스티아 등, 가우의 대하와 접해 있는 나라는 강을 따라 배를 이동시키지만, 리프리스, 리니에, 파르프, 엘프라우 등은 해로를 이용한다고 한다.

그 해로에 최근 들어 해적이 출현하게 되어 상인들의 배가 몇 척이나 피해를 봤다는 모양이었다. 확실히 심각한 이야기다.

"리프리스 근해의 섬에 아지트가 있을 것으로 생각되지만, 워낙 조심스러운 녀석들이라 꼬리를 잡지 못하고 있습니다."

"리프리스는 무슨 대책을 강구하고 있나요?"

"해군이 감시를 더욱 강화했습니다만……. 그렇다고 저희 상인들의 배를 계속 호위해 줄 수는 없으니까요."

나는 품에서 스마트폰을 꺼내 미스미드에서 리프리스를 지나 리니에에 이르는 해역의 지도에 표시를 했다.

"검색. 해적 아지트."

〈검색 중……. 검색 종료. 표시합니다.〉

투두두두두둑, 하고 몇몇 섬에 핀이 꽂혔다. 여섯 개라. 그렇다면 해적단 하나의 거점이 여섯 개이든가, 여러 해적단이 있다는 건가.

"이건……."

"모두 해적단의 아지트예요. 방어 결계를 펼치고 있을 거라고는 생각하기 힘드니, 아마도 이게 전부일 거예요."

카메라 기능으로 그 지도를 촬영한 뒤, 그대로 리프리스 황왕 폐하에게 전화를 걸었다.

"아, 여보세요. 황왕 폐하이신가요? 해적단과 관련해 할 말씀이 있습니다. 네…… 네, 맞습니다. 그, 그러네요. 몇몇 아지트를 발견했으니 메시지에 사진을 첨부해 보내겠습니다. ……아뇨아뇨, 신경 쓰지 마세요. 그런가요? 그럼 다음에 받겠습니다. 네. 그럼, 실례합니다.”

이걸로 종료.

“당장 리프리스 해군을 모두 아지트로 보내겠다고 하시네요. 이제 조금은 안전해지지 않을까요?”

“이것 참…… 대단하십니다. 저희가 고민해도 해결이 안 되던 문제를 불과 몇 분 만에 해결하실 줄이야……. 정말로, 여전하십니다.”

조금 어이없다는 듯한 얼굴로 오르바 씨가 한숨을 내쉬었다. 나도 이런 반응에 익숙해서 태연한 얼굴로 홍차를 마셨다.

“그런데 오르바 씨. 흥미가 당기는 이야기가 있는데요…….”

“호오호오. 폐하께서 말씀해 주시는 것에는 꽝이 없으니까요. 기쁘게 듣겠습니다.”

스마트폰의 동영상을 재생해, 얼마 전에 찍은 드베르그의 영상을 보여 주었다. 물론 그 후에 로제타 일행이 말끔히 복구한 녀석이다.

로제타가 탄 드베르그가 철컥철컥 걸으며 커다란 바위를 들어 올려 옮겼다.

“이건 뭔가요? 프레임 기어……는 아닌 것 같습니다만?”

“드워프들이 만들어 낸 ‘드베르그’라고 하는 마공 기계예요. 프레임 기어에는 뒤지지만, 토목 공사용 탈것으로 사용할 수 있을 거라 생각해서요. 아직 한창 시험 단계이지만, 실은 오르바 씨에게 출자를 부탁하면 어떨까 하는 이야기가…….”

“출자……라면, 개발에 자금을 지원해 달라는, 말씀이신지요?”

“그 대신 완성품을 각국에 판매하는 역할을 스트랜드 상회에 일임하겠대요. 나쁜 이야기는 아닐 거라 보는데요.”

드워프들도 그 점에 관해서는 찬성한 상태다. 조국에 판매하면 되는 것이 아닌가 하고 물었는데, 드워프들의 목적은 돈이 아니라 이 기술이 세계에 퍼져 그것이 드워프의 자랑거리로 알려지는 것이라고 한다.

조국에 드워프 기술을 넘겨, 한 나라에서만 독점하게 되는 것이 마음에 안 든 것일까.

어느 나라든 어떤 사람이든, 같은 가격에 판매하라는 조건이었으니 말이다.

물론 원재료만으로도 가격이 많이 나가는 데다, 나처럼 ‘공방’이 있는 것도 아니라 쉽게 양산할 수는 없겠지만.

어쩌면 ‘드베르그’를 세계에 퍼뜨려 다른 나라에 사는 드워프도 같은 것을 만들게 하려는 것인지도 모른다.

“으으음……. 말씀대로 이것을 전부 제가 맡는다면 커다란 이익을 볼 겁니다.”

의자에서 앞으로 몸을 내민 오르바 씨는 드베르그의 영상을 진지한 눈빛으로 바라보았다.

"……알겠습니다. 긍정적으로 검토해 보겠습니다. 그렇지만 개발비가 얼마나 필요할지 궁금합니다."

"그건 직접 이야기해 보시는 게 좋겠네요. 드워프들이라면 아직 '은월' 2호점에 숙박하고 있을 테니까요. 오르바 씨에 관해서라면 이야기해 두었으니 이름을 대면 만나 줄 거예요."

오르바 씨는 내 이야기를 듣고 조금 놀란 표정을 지었지만, 곧장 웃는 얼굴로 말했다.

"참, 정말로 준비가 좋으십니다. 제가 거절할 거라고는 생각하지 않으셨나요?"

"그럴 리가요. 오르바 씨가 이렇게 벌이가 좋은 이야기를 거절할 리가 없잖아요?"

"그렇군요. 맞는 말씀입니다."

오르바 씨는 그렇게 말하고 눈을 가늘게 뜨며 웃었다. 나는 드워프와 오르바 씨를 중개하는 역할에 불과하다. 나에게 이익은 없지만, '드베르그'는 이윽고 흙 마법을 사용하지 못하는 사람들도 다룰 수 있는 편리한 중기계로 발전해 나가겠지. 세상에 도움이 된다면, 그게 가장 좋은 것이 아닐까?

내일에라도 드워프들을 만나러 가겠다고 하는 오르바 씨에게 인사를 하고 나는 상회 밖으로 나갔다.

그대로 바빌론의 '정원'으로【게이트】를 열어 이동해 보니, 박사와 로제타가 차원문의 조정을 끝낸 참이라는 모양이었다.

개선문 같은 문의 상부에 실감개 같은 부품이 좌우로 하나씩 설치되어 있었다.

"다 끝났어?"

"일단은. 전보다 훨씬 적은 마력으로 기동할 수 있고, 이제 체중 제한도 없으니 누구든지 이동할 수 있어. 시간을 들이면 더욱 강화할 수 있지만, 지금은 이 정도로도 문제없을 거야."

박사가 도구를 툴박스에 정리하면서 그렇게 대답했다.

바로 시험해 보려고 문에 손을 대고 마력을 흘려 보니, 확실히 이전보다도 꽤 적은 양으로도 거의 가득 찼다. 상부의 실감개가 전기 모터처럼 천천히 도는 모습이 보였다.

"저편에 설치할 마력 탱크도 다 만들었어?"

"그것도 완성됐어. 문제없지. 이거랑 저쪽의 두 개는 시공 마법으로 링크되어 있으니, 저편의 문도 마찬가지로 마력을 적게 써도 될 거야."

그렇다면 저편으로 넘어가 볼까. 모두를 데리고 가겠다고 약속했었으니까.

그 전에 번역 마법인【트랜슬레이션】을 모두에게 걸어 줘야 하겠구나.

한 번 흡수한 언어는 다른 사람에게도 나눠 줄 수 있다는 것이 이 마법의 좋은 점이다.

이것으로 하급 용 등의 언어도 알 수 있으면 좋을 텐데. 그건 언어라기보다는 텔레파시에 가까운 걸 테지만. 아마도.

물론 동물이나 마수의 언어까지 다 이해하면 오히려 성가셔질지도 모른다. 닭조차도 잡을 수 없게 될 것 같다.
아무튼 좋다. 일단 모두에게 전화하자.

모두가 모일 때까지 '연구소' 에 가서 마력 탱크를 회수한 다음, 에투알 세 대를 재기동했다. 어느새 세 대 모두 어린이용 메이드복을 입고 있는데, 티카의 짓인가? 어쨌든 어울리니 상관은 없지만.
재기동한 메이드 차림의 에투알들을 데리고 '정원' 에 돌아가 보니 이미 모두가 모여 있었다.
스우도 벨파스트에서 이곳으로 넘어왔다. 거기에 박사까지 더해서 총 열 명(에투알과 폴라도 있었지만)이나 데리고 가는 것도 글쎄.
일단 코사카 씨에게 모두 같이 외출한다고 전달해 두자. 저녁까지는 돌아오고 싶지만, 차원의 어긋남이 있으니 내일 아침에 돌아오게 될지도 모른다.
박사의 말에 따르면, 그 엇갈림도 개조하면서 확실히 수정되었다고 하지만, 몇 시간 단축되었는지까지는 직접 가 보지 않으면 알 수 없으니 말이다.
마력을 흘려 완전히 가득 찬 상태가 되자, 차원의 문이 평소처럼 열렸다.

"그럼 가자……. 응? 저기, 너희……."

박사를 제외한 모두가 내 코트를 꽉 쥐고 있었다. 불안한 건 알겠지만…….

"토야 님에게서 떨어지면, 어딘가 다른 곳으로 날려가는 게 아닐까 해서……."

"자, 잡고 있는 것 정도는 상관없잖아?!"

에르제와 린제가 그런 말과 함께 오른팔에 달라붙는 걸 시작으로 오른손을 루가 잡고, 왼팔에는 힐다와 야에. 왼손은 유미나가 잡았다. 머리는 좌우에 린과 사쿠라, 등에는 스우, 머리에는 폴라가 붙어서 나는 엄청난 중장비를 한 것 같은 상태가 되어 버렸다.

이보세요……. 그래도 문을 빠져나가는 정도뿐이라면 상관없지만.

모두에게 완전히 꽉꽉 둘러싸인 채 나는 차원문을 지났다. 평소와 마찬가지로 고무막을 지나는 듯한 감각이었지만, 이전보다 저항감이 적어진 듯한 기분이 들었다. 개량한 덕인가?

차원문을 지나가 보니 드래크리프섬에 있는 저택의 정원이었다. 하지만 그 정원을 보고 나는 무심코 눈을 깜빡거리고 말았다.

화단에는 꽃이 흐드러지게 피었고 그 외에도 아름다운 양탄자 같은 잔디와 저택을 향해 이어져 있는 돌바닥이 보였기 때문이다. 얼마 전의 살풍경한 정원과는 완전히 달라졌다. 상당히 정성을 들여 관리한 정원으로 다시 태어났다.

"멋진 정원이구먼!"

내 등에 붙어 있던 스우가 뛰어내리며 화단을 향해 달려갔다. 그 뒤를 유미나와 루가 따라갔고, 폴라도 내 머리에서 뛰어내렸다.

어~ 일단은 전원 무사하다. 차원문에 문제는 없는 듯했다.

"야에 씨, 드래곤이 저렇게 많이……."

"확실히 용들의 섬입니다……."

힐다와 야에 일행이 바라본 섬의 상공에는 비룡(와이번)이 많이 날아다니고 있었다.

틀림없이 이곳은 드래크리프섬이고 이 저택도 내가 설치한 것이었지만, 이 정원은 어떻게 된 것일까. 아, 혹시 은룡……시로가네가?

"여러분, 환영합니다."

그런 생각에 대답하듯이 저택과는 반대쪽 정원 입구에서 시로가네가 나타났다.

얼마 전까지의 모습과는 달리 허리까지 길게 늘어뜨린 은발을 끈으로 한데 묶었고, 검은 집사복을 입고 흰 장갑을 낀 모습이었다. 으으음, 꽃미남 자식! 멋지다, 젠장!

시로가네는 우리 앞에 다가와 깊숙이 고개를 숙였다. 그 모습도 아주 그럴듯해 보였다. 내심 질투가 일었지만 억누르면서, 모두에게 시로가네를 소개했다.

"애들아, 이 사람은 시로가네. 이 저택의 관리를 맡겼어. 용인족으로 보이지만, 은룡이 인간의 모습이 된 거야."

"시로가네라고 합니다. 부디 잘 부탁드립니다."

시로가네가 인사를 하자 모두 얼굴을 마주 보며 당황스러운 표정을 지었다. 아, 그건가. 아직 번역 마법을 걸지 않았다. 이쪽의 언어가 안 통하는 거야.

"【트랜슬레이션】."

번역 마법을 모두에게 걸자 시로가네의 말이 제대로 전달되게 된 모양이었다.

각자 인사를 하고 박사 이외에는 내 약혼자라고 설명을 했다. 박사도 자신은 내연 관계의 애인이라고 강변했지만, 난 인정 못 해, 절대로.

"그런데 이 정원은 어떻게 된 거야?"

"네. 자유롭게 손을 봐도 된다고 하셔서, 조금 구색을 갖춰 보았습니다."

역시 시로가네가 한 건가. 센스가 있는 용이네. 가드닝이 가능한 용이라니 별나다. 루리가 말한 대로 은룡족은 상당히 별종인 모양이다.

"그럼 저택으로 안내하겠습니다. 자, 주인마님 내외 여러분, 이쪽으로 오시지요."

아직 부부 관계는 아니지만, 그런 말을 들은 아이들도 그다지 싫지 않은 표정을 지으며 시로가네를 따라갔다. 꽤 그럴듯한 집사 같다.

최소한의 물건밖에 없었던 저택 안에는 다양한 일상 도구 등이 갖춰져 있었다. 화려한 양탄자와 마광석 샹들리에, 식기 선반의 식기류, 관엽식물에 그림, 침대에는 이불, 창문에는 커튼. 센스가 좋은 물건을 여기저기에서 볼 수 있었다.

"여기도 상당히 공을 들였네……."

"인간 마을에서 쇼핑을 하니 워낙 즐거워서 그만……. 역시 질이 좋은 물건을 갖춰 놓는 것이 좋다고 생각했습니다."

그거야 물론 그렇지만. 아니, 불만은 없지만 말이지.

"토야 씨, 서고까지 있어요!"

린제가 책으로 가득 차 있는 방을 발견하고 들뜬 목소리로 말했다. 린도 한 권 빼내 팔락팔락 흥미롭다는 듯이 바라보았다. 박사도 흥미진진한 모습이다.

"이것도 사 온 거야?"

"네. 최근 200년간은 인간 세계와 접촉하지 않았기 때문에, 이것저것 지식을 쌓기 위해 구매했습니다."

그렇구나. 확실히 다양한 장르가 망라된 듯했다. 역사서에서 전문서, 전쟁 관련 기록과 학술서, 요리책까지. 용도 요리를 하나?

서고 밖으로 나와 거실로 가 보니 커다란 소파와 테이블이 놓여 있었고, 값비싸 보이는 수납장 위에는 꽃이 꽃병에 꽂혀

장식되어 있었다. 그리고 벽에는 멋진 벽시계까지 있었다.

가볍게 소파에 앉아 보니 꽤 편하다. 이것도 좋은 물건이겠지.

"부디 자유롭게 앉아 주십시오. 바로 차를 끓여 오겠습니다."

인사를 한 번 하고 시로가네가 방 밖으로 나갔다.

"상당히 우수한 집사 아닌가. 우리 집의 할아범에는 미치지 못하지만 말이야."

스우가 내 옆에 쏙 앉더니 그렇게 평가하셨다. 물론 레임 씨와 비교한다면 신출내기일 테니까. 우리 라임 씨도 만만치 않지만.

"그런데, 이제부터 어떻게 할 거야? 저쪽하고 시차가 어느 정도인지 모르니 저녁에는 돌아가려고 하는데."

"그러네요. 이쪽의 도시를 한번 보고 싶은데요."

루가 그렇게 말하며 스우의 맞은편 소파에 앉았다.

이쪽 도시라고 하면 지금 갈 수 있는 곳이 성왕국 아렌트의 왕도 아렌과 그 옆에 있는 스트레인 왕국의 카지노 시티, 골도스 정도다. 그보다도 그 두 곳 외에는 가 본 적이 없습니다.

놀러 간다고 하면 골도스가 더 좋겠지만, 그 암시장(블랙마켓) 사건도 있었으니 성가신 사건에 말려들 가능성도 적지 않다. 그렇다면 아렌밖에 없는데.

'홍묘' 의 니아와 만나지 않았으면 좋겠어……. 그 숲의 성채에서 왕도의 아지트 쪽으로 이동해 있지는 않겠지?

팬티를 목격한 일이 모두에게 알려지면 무슨 소리를 들을

지…….

"왜 그러십니까? 토야 님?"

"앗, 아냐. 아무것도 아냐."

의아해하는 야에에게 그렇게 대답하고 웃으며 얼버무렸다.

일단 왕도 아렌으로 갈까? 왕도에 간다고 해도 아는 사람이 산초 씨와 '홍묘' 일행 정도밖에 없다는 게 좀 그렇지만, 그냥 거리를 이리저리 걸어 다니기만 해도 재미있을 테니까.

홍차를 가지고 온 시로가네에게 그런 취지를 전달하자, 박사만 차원문의 마력 탱크 설치와 최종 조정을 하기 위해 이곳에 남겠다고 말했다. 어떻게 해서든 저녁까지는 끝내고 싶다는 모양이다.

그리고 에투알은 일단 시로가네에게 맡겨 두기로 했다. 메이드로 남겨 두는 것은 아니지만 시로가네라면 이상한 지식을 가르쳐 주지는 않겠지.

고렘들은 주인 이외의 명령을 완전히 듣지 않거나 그런 것은 아니라서, 시로가네의 말을 잘 들으라고 잘 타일러 두었다.

"그럼 잠깐 나갔다 올게. 저녁까지는 돌아올 거야."

"안녕히 다녀오십시오."

〈삐.〉

〈뽀.〉

〈빠.〉

깊숙이 고개를 숙이는 시로가네를 따라 세 에투알도 마찬가지로 고개를 숙였다. 응, 역시 시로가네에게 맡겨 두는 편이 좋겠어.

【게이트】를 열어 저택 정원에서 성왕도 아렌의 인적 없는 뒷골목으로 전이했다.

모두를 데리고 큰 거리로 나가 보니 통행인들 사이에 섞여 고렘들도 드문드문 보였다.

드베르그와 비슷한(우리 쪽과 비교하면 상당히 콤팩트하지만) 고렘에 탄 사람이 짐을 실은 짐차 같은 물건을 끌면서 갔다. 그런가 하면, 저편에서 2미터 중반 정도 되는 중장갑 고렘이 주인으로 보이는 기사를 따르면서 우리의 눈앞을 지나갔다.

"후와아……. 정말로 별세계에 왔다는 실감이 나요……."

"……깜짝 놀랐어."

힐다와 사쿠라가 거리를 오가는 사람들과 고렘들을 바라보면서 그런 감상을 말했다.

다른 모두도 두리번두리번하며 마치 시골에서 도시로 상경한 사람처럼 내 뒤를 따라왔다.

그런 우리를 폴라도 아장아장 따라왔지만, 마을 사람들은 슬쩍 눈길을 주는 정도의 반응만 보일 뿐, 대체로 그냥 무시했다. 폴라도 고렘이라고 생각하고 있을 가능성이 크다. 이상하게 눈길을 끄는 것보다는 좋지만.

"일단은 산초 씨가 있는 곳에 가 볼까. 돈이 별로 없으니까."

"토야 오빠가 신세를 졌다는 상인분이신가 보네요?"

"응. 또 금이나 은을 판매할까 해."

'홍묘' 에게 오레이칼코스의 대금으로 받은 돈은 '에투알' 을 살 때 거의 다 써 버렸으니까. 그래도 식사 비용 정도는 있었지만, 어차피 나중에 다들 선물을 마구 살 게 뻔하다. 군자금은 당연히 많은 편이 더 좋다.

'산초 상회' 라는 점포 앞에 도착해 보니 가게 앞에서 산초 씨와 상인으로 보이는 남자들이 심각한 얼굴로 무언가 이야기를 나누고 있었다.

"응? 토야 씨가 아니십니까! 뭐라도 필요한 물건이 있으신가요?"

"안녕하세요, 산초 씨. 또 사 주셨으면 하는 물건이 있어서 왔는데요……. 무슨 일 있었나요?"

"아니요. 그, 있지 않습니까, 지오레 사건이라고. 운 좋게 탈출한 사람의 이야기를 이 사람들이 들었다고 해서요……."

"사건?"

무슨 일이 있었던 걸까? 내가 어리둥절한 표정을 짓자, 산초 씨가 조금 놀랐다는 듯이 눈을 크게 떴다.

"모르시나요? 성왕도에서는 그 소문이 자자한데 말입니다. 신문에도 실렸는데……."

"죄송합니다. 요즘 왕도에 오지 않아서……."

그런 것보다, 이쪽 세계에는 신문이 있단 말이야? 그러고 보니 '홍묘' 의 아지트에는 통신기도 있었고, 정보 전달 기술이 그럭저럭 발달했을지도 모른다. 앞쪽 세계에서는 파발마, 기껏해야 아티팩트 통신 아이템 정도인데.

물론 매일 읽을 수 있는 일간 신문은 없어도 큰 사건이 있으면 임시 뉴스를 전달하는 기와판 같은 물건은 앞쪽 세계에도 있지만.

"성왕도에 안 계셨다면 모르는 것도 무리는 아니지요. 자, 이겁니다."

산초 씨가 손에 들고 있던 접힌 종이 뭉치를 보여 주었다. 오, 이게 신문인가? 빳빳하고 별로 질이 좋은 종이는 아니고, 크기는 내가 알고 있는 신문의 절반 정도에 불과하지만, 확실히 문자가 인쇄되어 있었다.

그중에서도 크게 인쇄된 표제를 보고 나는 무심코 마른침을 삼켰다.

「황금 마괴물 나타나다」

그리고 그 표제 아래에 그려진 리얼한 일러스트에서 나는 눈을 뗄 수 없었다. 무당벌레 같은 둥근 형태는 처음으로 보는 종이지만, 우리가 그걸 잘못 볼 리가 없다.

"변이종……!"

황금 괴물. 그건 틀림없이 사신이 만들어 낸 프레이즈의 변이종이었다.

◇ ◇ ◇

산초 씨가 보여 준 신문에 따르면, 지오레 마을 사건이란 다음과 같은 내용이었다.

성왕도에서 그리 멀지 않은 장소에 있는 지오레 마을에 그 황금 괴물은 갑자기 나타났다고 한다. 그 괴물은 마을 사람들을 잇달아 습격하더니 인정사정없이 살육했다.

목숨만 겨우 부지해 마을에서 도망친 몇 명이 성왕도의 기사단에 도움을 요청했고, 그 요청을 받아들인 기사단의 고렘 기사대가 마을로 향했다.

마을에 도착한 그 고렘 기사대가 본 것은 마을 안을 배회하는 수정 해골과 황금 괴물이었다. 기사대는 곧장 그 괴물을 토벌하려고 했지만, 예사롭지 않은 단단함 탓에 '능력 보유형' 고렘의 공격이 전혀 통하지 않아 사태는 방어전 일변도로 흘러갔다고 한다.

그런데 우연히 왕성을 찾아온 파나셰스 왕국의 왕자가 응원하러 달려갔고, 왕자는 '왕관' 인 자신의 고렘을 이용해 그 황금 괴물을 간신히 제압했다고 한다.

하지만 그 괴물의 시체는 끈적하게 용해되어 버려, 그 괴물이 대체 무엇인지는 여전히 수수께끼로 남은 채였다. 이런 사건이 다시 어딘가에서 일어나는 것이 아닌가 하고 성왕국은 대책을 서두르고 있다……. 그게 기사 내용이었다.

"한편, 전문가는 이 괴물을 일종의 악마가 아닌가 하고 추측하고 있으며……."

산초 씨에게 금 잉곳(ingot)을 판매한 뒤, 근처의 카페에서 다 같이 식사를 하면서도 나는 건네받은 신문을 몇 번이나 반복해 읽었다.

"마음은 알겠지만 읽으면서 식사하지 마. 보기 흉하잖아?"

"어? 아, 으응. 미안……."

린의 핀잔을 듣고 왼손에 신문, 오른손에 샌드위치를 들고 있던 상태였던 나는 일단 신문을 내려놓았다. 아무래도 그 상태 그대로 몸이 고정되어 있었던 듯, 모두는 거의 식사가 다 끝나 있었다.

내가 내려놓은 신문을 이번에는 식사를 마친 유미나가 들고 훑어보았다.

"이건 역시 프레이즈의 변이종……이죠?"

"십중팔구, 틀림없어. 그것도 신문의 내용대로라면 '영혼 포식' 까지 하고 있어."

"왜 평범한 프레이즈가 아니라, 변이종이 이쪽 세계에 나타난 걸까요?"

루가 작게 고개를 갸웃했다. 왜 그런지는 어느 정도 상상이 갔다.

"프레이즈의 목적은 자신들의 '왕' 을 찾는 것. 그리고 그

'왕' 은 우리 세계 누군가의 체내에 깃들어 있어. 그래서 프레이즈들은 우리 세계에 나타나 사람들을 무차별적으로 죽이는 거야. 하지만 변이종은 달라."

나는 어느 변이종이 프레이즈의 정점에 선 지배종을 공격하는 모습을 봤다. 그건 프레이즈라는 멍에에서 벗어난 다른 존재다.

"이쪽 세계에 프레이즈는 출현하지 않아. 출현할 이유가 없는 거야. 하지만 변이종에게는 그런 목적이 없어. 아니, 무언가 목적은 있을지도 모르지만……."

만약 무언가 목적이 있다고 한다면. 아마도 그런 짓을 시키고 있는 자는 그 위에 군림하는 그 녀석…… 신(니트 신이지만)을 흡수한 사신이 틀림없다.

변이종은 그 사신의 의도에 따라 이쪽 세계에 나타난 것인지도 모르지만, 한 가지, 의문점이 있었다.

우리 세계—— 앞쪽 세계는 세계와 세계를 가로막는 대결계가 너덜너덜해서, 그 벌어진 곳 사이로 프레이즈가 침입해 오고 있다. 그에 비해 이곳 뒤쪽 세계는 대결계가 문제없이 기능하고 있을 거라 생각했는데, 아무래도 그렇지 않은 모양이었다.

실제로 변이종이 이렇게 나타났으니까. 우리 세계에 나타나고, 이쪽 세계에도 나타났다. 세계와 세계의 사이…… 차원의 틈새에서 무슨 일이 벌어지고 있는 것일까.

사신 또는 그 유라라고 하는 지배종이 무언가 엄청난 짓을 꾸미고 있는 것 같아서 아무래도 가슴이 답답했다.

두 세계에서 암약하며 대체 무슨 짓을…….

"……토야 오빠, 토야 오빠."

"어? 아아, 왜?"

안 되지, 안 돼. 또 생각에 잠기고 말았다. 걱정스러워하는 유미나에게 사과하면서, 일단 지금은 어쩔 수 없다고 자신을 타일렀다.

테이블의 접시 위에 남은 샌드위치를 입에 밀어 넣고, 완전히 식어 버린 홍차를 마셨다.

그러고 보니 변이종을 제압한 것은 '왕관' 인 모양인데, '빨간색' 인 니아나 '보라색' 인 루나는 아니겠지? '왕자' 라고 적혀 있으니까.

이 왕자도 '왕관' 에 무언가 대가를 지불했을까……? 프레이즈를 쓰러뜨렸다고 했으니, 굉장히 강력한 능력일까? 아니면 직접적인 능력이 아니라 특수한 능력일까?

어느 쪽이든 간에, 그에 걸맞은 대가를 지불했을 것이다. 니아의 말을 믿는다면 '보라색' 이외에는 주의만 하면 목숨과는 관련 없다고 하지만.

목숨과 관련이 없더라도 이를테면 '능력을 사용할 때마다 발 냄새가 심해진다.' 같은 거라면 울 것이다. 적어도 나라면.

나아가 지도 검색을 해 보니 파나세스 왕국이라는 곳은 파르프와 리니에가 있는 파르니에섬에 존재했다. 이쪽에서는 완전히 통일된 섬나라인가.

겸사겸사 변이종을 포함한 프레이즈를 검색해 보았지만 반응은 없었다.

답답함은 남았지만 지금은 어쩔 수 없다. 얼른 기분을 전환하자!

"일단 모처럼 여기까지 왔으니 여러 가게를 돌아보자! 뭔가 진기한 물건을 팔고 있을지도 모르잖아. 군자금도 생겼겠다, 짐을 드는 것은 맡겨둬!"

이런저런 불안을 불식하듯이 유난히 밝은 목소리로 모두에게 말했다. 물론 짐을 든다고는 해도 【스토리지】에 던져 넣어 두는 것뿐이지만!

"그렇네! 나도 아버지와 어머니, 그리고 할아버지에게 선물을 사 주고 싶으이!"

스우가 웃으면서 그렇게 말했지만 일단 어디서 샀는지는 숨겨야 하니, 나중에 잘 말해 두자.

"그러네요. 그럼 다 같이 가게 순례를 해 볼까요?"

"소인은 새로운 찻잔이 있었으면 합니다!"

"저는, 서점에 가 보고 싶어, 요."

"이쪽의 갑옷이 어떤지 보고 싶어요."

모두가 각자 가고 싶은 장소를 떠들썩하게 말하기 시작해서 나는 스마트폰의 지도를 이용해 몇몇 가게를 점찍은 다음, 모두와 함께 카페 밖으로 나갔다.

얕봤어……. 여자아이들의 쇼핑을 얕봤어.

짐꾼 역할 자체는 【스토리지】가 있어서 힘들지 않았지만, 물건을 고를 때까지 한참을 기다려야 했다. 그리고 묻는 말에 대답해 주어야 했다. 건성으로 대답할 수는 없어서 그때마다 머리를 쥐어짜, 무난하면서도 가능한 한 상대가 기뻐할 만한 이야기를 해 주었다. 그게 곱하기 9이니, 어이구야.

게다가 다른 가게에 들어갈 때마다 다시 시작이다. 모두가 일일이 의견을 말해 달라고 하는 것은 아니지만, 기다려야 한다는 것에는 변함이 없었다. 특히 몸에 걸치는 물건은 머무는 시간이 길었다.

어~ 분명히 신발 가게, 장신구 가게, 무기점, 서점, 가구점, 잡화점, 악기 가게, 과일 가게, 귀금속 가게, 의료품 가게, 화장품 가게, 과자 판매점……. 또 어딜 갔더라……? 기억이 안 나…….

그리고 이번에는 여성용 속옷 전문점에 왔는데 역시 같이 고를 수도, 의견을 제시할 수도 없었기 때문에 얌전히 밖에서 기다리는 중이다.

아니, 가게 앞에서 기다리고 있으면 통행인들이 변태가 있다는 듯이 쳐다보기 때문에 거리의 모퉁이에 있던 대장간 앞에서 기다리는 중이다.

이 대장간은 아무래도 고렘의 간단한 수리도 해 주는 모양으로, 조금 전에 누군가가 가지고 온 고렘의 일그러진 장갑판을 제거해 고치는 중이었다.

수리 중인 고렘은 상반신이 미노타우로스 같았고, 하반신은 탱크 같았다. 미노탱크라고 말하면 될까? 무한궤도인 하반신과 튼실한 상반신은 파워형 같다는 인상을 주었다. 장비품에 거대한 양날 도끼도 있고 말이지.

나는 대장간의 대장장이에게 견학 허락을 받고 그 고렘을 고치는 모습을 바라보았다.

"여기는 어느 정도까지 고칠 수 있나요?"

"우리는 고렘 기술자가 아니거든. 기껏해야 제1 장갑까지지. 그래도 공장제…… 값싼 고렘의 팔이나 다리 정도라면 어떻게든 못 고칠 건 없어. 물론 고렘용 무기나 장갑의 장식도 만들지만."

흐음, 이쪽은 대장간이 그런 것까지 해 주는구나. 힘들겠어.

그런 생각을 하면서 시선을 고렘에서 뗐는데, 공장 구석에 놓여 있던 물체에 눈길이 멈췄다.

겉보기에는 기계 덩어리. 폭도 높이도 40센티미터 정도인 그것을 보자 내 머릿속에 어떤 물건이 떠올랐다. 이건 마황로랑 비슷하네.

"이건……."

"응? 아, 마동기(魔動機)말인가. 고렘 마차의 보조용으로 사용하던 걸 해체한 녀석이지. 우린 필요 없기도 하고 낡기도 해서, 싼값에 팔까 생각 중이야."

나는【애널라이즈】로 확인해 보았다. 응, 드베르그에 탑재된 것과 비슷해. 그것보다 소형에 마석도 사용하지 않고 만듦새도 단순한 탓에 마력은 강하지 않은 것 같지만, 이거라면 드워프가 아니라도 만들 수 있지 않을까? 고렘의 동력이 되는 G 큐브 대신에 작은 마석과 에테르리퀴드를 사용해 마력을 공급할 수 있다면…….

시험 삼아 아주 조금만(드베르그 때처럼 부서지지 않을까 걱정되었지만) 마력을 흘려 보니 잘 움직였다.

"사장님, 이 마동기라는 녀석을 제가 살 수 있을까요?"

"이걸? 그거야 상관없지만……."

원래 싼 값에 팔 생각이었던 모양이라 아주 싸게 살 수 있었다……고 생각한다. 시세를 모르니 뭐라고 말하기 힘들지만 비싸지는 않다고 생각한다.

이 마동기로 드베르그는 무리일지도 모르지만, 몇 명이 탈 수 있는 자동차 정도라면 만들 수 있을지 모른다.

솔직히 말하면 '격납고'에 엄청난 속도로 달릴 수 있는 장갑차가 있지만, 그걸 양산해서 팔기에는 역시 속도가 마음에 걸린다. '공방' 외에선 만들 수 없기도 하고 말이지.

하지만 이거라면 다른 나라에서도 만들 수 있다. 물론 이 마동기로는 1인승이나 2인승인 자동차가 한계일지도 모르지만.

문득 길거리를 보니 저편에서 모두가 이쪽으로 오는 모습이 보였다.

"오래 기다리셨습니다. 죄송하군요."

"아니, 나도 수확이 있었으니 괜찮아."

야에에게 그렇게 말한 뒤 【스토리지】에 마동기를 넣어 두었다. 겸사겸사 모두의 짐도 넣으려고 했는데 거절당했다. 속옷 종류이기 때문인가……? 내가 보기라도 할까 봐?

"저쪽 가게, 상품의 종류가 많았거든. 린제가 대담한 것과 청초한 것 중에서 고민을 하다가 결국 양쪽…… 우읍?!"

"언니?! 뭘 퍼뜨리고 있는 걸까?! 있는 걸까?!"

가볍게 입을 놀리는 에르제의 입을 얼굴이 새빨개진 린제가 다급히 손으로 막았다.

"그런 에르제 님도 고민하지 않았습니까. 그 한 치수 정도 커 보이는 브…… 후읍?!"

"와아————————?!"

뭔가 말을 하려고 했던 야에의 입을 이번엔 에르제가 꽉 막았다. 너희는 뭐 하는 거야……?

대략 내용은 알 것 같았지만, 뭘 언급해도 긁어 부스럼을 만드는 것 같아서 일부러 모르는 척했다. 이럴 때는 돌이 최고다. 돌이 되는 것이다.

"임금님, 보고 싶어……?"

돌이 되어 모르는 척하고 싶었는데 그런 질문은 하지 말아 주세요, 사쿠라 씨. 보고 싶지 않다고 하면 모두에게 실례가 되고, 보고 싶다고 하면 변태 취급을 받으니 외통수에 내몰리는 거잖아!

"뭐야, 토야. 우리의 속옷 차림을 보고 싶은가? 그 정도는 얼마든지 보여 줄 수 있는데 말일세. 안 그런가, 루?"

"저, 저한테 그런 이야기는 하지 말아 주세요! 아니, 토야 님에게 보여 드리는 게 싫다는 게 아니라, 저어, 저어! 아으으으으으, 저, 저보다는 힐다 씨 쪽이 더!"

"후엣?! 왜 나에게 이야기가?! 저, 저어, 저는 수수한 줄무늬를 샀으니…… 아앗?! 바, 방금 그건 잊어 주세요!"

스우가 엄청난 폭탄을 내던진 바람에, 얼굴을 새빨갛게 물들이며 당황해 어쩔 줄 모르는 루와 힐다.

스우는 좋은 의미로 말하면 천진난만하지만, 나쁘게 말하면 부끄러운 줄 모르는 면이 있다고 할 수 있다. 엄마인 에렌 씨는 어떤 교육을 하는 건지…… 하고 생각했지만, 에렌 씨는 오래도록 눈이 보이지 않았으니 그런 방면은 뜻하지 않게 소홀해졌을지도 모른다.

"자자, 거기까지. 이런 길거리에서 할 이야기가 아니잖아? 조금 자중들 해."

수습이 안 되려 하자 린이 손뼉을 치며 말려 주었다. 겉모습은 유미나나 루와 거의 다르지 않지만, 역시 최연장자. 의지가 된다.

주변의 눈이 신경 쓰였는지, 린이 타이르자 다들 부끄러운 듯이 빠른 걸음으로 그 자리를 떠나기 시작했다. 나도 안도의 한숨을 한 번 내쉬고 린에게 짧게 인사했다.

"다들 조금 들뜬 것뿐이야. 토야는 서방님이니 의젓하게 행동해 줘. 속옷 차림이야 나중에 얼마든지 볼 수 있으니까."

"저기요……."

뭐라 대답하면 좋을지 몰라 할 말을 잃었는데, 린이 내 팔에 팔짱을 끼며 걷기 시작했다.

"참고로 내 것은 검은 레이스가 달린 고급스러운 건데, 보고 싶어?"

"아니, 그러니까……."

그런 몸매에 그런 속옷은 일반적으로 좀 그렇지 않나 생각했지만, 그런 말을 했다간 얻어맞는다. 하지만 어떤 것을 입든지 나에게는 상이나 마찬가지다. 일반적으로는 섹시하지 않을지도 모르지만, 그런 건 관계없다.

"보고 싶어?"

"……보고 싶지 않다고 하면 거짓말이 될 만큼 흥미가 있긴 하지만, 그걸 긍정하기엔 조금 망설여진달까, 보여 준다면 어쩔 수 없이 받아들일 수밖에 없는 마음을 기꺼이 인정하겠어."

"……참, 우리 서방님은 너무 귀찮다니까."

시끄러워. 이쪽은 성인군자도 뭐도 아니거든? 좋아하는 아이의 그런 모습을 보고 아무렇지도 않게 있을 자신은 없어! 조금도!

너무 유혹하지 말았으면 좋겠다. 다름 아닌 린이니 그런 점을 다 알면서 놀리는 것일 테지만.

"후후, 하지만 그런 점이 너다워."

린이 내 팔을 더욱 꼬옥 껴안았다. 앞쪽에서 걷고 있던 사쿠라가 그걸 보고 타다닷 달려와 반대쪽 팔에 찰싹 달라붙었다.

"린만 이렇게 하다니, 치사해. 나도 할래."

으, 으음. 기쁘긴 하지만 쑥스럽고 부끄러워……. 야, 너. 폴라! 그 '이것 참 정말…….' 같은 포즈는 그만두지 못할까?!

봉제 인형 주제에 너무 표현이 풍부한 거 아냐, 너? 어떤 【프로그램】이 되어 있는지 한번 보고 싶어.

뒷골목에서 【게이트】를 열고 드래크리프섬에 있는 저택, 그 안에서도 거실로 우리는 전이했다.

"어서 오십시오."

"어서 와~."

시로가네가 공손하게, 소파에 걸터앉아 있던 박사가 읽고 있던 책에서 고개를 들며 맞이해 주었다.

◇ ◇ ◇

"이게 마동승용차(에테르 비클)예요."

"호오오."

"확실히 작은 마차네."

나는 브륀힐드성의 북쪽에 있는 공용 광장에서 각국의 임금님들을 모아 놓고 이번에 새롭게 제작한 상품을 선보였다. 물론 만든 사람은 내가 아니지만.

지붕이 없는 오픈 보디에 가느다란 네 개의 바퀴. 가죽제 2인승 시트와 차체 전면에 설치된 두 개의 헤드라이트.

심플한 핸들과 클랙슨 그리고 발밑에는 액셀 페달과 브레이크 페달. 좌석 뒤쪽에는 비와 직사광선을 피하기 위한 접이식 덮개도 달려 있었다.

이 마동승용차는 피아트 3.5(3) HP라고 하는 자동차를 참고해 만들었다. 1899년, 이탈리아가 자랑하는 자동체 제조업체인 '피아트'가 처음으로 제작한 4륜 가솔린 자동차다.

이 콤팩트한 마동승용차는 내가 뒤쪽 세계에서 가지고 돌아온 마동기를 이쪽의 대장간에 가져가 로제타의 지도로 마을 대장장이들이 새롭게 만들어 낸 물건이었다.

즉, 본체 자체는 바빌론 기술이나 고대 왕국의 기술을 사용하지 않았다. 어느 나라든 돈은 들지만 생산할 수 있다는 이야기다. 물론 연료만큼은 에테르리퀴드라 우리 나라에서 사야 하지만. 프레임 기어도 신형이 되어 우리는 그다지 필요하지 않으니 말이다.

좌석 뒤쪽에 500ml짜리 페트병 같은 용기에 들어간 에테르리퀴드를 장착해 두었다. 여전히 겉보기는 멜론소다 같았다.

좌석에 올라타 핸들부터 신중하게(내 마력량이면 폭주할 수도 있어서) 마력을 흘려 마동기를 발동시켰다.

낮은 구동음이 난 뒤, 살짝 액셀을 밟자 거기에 맞춰 천천히 마동승용차(에테르 비클)가 전진하기 시작했다.

"오오!"

"움직였어……!"

에테르리퀴드와 마석을 이용한 마력 증폭으로 마동기를 움직이니 조용했고 지치지도 않았다. 물론 온종일 마력을 계속 흘리면 매우 지치겠지만.

배기가스도 나오지 않아 환경친화적이다. 대신에 마력과 에테르리퀴드의 찌꺼기인 반짝거리는 증기 비슷한 마소 입자를 배출하지만 이건 해가 없다.

속도는 통상 주행 때는 마차보다 조금 빠른 정도. 전력으로 마차와 경쟁하면 아마 진다. 개조를 어떻게 하느냐에 따라서는 파워를 더 낼 수도 있지만, 지금은 이 정도가 안전하다.

핸들을 돌려 U턴했다. 그리고 다시 임금님들이 있는 곳으로 돌아가 제동을 걸고 정차했다.

“속도는 마차와 비슷하지만, 자유롭게 조종할 수 있다는 점이 좋군. 말의 먹이나 돌봐야 할 필요도 없어지는 건가.”

“정기적인 정비는 필요하지만요. 익숙해지면 누구나 탈 수 있어요. 그래도 위험하니 너무 어린 어린아이에게는 운전을 시키지 않는 편이 좋지만요.”

일단 마력 패턴을 기억하고 있는 사람만 마동기를 움직일 수 있게 할 생각이다. 5살짜리 어린이가 움직이면 큰일이니까.

“프레임 기어와 비교하면 수수한 느낌이지만 편리하긴 편리하네요.”

리니에 국왕이 그렇게 말했지만, 그거랑 비교하는 건 역시 좀. 거대 로봇을 본 다음에 클래식카를 보면 역시 임팩트가 없는 건가.

“그런데, 토야. 이거에 타 봐도 되겠나?”

“물론이죠. 여러분에게 판매할 생각이니까요. 승차감을 한번 확인해 보셔야죠.”

미스미드 수왕의 말을 듣고 나는 고개를 끄덕인 다음, 다른 마동승용차 네 대를【스토리지】에서 더 꺼냈다.

첫 번째에는 벨파스트 국왕과 레굴루스 황제, 두 번째에는 미스미드 수왕과 제노아스 마왕, 세 번째에는 리니에 국왕과 레스티아 기사왕, 네 번째에는 로드메어 전주 총독과 라밋슈 교황, 그리고 다섯 번째에는 펠젠 국왕과 파르프 소년왕이 올라탔다.

애초에 마지막인 다섯 번째에는 펠젠 국왕의 체격이 너무 커서 시트 옆에는 파르프 소년왕밖에 탈 수 없었지만.

각자가 조심스럽게 자동차를 몰기 시작했다. 일단 프레임 기어와 마찬가지로 안전 전이 장치를 달아 놓아서 위험은 없다.

모두가 즐겁게 타는 중에 남겨진 나와 리프리스 황왕은 세상 이야기를 하기 시작했다.

"그러고 보니 토야. 얼마 전에 가르쳐 준 해적 말인데, 고맙네. 덕분에 상인들도 기뻐하고 있지."

"일망타진하셨나요?"

"그럼. 단…… 해적 퇴치를 위해 출항한 배 중 한 척이 행방불명이 됐네. 수색은 하고 있지만…… 토야라면 조사할 수 있나?"

"할 수는 있다고 생각하지만…… 배의 특징은 아세요?"

자세한 배의 특징을 황왕 폐하에게 들은 다음 리프리스 주변 해역의 지도를 검색했지만 반응은 없었다. 그렇다면 침몰했다고밖에……. 산산조각이 나서 해저에 가라앉았다면 아무리 나라도 【서치】로는 찾을 수 없다.

"으으음……. 역시 바다의 마물에 당해 침몰한 건가……. 미안하군. 귀찮게 했어. 아쉽지만 수색은 중단할 수밖에 없겠군."

배를 끌어들일 정도의 바다 마물이라면 크라켄이나 시 서펜트 같은 거인가.

지상 마수는 모험자 등이 토벌할 수 있지만, 바다 마물은 모험자만으로는 쉽게 손을 댈 수 없으니…….

참고로 행방불명된 배의 이름은 맥클레인호. 이게 무슨 장난인가 싶어 모 할리우드 배우와 닮은 스킨헤드 황왕을 힐끔 봤지만, 아무래도 우연인 듯했다. 그거야 당연한가.

하지만 영화라고는 하지만 세계에서 가장 운이 없는 형사와 같은 이름의 배가 이런 재난을 만나다니, 무언가 운명이 느껴졌다. 그 형사처럼 끈질기게 살아남아 준다면 좋겠는데 말이야.

마동승용차(에테르 비클)를 시승해 본 임금님들은 모두 만족스럽다는 듯이 몇 대씩 사겠다고 말했다. 구매해 주셔서 감사합니다.

에테르리퀴드는 하나가 반년을 가지만 예비로 사용하라고 하나씩 서비스로 더 주었다. 그리고 스페어타이어와 비포장용인 오프로드 타이어도. 미스미드나 제노아스는 아직 거친 길이 많으니까.

구매한 마동승용차를 분해하면 자국에서 생산 및 개량도 가능하겠지. 애초에 돈을 벌기 위해 만든 것이 아니니, 몇 년 후에 나라마다 어떤 식으로 진화한 자동차가 굴러다니고 있을지 기대가 되었다.

"이런 것들이 가도를 오가게 될 테니 길을 더 많이 포장해야겠군."

"그런 거라면 토목 작업용 새 마공 기계를 드워프들이 곧 완성할 모양이에요. 마법사가 아니라도 꽤 편하게 작업할 수 있게 될 거라 생각해요."

드베르그의 개발도 순조로운 듯하니, 그쪽도 곧 팔기 시작하자. 이쪽은 내 뜻대로 가격이나 판매 대수를 결정할 수 없으니 오르바 씨에게 맡기게 되려나? 나에게 떨어지는 이익은 거의 없지만.

그 후에도 마동승용차 시승이라는 명목으로 임금님들은 잠시 시승을 계속하며 놀면서 보냈다. 레이스까지 시작했네.

참고로 레이스는 파르프 소년왕이 압도적으로 빨랐다. 드라이빙 테크닉이 좋다거나 그런 건 아니고, 그냥 단순히 체중이 가벼워서 그런 것 같다.

다음 날, 각국에 부탁받은 수량의(일단 상한은 5대로 결정했지만) 마동승용차(에테르 비클)를 대금과 바꿔 인도하고, 돈을 코사카 씨에게 건네주었다.

발코니로 나가 성의 안뜰을 내려다보니 마동승용차에 올라타 운전 연습을 하려고 하는 라피스 씨와 메이드들의 모습이 보였다.

안뜰에는 마동승용차 연습용으로 간단한 코스를 만들어 두었다. 레이스 게임 등의 '스테이지1' 같은 녀석을.

메이드장이 직접 올라탈 만큼 의욕을 보였지만, 마동승용차는 자전거처럼 저렇게까지 연습을 해야 할 물건이 아니었다.

조종 방법도 간단하니, 카트 같은 것이었다. 익숙해지면 어린아이도 탈 수 있다. 조금 더 복잡하게 만들어도 괜찮았을지 모른다. 하지만 운전면허학원 같은 곳도 없으니 말이지.

라피스 씨가 혼자서 올라타 천천히 자동차를 내달리기 시작했다. 움직임을 확인하듯이 안뜰을 한 바퀴 돌았다. 상당한 안전운전이다. 저것을 탈 수 있게 되면 마을로 장을 보러 가는 것도 편해지겠지. 물론 메이드장이 직접 장을 보러 가는 일은 없을 테지만.

그런 느낌으로 안뜰을 바라보는데, 갑자기 품에서 스마트폰이 울렸다. 응? 어라, 제노아스의 마왕이네. 납품한 자동차에 무슨 문제라도 있었나?

"네, 여보세요."

〈오오, 브륀힐드 공왕인가?〉

"무슨 일이세요? 사쿠라와 관련된 푸념이라면 끊을 겁니다?"

〈잠깐! 그건 그거대로 어떻게든 해 줬으면…… 아니, 지금은 관계없군. 응…….〉

"그래서요? 무슨 일 있었나요?"

〈방금 들어온 정보인데, 공왕이 말한 프레이즈라는 변이종 말이야. 우리 나라에도 나왔어.〉

"네……?!"

변이종이 제노아스에?

〈장소는 라무도라는 마을이야. 분명히 그 마을은 도적이나 거친 자들이 많아서 범죄가 일상다반사인 마을이었지. 공왕이 말한 부정적인 감정이 많이 모여 있는 장소에 해당해.〉

"마을 주민들은요?"

〈거의 모두가 수정뼈 좀비가 됐지. 나타난 변이종은 한 마리. 그것 자체는 파견한 오거 부대가 어떻게든 쓰러뜨렸어. 희생자도 몇 명인가 나왔지만.〉

오거 부대인가. 분명히 오거 몇십 명의 힘이라면 하급종 정도는 변이종이라도 쓰러뜨릴 수 있다. 물론 그렇게 간단한 일은 아니겠지만…….

수정 해골이 나왔다는 것은 '영혼 포식'을 했다는 말이다. 사신은 힘을 기르기 위해 산드라나 레스티아에서 '영혼 포식'을 했다. 설마 이것도……?

이런 시기에 앞뒤, 양쪽 세계에 변이종이 나타났다. 역시 사신의 암약이 있는 모양이다.

이후로도 비슷한 일이 일어날 가능성이 크다. 모험자 길드에 있는 감지판은 평범한 프레이즈에만 반응한다. 변이종을 생포해 연구하면, 새로운 감지판을 만들 수 있을까?

〈쓰러뜨린 변이종은 역시 끈적하게 녹아 버렸다는 모양이야. 수정 해골은 핵을 부수면 본체도 산산조각으로 부서졌지만, 일단 회수는 해둔 모양이더군. 이건 프레이즈의 정재와

같은 건가?〉

“기본은 같아요. 마력을 주입하면 단단해지고 마석보다도 순도가 높은 효과를 보유하고 있어요. 결합은 안 되니 작은 것밖에 못 만들어 프레이즈보다 사용처는 줄어들지만요.”

〈그래도 나름의 재산이 되는군……. 하지만 그것이 희생된 자들의 유골이라는 점이 안타까워. 희생자도 성불하지 못하겠지.〉

마왕 폐하의 말대로 영혼을 먹힌 자는 이제 구원받을 수 없다. 저세상에도 못 간다. 윤회전생의 틀에서 벗어나 소멸한다. 확실히 안타까움을 금할 수 없다.

사신은 그 영혼 에너지를 변이종에게 수집하게 하고 있는 걸까. 서서히 힘을 모으는 듯해서 불길한 느낌이 들었다.

아무튼, 쓰러뜨린 건 제노아스이니 그 정재는 물론 마왕국이 마음대로 사용해도 상관없다. 돈으로 바꾸어 희생자의 가족이나 친족에게 보상금으로 줘도 좋고, 다음을 대비해 마법 장비의 개량이나 군비에 사용하는 것도 좋다. 작은 조각이라도 비늘 갑옷(스케일 메일)처럼 가공하여 마력을 주입하면 멋진 방어구가 된다.

마왕 폐하와의 전화를 끊은 다음, 나는 이런 일이 만약 계속된다면 뒤쪽 세계에도 나름의 협력자가 필요할지도 모른다고 생각하기 시작했다.

자, 어떻게 하면 좋을까…….

문득 안뜰을 보니, 라피스 씨가 맹렬한 속도로 코너를 향해 자동차를 달리고 있었다. 어어이! 너무 빠르잖아! 저래선 코너를 미처 돌지 못…… 어어어?!

라피스 씨는 의도적으로 타이어를 미끄러지게 만들어 차체의 방향을 틀더니, 몸이 밖으로 나올 정도로 안쪽으로 체중을 기울여 속도를 줄이지 않고 코너를 완벽하게 돌았다.

드리프트 주행……. 아니, 오토바이의 행 온인가? 아, 행 온이 아니라 외국에서는 행 오프라고 했던가? 아니, 그건 아무래도 좋고.

자전거를 탈 때도 쉽사리 탔었는데, 우리 메이드에게 저런 드라이빙 테크닉이 필요한가? 그런 것보다 타이어가 손상되잖아……. 순식간에 반들반들해질 거야.

그런 생각을 하면서도 모나코 공국처럼 공용도로 레이스를 할 수 없을지 나는 생각을 해 보았다.

메이드의 기술, 무시무시해.

제2장 신들을 잇는 자

〈장소는 산드라 왕국……. 아니, 산드라 지방의 중앙부, 파린 사막. 출현 숫자는 1만 이상이라고밖에는 말씀드리기 힘듭니다. 일찍이 유론에서 일어난 대습격과 비슷한 정도의 프레이즈가 출현할 것으로 보입니다.〉

"출현할 때까지의 시간은요?"

〈하루도 채 남지 않았으리라 생각합니다.〉

길드 마스터인 레리샤 씨의 전화를 받고 나는 마음속으로 혀를 찼다. 지금에 와서 프레이즈의 대습격이라니.

출현 지대가 사막 한가운데라는 것이 그나마 다행인가. 가장 가까운 드라가 마을까지도 수백 킬로미터는 떨어진 곳이었다.

산드라는 내가 노예 해방을 한 이래로 혼란이 이어졌다. 기본적으로 노예가 없었던 평범한 농민, 직인들은 별로 영향이 없었다. 해방되어 산드라에 남아 있던 노예들도 제대로 임금을 지불하는 정상적인 상인에게 고용된 사람들이 많다고 들었다.

문제는 노예를 학대하고 가혹한 노동을 강요했던 귀족과 대상인들이었다.

그들은 해방된 노예들의 보복을 우려해 산드라를 탈출, 재산을 가지고 모습을 감췄다. 몸을 지켜 주던 위병들마저도 노예였기 때문에, 그런 귀족들을 지켜 주는 사람들보다 원한을 갚으려는 사람들이 훨씬 많았던 것이다.

결과, 도시나 마을을 통치하던 자가 사라져, 각각이 지자체처럼 되었다. 개중에는 이전에 노예였던 자들끼리 마을을 개척하는 곳도 있다는 모양이었다.

물론 그런 귀족만 있었던 것은 아니고, 지방의 영주 등은 원래 노예들을 잘 대해 준 사람도 많았던 듯했다. 그건 돈이 없는 변경이라 노예들을 마구 다뤄 못 쓰게 만들 수 없었던 면도 있었겠지만, 그 덕분에 피해를 받지 않을 수 있었으니 얄궂은 일이다.

산드라 왕국은 좋든 나쁘든 독재 왕국이었기 때문에, 원래 쇄국에 가까워 식량 자급률 자체는 그다지 나쁘지 않았다. 지금도 그다지 나빠지지는 않았다고 한다. 노예들이 전부 사라졌고 복수를 두려워한 귀족들도 도망쳤으니까.

산드라는 나라의 대부분이 사막이지만, 나머지는 풍성한 농업 지대라는, 모순된 지역이다. 이것도 정령의 은혜가 만들어낸 현상일 테지만, 그 덕분에 음식이 그다지 부족하지 않다는 것은 고마운 일이다.

그런 산드라 사람들의 나에 대한 평가는 완벽하게 두 갈래로 나뉘었다. 노예를 해방한 영웅이라는 평가와 산드라를 멸망시킨 악마라는 평가.

그런 이야기에는 과장이 붙기 마련으로, 사신에게 영혼을 먹혀 버린 아스탈을 멸망시킨 것도 내가 한 짓이라고 소문이 퍼졌다.

아니, 분명히 내가 불태우긴 했지만. 그건 화장을 위해 불태운 것뿐이다.

그래도 유론보다는 아직 나은 편이다. 그쪽에서는 아직도 프레이즈를 내가 직접 만들어 꾸민 일이라는 의심이 퍼져 있으니까. 굳이 왜 그렇게 수고가 드는 일을 몇 번이고 몇 번이고 할 거라 생각하는 건지.

아무튼 비상사태다. 어서 세계 동맹의 임금님들에게 협력을 부탁해야 해. 나는 서둘러 스마트폰의 연락처 어플리케이션을 실행했다.

사막에 주르륵 늘어선 프레임 기어 412기. 그 내역은.

벨파스트 왕국
리프리스 황국

미스미드 왕국

레굴루스 제국

라밋슈 교국

로드메어 연방

리니에 왕국

파르프 왕국

레스티아 기사 왕국

마왕국 제노아스

펠젠 마법 왕국

으로, 각국이 흑기사(나이트 바론) 3기, 중기사(슈발리에) 27기 등, 총 30기.

그리고 우리 브륀힐드 공국이 전용기(발큐리아) 9기, 백기사(샤인카운트), 흑기사(나이트 바론), 청기사(블루문)인 지휘관기 3기, 중기사(슈발리에) 70기였다.

프레이즈 1만 대가 출현하더라도 한 사람당 24마리 정도를 쓰러뜨리면 된다는 계산이 된다. 출현하기 전에는 알 수 없지만, 하급종이라면 그다지 힘들이지 않고 쓰러뜨릴 수 있다. 고립된 채 둘러싸이면 위험하지만.

"문제는 이 더위네요. 전용기를 제외하면 프레임 기어의 조종석에는 냉각 기능이 없습니다. 지금은 아직 해치를 계속 열어 놓을 수 있으니 그나마 다행이지만, 전투가 시작되면 그럴 수도 없을 테니까요."

"그렇다면 밤에 출현해 주면 좋을 텐데……."

“그건 그거대로 이번엔 시야가 나빠져요.”

내 말을 듣고 레스티아 기사왕과 리니에 국왕이 반응했다. 확실히 지난번 야간 전투를 할 때는 상당히 성가셨던 듯하다. ‘듯하다’ 라고 한 이유는, 그때 지배종인 기라와 싸우다 쓰러지는 바람에 잘 기억이 안 났기 때문이다.

프레임 기어는 특수한 코팅을 해 두었기 때문에 달걀이 익을 정도로 열이 오르지는 않지만, 그래도 상당히 더워지는 건 사실이다.

“일단 물과 소금은 잔뜩 준비해 두었으니 탈수 증세에 주의해 주세요. 그리고 익숙지 않은 사막전이에요. 발이 빠질 수 있으니 전투 전에 어느 정도 움직여 적응해 두는 편이 좋겠어요.”

넘어져서 당해 버릴 가능성도 있다. 프레임 기어는 커다란 기체 손상을 받으면 【프로그램】된 대로 전이 마법이 조종사를 탈출시키기 때문에 안전성이 높았다.

그렇지만 콕핏을 공격당하면 순식간에 끝장이다. 즉사해 버려서는 구할 방도가 없다.

프레이즈는 인간의 심장을 정지시키기 위해 죽이려 달려드는 거니까. 충분히 조종사를 노리고 공격할 수도 있다.

사막 위에 세워진 임시 컨테이너 하우스(작전사령실) 안에서 커다란 책상에 펼쳐진 지도를 보며, 각국의 왕이 각자의 배치를 결정했다.

이 컨테이너 하우스 안은 열기를 차단하였고 마법으로 생성한 간이 냉기로 가득 차 있었지만, 바깥으로 나가면 지옥 같은 더위가 기다리고 있었다.

"상급종은 출현할까요?"

"유론의 도시를 지워 버린 녀석인가. 가능하면 나오지 않았으면 하는군."

컨테이너 하우스 안에 설치된 분할 모니터에 비치는 사막 영상을 바라보면서 로드메어 전주 총독과 제노아스 마왕이 말했다.

"이번엔 출현하지 않을 거예요. 그러니 기본은 하급, 중급종이 상대가 될 거라 생각해요. 그리고 변이종 말인데……."

"그 금색 프레이즈를 말하는 거지?"

"네. 변이종은 일반 프레이즈보다 조금 더 강할 뿐이지만, 다른 프레이즈를 포식해 그 힘을 흡수하면 더욱 강해져요. 발견하면 가장 먼저 해치우는 것이 제일 좋아요."

변이종이 나타난다는 보장은 없지만 조심해서 나쁠 것은 없다. 그보다도 또 기라 같은 지배종이 나오지나 않을까, 그게 더 걱정이다.

그건 그렇고…… 이 컨테이너 하우스는 전선 기지이면서 안쪽의 문은 브륀힐드로 연결되어 있어, 만약의 상황에는 임금님들이 탈출하는 통로의 기능도 있다.

그 문을 통해 메이드장인 라피스 씨를 선두로, 우리 메이드들이 모두의 식사를 가지고 왔다. 점심 식사다.

각국의 조종자들에게는 먹기 쉽게 주먹밥이나 샌드위치 등과 차가운 물이 들어간 수통을, 그리고 임금님들에게는 냉라멘을 제공했다.

이 냉라멘, 원래를 일본 토호쿠(東北) 지방의 향토 요리다. 식으면 굳는 동물성 유지(油脂)를 사용하지 않은 덕에 겉보기에는 라멘이지만 국물도 면도 차갑다.

히야시츄카 같은 시큼한 맛도 없고 한 번 먹으면 묘하게 자꾸만 당기는 점은 라멘과 마찬가지다. 나도 야마가타(山形)의 친척집에 놀러 갔을 때 먹어 보고 완전히 반했다.

국물은 간장맛. 탄력 넘치는 면과 닭햄, 삶은 달걀, 멘마, 파, 소용돌이 어묵 등이 토핑으로 올라가 있었다. 후추는 취향에 따라서.

"호오. 처음으로 먹는데 말끔하고 맛있군."

"이 고기……. 아주 부드럽네요. 맛있어요."

임금님들도 호평이었다. 정말, 우리의 주방장 클레아 씨에게는 절로 고개가 숙어진다.

임금님들도 매월 회의를 끝내고 우리 나라에서 식사하는 경우가 많은 덕인지 젓가락 사용법이 익숙해졌는걸? 펠젠이나 제노아스, 파르프처럼 새로 가입한 분들은 포크를 사용하고 있지만.

"그건 그렇고, 브륀힐드 공왕. 이번 싸움을 마친 후, 쓰러뜨린 프레이즈의 조각을 우리에게도 나눠 줄 수 없겠는가?"

라멘을 후루룹 먹으면서 펠젠 국왕이 물었다. 마석보다도 훨씬 순도가 높고 사용처가 많은 정재는 마법 국왕으로서 놓칠 수 없는 물건일 것이다. 앞으로 마도 열차 개발에 사용할지도 모른다.

물론 프레임 기어를 대파당하면 그 수리비는 따로 청구할 거지만. 고치는 데도 가공한 강철 등의 재료비가 들어가니까. 인건비는 '공방'에서 만들기 때문에 거의 들어가지 않지만, 그건 비밀이다.

유미나 일행도 교대로 텐트에 와서 라멘을 먹었다. 모두도 전체적으로 호평이었다. 임금님들에게는 직접 만들어 먹을 수 있도록 냉라멘의 레시피를 건네주었다.

밖의 더위는 더욱 심각해졌다. 게다가 사막에 자리를 잡은 마물들도 드문드문 나타나는 모양이었다. 물론 프레임 기어의 상대는 아니어서(샌드크롤러만큼은 커서 성가셨지만), 이쪽을 습격하지 않는 이상은 무시하라고 지시해 두었다.

이렇게 되니 얼른 출현해 달라고, 묘한 기원과도 비슷한 감정이 싹트네.

텐트 밖으로 나가 사막 저편까지 응시했다. ……흔들리는 아지랑이가 보일 뿐 특별한 변화는 아무것도 없었다. 나오지 말아 달라고 할 때는 나오는 주제에, 이럴 때는 꼭 나오지 않는다.

모두가 대기하는 곳으로 가려고 사막에 한 걸음 내디뎠을 때, 시야의 구석에서 무언가가 움직인 듯한 느낌이 들었다.

"……?"

3미터 정도 앞의 사막에 무언가 있는 것 같았다. 살의나 적개심은 느껴지지 않았지만 '무언가'가 있다.

혹시 몰라 '신안(神眼)'으로 계속 보니 미동도 하지 않았던 그 모래 슬라임이 작게 몸을 떨었다. 으응?

〈그쯤에서 용서해 주세요.〉

갑자기 여자 목소리가 들려서 슬라임에게서 시선을 돌렸다.

슬라임 옆에서 모래가 휘돌아 오르더니 그 자리에 갈색 피부에 간소한 천으로 몸을 둘렀을 뿐인 긴 검은 머리카락의 여성이 나타났다. 그 여성의 주변이 흐릿하게 빛나고 있는 것처럼 보였다. 이 느낌은…….

"정령……인가?"

〈네. 저는 이 사막에 사는 모래 정령입니다. 그자는 저의 권속. 결코 당신에게 위해를 가하는 존재가 아닙니다. 부디 용서해 주세요.〉

"어? 용서라니, 아무 짓도 안 했는데?"

〈그 정도의 신력(神力)으로 시선을 고정하고 계시면 움직일 수 없답니다. 신의 힘은 정령의 권속에게 있어 절대적이니까요.〉

……그러고 보니 하느님이 얼마 전에 우리 축제 때 와서 그랬었지? 정령은 신을 따르며 함께 이 세계를 만들었다고.

신력을 약하게 하자 모래 슬라임은 겁을 먹은 듯이 모래 정령의 뒤로 천천히 물러났다. 미안해~.

〈모치즈키 토야 님, 이시죠? 소문은 많이 들었습니다.〉

"어? 누구한테?"

〈바람 정령의 권속들에게서요. 그녀들은 이야기하길 매우 좋아해서, 이런 데까지 전달된답니다.〉

그녀들이라고 했으니 여성인 건가. 아니, 정령에게 남녀 구별은 없을지도 모르지만.

그건 그렇고, 바람 정령의 권속은 소문 이야기를 꽤 좋아하는 모양이다. '풍문(風聞)' 이라고들 하는데, 그야말로 그 자체다.

〈그런데 이 삼엄한 분위기는 뭘까요?〉

모래 정령이 멀찍이서 줄지어 있는 프레임 기어를 바라보며 고개를 갸웃했다.

일단 이제부터 무슨 일이 있을지 설명해 두었다. 사막의 정령이라고 하면 사막에서는 토착신 같은 것일 테니, 자신의 영역에서 소동이 일어나면 싫을지도 모르지만.

〈그렇게까지 신경 쓰지 않으셔도 괜찮습니다. 조금 걱정이 되었을 뿐이니까요.〉

"고마워. 민폐를 끼쳐서 미안."

〈아니요. 이 세계는 이미 지상에서 살아가는 자들의 것. 우리 정령은 그것을 지켜보다 마음이 내키면 도와줄 뿐인 존재입니다. 물론 사람에게 적극적으로 간섭하려고 하는 정령도 있고, 전혀 사람에게 관심이 없는 정령도 있지만요.〉

사막 정령도 굳이 따지자면 후자인 듯했다. 사람이 하는 일에 별로 흥미가 없는 타입인 모양이다. 반대로 바람 정령은 너무 흥미가 많아서 탈이라고.

이전에 만난 대수(大樹)의 정령은 지켜보는 타입이었지?

〈그럼 무운을 빌겠습니다. 언젠가 다시 또 만나요.〉

그런 말을 남기고 모래 정령은 스윽 모습을 감췄다. 모래 슬라임도 나에게 묵례를 하고(한 것 같은 느낌이 들었다) 모래 안으로 사라져 갔다. 뭔가 굉장히 담백하네. 드라이라고 해야 할지 뭐라고 해야 할지……. 사막의 정령인 만큼 메말랐다고 해야 하나?

하지만 '신안' 을 사용하면 정령의 모습을 포착할 수도 있구나. 바람 정령인가도 이걸 사용하면 볼 수 있을지도 모른다.

천천히 하늘을 보며 응시하자, 흐릿한 반투명 요정 같은 것이 몇 개인가 하늘에서 흩날리고 있었다. 저건…… 정령이 아니지? 바람 정령의 권속인가?

엄청난 상공에 있고 이쪽을 눈치챈 건지 못 챈 건지 계속 춤을 추는데. 뭐, 아무래도 상관없나?

나는 '신안' 을 해제했다. 아~ 눈이 따끔거려……. 마치 안구 건조증에 걸린 것 같다. 다음에 플로라에게 안약이라도 만들어 달라고 할까……?

"아, 여기 있다. 토야."

누군가가 말을 걸어 돌아보니 모로하 누나와 카리나 누나가 서 있었다. 어느새…… 아니, 브륀힐드와 연결된 텐트 안의 문으로 온 건가?

"……혹시 참전할 생각이에요?"

"물론이야."

"물론이지."

"그렇군요……."

물어봐야 입만 아프다. 우리 검의 신과 사냥의 신은 의욕이 넘쳤다. 신의 힘만 사용하지 않으면 괜찮다고는 해도 맨몸, 그것도 일격으로 프레이즈를 쓰러뜨리면 프레임 기어의 존재 의의가 사라지거든요? 물론 나도 그런 말을 할 처지는 아니지만…….

"그건 그렇고, 모로하 누나야 그렇다 치고 카리나 누나는 프레이즈를 활로 상대할 거예요?"

"얕보면 안 되지. 나는 활 외에도 쓸 줄 알아. 창던지기나, 손도끼, 단검부터 총까지. 사냥에 사용할 수 있는 무기는 전체적으로 다 쓸 수 있어. 물론, 검의 신처럼 특화된 녀석에게는 이길 수 없지만."

그렇구나. 그러고 보니 전에 작살로 물고기를 잡았던가?

"그러니, 무기가 있으면 뭐라도 좀 줘."

"솔직구네요……."

거절해 봐야 소용없으니 【스토리지】에서 정재를 꺼내 주문대로 엄청 큰 창을 만들었다. 날 길이만으로도 평범한 검 정도로, 대검에 긴 손잡이를 붙인 거나 마찬가지였다.

경량화 마법으로 무게를 줄이려고 했지만, 어느 정도의 무게가 아니면 다루기 어렵다고 해서 거의 그대로였다.

붕붕, 하고 쉽사리 휘두르는 모습을 보면 무겁든 가볍든 관계없는 게 아닐까 하는 생각이 들었다. 물론 때려눕히는 데는 무거운 편이 좋겠지만.

"신력을 봉인하고 싸우는 것도 딱 좋단 말이지. 신계에서는 공공연하게 싸우기가 힘드니까."

"전혀 봉인한 것처럼 안 보이는데요?"

"이쪽 세계의 인간도 최대한으로 단련하면 이 정도의 개인기는 보여 줄 수 있어. 인간이라는 생물은 아직도 한참 본래의 힘을 다 쓰지 못하고 있는 것뿐이야."

"최대한으로 단련하면…… 말인가요?"

감탄해야 하는 건지 어이없어해야 하는 건지 구별이 안 된다. 누나들이 말하는 '최대한' 이란 말은 인간을 그만두란 이야기 아닌가?

이 사람들을 보면 나는 아직 정상 범주에 들어가는 것이 아닐까 착각해 버릴 것 같았다. 착각도 유분수지만.

마음속으로 그런 자학적인 생각을 하는데, 본진 텐트 옆에 세워져 있던 스피커에서 사이렌이 울리기 시작했다.

"왔다!"

【롱센스】를 사용해 시야만을 전방의 사막으로 날려 보냈다.

사막의 열기에 흔들리는 공간에 균열이 생기며 하늘이 갈라지기 시작했다. 부서진 공간의 틈새에서 많은 프레이즈들이 우르르르 사막에 넘쳐났다. 역시 하급종과 중급종이다.

"전방에 프레이즈 출현! 모두 프레임 기어에 탑승! 전투태세에 들어가라!"

스마트폰을 통해 전군에 전달했다. 【스토리지】에서 정재의 대검 두 자루를 꺼내 모로하 누나에게 건네주었다. 그대로 나는 상공에서 상황을 파악하려고 【플라이】로 날아올랐다.

"저건……!"

프레이즈들이 나타난 것과는 다른 방향의 공간이 마찬가지로 부서지기 시작했다. 그리고 그곳에서 이번엔 암금색 프레이즈들이 마찬가지로 우르르르 사막으로 기어 나왔다. 변이종이다.

프레이즈들보다 수는 훨씬 적었지만 그래도 상당한 숫자다. 역시 나타난 건가.

"이런……. 저 녀석들이 저쪽의 프레이즈들을 먹어 강해지면 성가셔져……."

변이종은 프레이즈를 흡수해 그 몸을 강화한다. 평범한 하급종이 중급종으로 변하는데, 더욱더 많이 받아들이면 상급종 수준의 변이종이 될지도 모른다. 그걸 가만히 보고만 있을 수만은 없어서.

"변이종 확인. 전용기 발큐리아들은 저쪽을 맡아 줘. 가능하면 프레이즈 쪽으로 가까이 다가가지 못하게 막아."

변이종이 나온 탓에 프레이즈들의 행동을 예측하기 힘들어졌다.

우리는 프레이즈의 출현 예측 지점과 그곳에서 가장 가까운 마을의 직선상에 진을 치고 있었다. 프레이즈는 인간을 습격한다. 그 침공 방향을 막고 있었던 셈이다.

하지만 변이종이 나타나 프레이즈들은 뿔뿔이 흩어져 움직이기 시작했다. 이래서는 요격할 수가 없다.

일단 이렇게 됐을 때를 대비해 작전을 세워 두길 잘했어.

"진형을 변경합니다. 각 대원 전송에 대비해 주세요."

각 나라의 프레임 기어를 프레이즈를 중심으로 한 여덟 방향으로 전이시켜 둘러쌌다. 어쨌든 도망치지 못하게 만들어 요격해야 한다.

단, 이렇게 하면 프레이즈의 움직임에 따라 전투가 격렬해지는 곳과 그렇지 않은 곳이 나뉠 가능성이 있다. 그건 내가 상황을 보고 판단할 수밖에 없다.

이미 포위진의 일각에서는 전투가 시작되었다. 에르제 일행도 변이종 쪽으로 움직이기 시작했다.

〈프레이즈 출현 숫자, 하급종 10954, 중급종 2352, 변이종 3621, 총 16927마리입니다.〉

스마트폰에서 본진에 있는 통신 담당, 셰스카의 목소리가 들려왔다.

큭, 예상보다 많아. 유론 때도 분명히 13000 정도였는데. 그래도 상급종이 없는 만큼 낫다고 봐야 하나……?

〈마스터. 본진 정면 2킬로미터 앞에 거대한 공간 진동을 확인. 상급종입니다.〉

"뭐라고?!"

상급종 관련 반응은 없었는데? 이렇게 많은 숫자에 더해 상급종까지 오면 힘들다!

또다시 공간에 균열이 일어나 부서지더니, 그 사이에서 거대한 프레이즈가 모습을 드러냈다.

예리한 부리, 긴 목, 강력한 두 개의 다리와 유난히 긴 꽁지깃. 전신이 수정처럼 결정화되어 있지만, 그 모습은 아무리 봐도 새였다. 너무 크지만.

기어 나온 그 상급종이 긴 쇠사슬 같은 꽁지깃을 촤악! 하고 부채처럼 펼치자 등 뒤로 긴 꽁지깃이 잇달아 좌악 늘어섰다. 그리고 작렬하는 햇살을 받아 깃이 반짝반짝 빛났다.

"공작이야……?!"

공작이라고 한다면, 정확하게 말해 저건 꽁지깃이 아니었던가? 이런 상황에 뭐든 상관없지만.

하지만 이래선 귀찮게 되어 버렸어……. 변이종 쪽으로 가는 에르제 일행의 전용기 발큐리아를 반쯤 이쪽으로 돌려서…….

〈마스터. 다시 거대한 공간 진동을 확인. 또 상급종입니다.〉

"아니……?!"

세스카의 통신을 듣고 말문이 막힌 나는 공작 너머로 시선을 돌렸다.

마찬가지로 공간을 찢고 두 번째 상급종이 나타나려 했다.

튀어나온 그 모습은 이형(異形). 형태는 앵무조개에 가까웠다. 단단해 보이는 껍데기를 짊어진 모습으로, 긴 촉수 같은 것이 무수히 뻗어 있었다.

그리고 짊어진 울퉁불퉁한 수정 껍데기에서는 작은 돌기물이 나 있었다.

"두 마리째……!"

눈 앞에 펼쳐진 광경을 보고 나는 잠시 움직일 수 없었다.

앵무조개 상급종은 둥실둥실, 사막의 위를 4미터 정도 높이로 떠다녔다. 분명히 앵무조개는 껍데기 안에 가스를 모았다가 배출하면서 떴다가 가라앉았다가 한다고 할아버지에게 들은 적이 있다.

잠수함과 비슷한 성질을 지녀, 작가 쥘 베른은 자신의 소설에 등장하는 잠수함에 앵무조개의 영어 이름을 붙였다. '노틸러스' 라고.

앵무조개는 움직임이 재빠르지는 않다고 하지만, 그게 이 상급종에도 해당할지 어떨지는…….

"어쩌지……? 두 대나 상급종이 나오다니 예상외야. 한꺼번에 쓰러뜨리는 건…… 무리겠지?"

만약을 대비한 비장의 무기라면 드릴탄을 쏘는 거대 마포인 '브류나크' 가 있다. 그거라면 상급종도 잘하면 한 발로 쓰러뜨릴 수 있다.

하지만 그건 한 발을 쏘려면 시간이 오래 걸려서 연사할 수 없다. 게다가 두 발째를 쏠 때 바빌론에서 한 번 분해하고 조정하지 않으면 흐트러진 조준을 되돌릴 수 없다.

그에 더해 그걸 쏘려면 막대한 마력 및 불과 바람 속성의 마법이 필요하다.

마력은 내가 주입해도 되지만, 주입량을 잘못 조절하면 드베르그 때처럼 폭발할 가능성도 있다. 자칫하면 '브류나크' 를 다루는 린제와 린을 위험에 빠뜨릴 수도 있다. 그러니 그건 기각이다.

모래 위라면 【슬립】을 걸어도 대상이 되는 모래가 금방 바람에 날려가 버리니 효과가 없을 테고…….

"어느 쪽이든…… 일단은 먹어라, 【유성우(미티어 레인)】!"

상급종 두 마리가 있는 상공으로 정재로 만든 소프트볼 크기의 '별' 이 잇달아 전이하여 나타났다. 미리 【그라비티】를 걸어 둔 별은 유성우가 되어 지상으로 쏟아졌다.

하늘에서 날아오는 별을 알아차렸는지, 상급종인 공작이 고개를 들었다.

키이이이이이이이이이이이이이이이이이이잉!!

날카로운 공명음을 울리며 공작이 활짝 펼친 꽁지깃을 하늘을 향해 들었다. 잘 보니 공작의 꽁지깃에 해당하는 곳의 동그란 모양이 마치 렌즈처럼 둥그스름해지더니, 그곳으로 작은 빛이 모여들기 시작했다. 설마 저건……!

파아앗!! 하고 꽁지깃 렌즈에서 확산된 무수한 레이저 같은 것이 발사되었다. 그것은 떨어지는 별을 모두 맞혀 떨어뜨렸다. 아니, 맞혀서 떨어뜨린 게 아니라, 소멸시켰다.

확산입자포 같은 건가?! 저런 걸 어떻게 막지?!

내가 당황하는데, 공작 프레이즈는 꽁지깃을 접고 똑바로 누여 원래의 상태로 되돌렸다. 마치 무기를 원래대로 돌려놓듯이. 접은 꽁지깃에서는 희미한 흰 연기가 피어오르고 있는 듯했다.

뭐지? 혹시 저쪽도 '브류나크' 처럼 연속으로는 쏘지 못하는 건가?

잘 모르겠지만…… 저 공작의 확산 레이저는 위험해! 지금 공작을 해치워야 해!

"모니카! 급히 '격납고' 에서 '브류나크' 를 전송해 줘! 린제, 린, 사격 준비!"

바빌론의 '격납고' 에 있는 모니카에게 스마트폰으로 지시했다.

【스토리지】 안에 【그라비티】를 건 별은 아직 있었다. 하지만 물량적으로 앞으로 한 발이 한계다. 지금 녀석에게 떨어뜨려 어느 정도의 대미지는 줄 수 있지만 처리는 하지 못한다.

그렇다면 '브류나크'를 쏘기 전에 【유성우】를 먹이고 녀석이 그것을 향해 확산 레이저를 쏘게 하는 편이 낫다. 그리고 그 충전 중을 노리고 '브류나크'로 핵을 꿰뚫어 부수는 거다.

문제는 그때까지 이 상황이 유지될지 어떨지다…….

'브류나크'가 바빌론에서 전송되자, 그것을 린제의 헬름비게와 린의 그림게르데가 확실히 양쪽 사이에 끼우듯이 받아들었다.

둘은 브류나크에서 뻗어 나온 코드를 각각 허리 위치에 있는 커넥터에 접속했다. 그리고 브류나크에 있는 갈고리발톱 같은 앵커를 사막에 박아 넣었다.

〈브류나크 접속. 충전 시작, 합니다!〉

린제의 목소리와 동시에 브류나크의 측면에 있는 게이지가 천천히 뻗어 나갔다. 그것을 슬쩍 보면서 나는 다른 전용기(발큐리아)들에게 지시를 보냈다.

"에르제, 야에, 힐다는 공작 프레이즈를 견제해 린제 일행에게서 주의를 빼앗아 줘! 루와 유미나는 앵무조개 프레이즈를 공작에게서 떼어내! 사쿠라와 스우는 린제 일행의 호위를 부탁할게! 잠시 변이종은 내버려 둬도 괜찮아! 프레이즈 쪽은 각국의 기사단과 모로하 누나, 카리나 누나에게 맡길게!"

앵무조개 쪽에도 저런 확산 레이저가 있을 가능성이 있었다. 애써 쏜 【유성우(미티어 레인)】를 앵무조개가 격추했다간 말짱 도루묵이다.

변이종도 성가셨지만, 중기사(슈발리에)로도 쓰러뜨리지 못할 것은 없었다. 게다가 저 녀석들은 나보다도 먼저 프레이즈를 습격할 테고 말이다.

〈크……! 이 긴 꼬리, 방해돼!〉

공작 프레이즈가 방향을 바꿀 때마다 휘둘리는 접힌 꽁지깃을 피하면서, 에르제의 게르힐데가 서서히 접근해 갔다.

마찬가지로 야에의 슈베르트라이테와 힐다의 지그루네도 공작 프레이즈 곁으로 사막 위를 달려서 다가갔다.

이윽고 세 명의 기체는 사막에 서 있는 공작의 오른 다리에 도착해, 각각 그 다리를 향해 혼신의 일격을 날렸다.

〈분! 쇄!〉

〈코코노에 진명류 오의, 봉추비렴(鳳雛飛廉)!〉

〈레스티아류 검술, 삼식(三式) · 참철(斬鐵)!〉

게르힐데의 파일벙커와 슈베르트라이테의 외날검, 지그루네의 양날검이 동시에 공작 프레이즈의 오른 다리를 향해 날아갔다.

이전에 출현했던 악어나 고릴라, 땅거북 같은 상급종과 비교해 이번의 공작 프레이즈는 다리가 가늘었다. 세 기나 동시에 공격하자 버티지 못하고 공작의 오른 다리는 멋지게 부서졌다.

“좋아!”

다리가 부서지자 공작 프레이즈는 균형을 잃었다. 쓰러지는 몸에 휩쓸리지 않도록 세 기 모두 재빨리 그 자리에서 이탈했다.

상급종이 쓰러진 충격으로 사막의 하늘에 모래 먼지가 드높이 날아올랐다. 부서진 오른 다리는 어차피 금방 재생될 테지만 이것으로 조금은 시간을 벌 수 있겠어.

쓰러진 공작 프레이즈 너머에서는 등에 장비된 ‘B(부스터) 유닛’의 다방향 버니어를 사용해 재빨리 이동하고 가속하기를 반복하며, 루가 타고 있는 발트라우테가 앵무조개를 끌어들였다.

앵무조개는 둥실둥실 뜬 채로, 무수한 촉수를 발트라우테를 향해 창처럼 내뻗었다. 하지만 B유닛을 장비한 발트라우테는 오른쪽, 왼쪽으로 재빨리 피하면서 사막을 후퇴해 갔다.

역시 앵무조개는 그다지 재빠르지 못한 모양이다. 날고 있다기보다는 떠 있을 뿐으로, 고속 이동은 할 수 없는 거겠지.

그래도 방심은 할 수 없다. 본체 속도는 재빠르지 않더라도 촉수를 날리는 속도는 꽤 빠르다. 발트라우테도 B유닛이 아니었다면, 이 정도로 여유롭게 회피하지 못했을 거라 생각한다.

갑자기 카킥! 하는 파열음과 함께, 앵무조개의 촉수 중 하나가 산산이 부서졌다. 후방에 있는 유미나의 브륀힐데가 저격한 것이다.

브륀힐데는 주변에 녹아드는 스텔스 기능이 있어서 여기서는 확인할 수 없다. 스텔스를 해제하면 은색 보디가 태양을 반사해 너무 눈에 띄게 반짝거리니…….

〈충전 완료! 언제든지 쏠 수 있어!〉

린의 통신을 받고 공작 쪽으로 시선을 돌렸다.

공작의 오른 다리는 이미 거의 재생되어서, 공작은 스스로 다시 일어서기 시작했다.

자신을 노리는 '브류나크'의 마력을 눈치챘는지, 공작 프레이즈는 날개를 펼치더니, 그곳에서 서프보드 같은 형태의 물건을 린제 일행을 향해 일제히 쏘아댔다.

무수한 수정 깃털이 린제와 린을 향해 빠르게 날아갔다. 하지만 그 앞을 가로막은 것이 있었으니, 바로 이미 서포트 메카닉으로 완전 합체한 스우의 거대 프레임 기어, 오르트린데 오버로드였다.

〈스타더스트 셸!〉

위로 올린 왼손에서 발사된 무수히 많은 별 모양의 빛이 눈 깜짝할 사이에 늘어서 빛의 방어벽을 형성했다. 날아온 수정 깃털은 모두 별의 방패에 막혀 튕겨 날아갔다.

방어에 관해서라면 오르트린데를 능가할 기체가 없다. 최연소인 스우를 전쟁터에 내보내는 이상, 안전에 안전을 거듭했으니 말이지.

깃털을 발사한 공작 프레이즈의 날개가 재생되어 갔다. 하려면 지금인가.

“한 번 더 먹어라, 【유성우(미티어 레인)】!”

이번엔 공작 프레이즈 하나를 목표로 ‘별’을 떨어뜨렸다. 그에 반응해, 조금 전과 거의 마찬가지로 꽁지깃을 펼쳐 요격 자세로 들어가는 공작 프레이즈.

확산 레이저가 다시 발사되어 공작을 덮치려 했던 머리 위의 유성이 조금 전과 마찬가지로 잇달아 소멸하였다. 노림수대로다.

“지금이야!”

정면의 오르트린데가 옆으로 이탈하자, 안쪽에서 나타난 린제의 헬름비게와 린의 그림게르데가 겨냥한 ‘브류나크’에서 굉음과 함께 드릴탄이 발사되었다.

드릴탄이 사막의 모래를 흩날리며 일직선으로 날아가 공작 프레이즈의 가슴에 꽂혔다.

꽂힌 탄환은 엄청난 파괴음을 사막에 울리면서 공작 프레이즈의 몸 안에서 회전하더니, 등을 뚫고 빠져나갔다.

공작 프레이즈의 움직임이 멈추고 체내에 무수히 많은 균열이 생겼다. 다음 순간, 굉음을 울리며 공작 프레이즈는 산산조각이 나더니 후드드득 소리를 내며 수정의 잔해가 되어 그 자리에 돌무더기를 만들었다.

“일단은 한 마리……!”

푸슛!! 하는 소리를 듣고 돌아보니, ‘브류나크’와 린제 일행의 프레임 기어 두 대에서 뭉게뭉게 수증기가 피어오르고 있었다.

"둘 다 괜찮아?"

〈괜, 찮아, 요. 문제없어요.〉

〈이쪽도 그럭저럭……. 마력은 이제 거의 없지만.〉

두 사람의 마력 자체는 내가 건네준 약혼반지를 통해 어느 정도는 회복할 수 있다.

하지만 그것과는 별도로 '브류나크'를 사용한 탓에 신체적으로 피로한 상태다. 마법을 사용할 때에도 그 나름의 체력이 필요하다. 단번에 마력을 한계에 아슬아슬하게 닿을 만큼 사용했으니까. 두 사람은 조금 쉬어야 한다.

어차피 헬름비게와 그림게르데도 상당히 부하가 걸렸을 테니 한동안 전투는 무리다.

"두 사람 모두 일단 본진으로 전이시킬게. 플로라에게 진찰을 받아 봐."

본진에는 기체 정비를 위해 '공방'의 로제타뿐만이 아니라, '연금동'의 플로라도 대기하고 있다. 전투하다 다친 기사들의 치료를 하기 위해서다.

【게이트】를 지면에 열어 '브류나크'와 함께 두 대의 프레임 기어를 본전으로 전이시켰다.

좋아, 이제는 앵무조개 쪽을…….

〈토야 오빠!〉

유미나의 목소리를 듣고 앵무조개 쪽으로 시선을 돌렸다. 그곳에는 많은 변이종에 둘러싸여 공중에서 발버둥 치는 앵무조개의 모습이 있었다.

앵무조개에 들러붙은 변이종들은 자신의 몸을 융합시키듯이 앵무조개를 침식했다.

앵무조개 프레이즈는 발버둥 치면서도 촉수를 뻗어 들러붙은 변이종들을 잘게 잘랐다.

하지만 역시 숫자가 너무 많았다. 앵무조개의 몸이 암갈색 페인트로 뒤덮이는 것처럼 조금씩 융합되어 점점 변해 갔다.

이윽고 사막 위에 앵무조개가 쿠웅, 하고 떨어지더니, 몇 개나 되는 촉수를 마구 휘두르며 날뛰기 시작했다.

틀림없이 변이종들은 저 앵무조개 프레이즈를 먹고 있다. 아니, 탈취하려고 하는 건가.

〈토야 님, 저걸 보십시오!〉

갑자기 앵무조개의 껍데기에서 불길한 가시 같은 것이 몇 개인가 뻗어 나왔다. 그리고 가느다란 촉수가 융합하면서 길고 두꺼운 오징어의 촉완처럼 변해 갔다.

금속 같은 광택과 예각 모양은 연체동물처럼 말랑말랑한 혐오감은 없었지만, 그래도 여전히 불길하게 보였다.

온몸을 암금색으로 침식당한 앵무조개가 미끄러지듯 움직였다.

————아니, 이제는 저걸 앵무조개라고 부를 수는 없었

다. 오징어나 문어, 달팽이 등이 섞인 이형의 무언가였다.
몸 전체가 한층 더 커진 듯한 기분이 들었다. 들러붙은 변이종의 분량만큼 커진 걸까.
상급 변이종의 변태는 계속되었다. 앵무조개의 껍데기 부분이 있던 곳이 우득우득 하고 좌우로 갈라지더니, 안쪽에서 원뿔형의 긴 무언가가 잔뜩 밀려 나왔다.
갑자기 그것이 사방팔방으로 마치 로켓 불꽃처럼 무질서하게 발사되었다. 그 발사된 원뿔형의 물건은 공중에서 폭발하더니, 더욱 가느다란 화살이 되어 사막에 수정의 비를 내리게 했다.
"【실드】!"
쏟아지는 화살의 비를 【실드】로 막았다.
이건 유론에서 그 악어 상급종이 사용한 클라스터 폭탄이랑 비슷한 건가.
적도 아군도 구분하지 않는 폭탄. 프레이즈나 프레임 기어 모두에게 공격을 가하고 있다. 변이종과 동화한 저 녀석에게 있어 프레이즈는 이미 아군이 아닐지도 모르지만.
여기저기서 프레이즈가 산산이 부서졌고, 프레임 기어의 팔과 다리가 파손되었다. 프레이즈는 핵만 무사하면 재생되지만 이쪽은 그렇지 않다.
"로제타! 방금 공격으로 인한 피해 상황은?!"
〈중파(中破) 29, 대파 7. 대파 탑승자는 모두 전이 탈출했습

니다. 단, 그중 두 명은 충격으로 중상. 죽을 염려는 없지만 전투는 불가능합니다.〉

운 나쁘게 콕핏에 맞았거나 몇 발인가 한꺼번에 맞은 건가? 어느 쪽이든 간에 죽지 않은 것만으로도 다행이지만…….

〈토야 님! 또 같은 것이!〉

"뭐라고?!"

날아든 루의 목소리에 고개를 들고 상급 변이종을 보니, 어느새 조금 전과 똑같은 미사일을 높이 발사한 상태였다.

다시 발사된 미사일. 그리고 또 광범위하게 수정의 화살이 흩뿌려졌다. 젠장! 이제 그만 좀 해!

중파 19, 대파 8. 또 세 명 정도 중상자가 나온 듯했다. 이런 일이 반복되면…….

〈토야, 들려?〉

"박사야?"

바빌론에 있어야 할 박사의 통신이 들어왔다. 무슨 일이 있었던 건가?

〈아직 시험 운전도 하지 않았지만, 이런 때니 상관없겠지. 지금 네 기체를 보낼게.〉

"!! 완성됐어?!"

〈90퍼센트 정도이지만. 몇몇 장비를 사용할 수 없지만, 그래도 너라면 충분히 싸울 수 있을 거야.〉

사막에 빛의 입자가 모인 다음 순간, 그곳에는 프레임 기어한 대가 서 있었다.

온몸에 수정 장갑을 둘렀고, 흰 바탕의 보디에 몇 개인가 금색 라인이 지나가는 모습. 크기는 표준적인 프레임 기어와 같았다. 등에는 접힌 날개 같은 것이 있었지만, 그건 장비이지 날개는 아니었다.

양팔에는 방패도 없고 검도 없었다. 머리에 있는 뿔 두 개를 포함해, 전체적으로 스타일리시한 취향이지만, 동시에 강력함도 느껴지는 기체였다.

이게 내 전용 프레임 기어, 다양전(多樣戰) 만능형 '레긴레이브'.

'신들을 잇는 자(레긴레이브)'라는 이름을 지닌 그 프레임 기어는 사막의 태양을 받아 반짝반짝 빛났다.

겨우 완성된 전용기를 보고 감개무량한 감정을 느끼는 나였지만, 그럴 시간이 없다는 사실을 새삼 떠올렸다.

하늘을 날아 콕핏 해치를 연 다음, 신품 냄새가 나는 시트에 앉은 뒤 해치를 닫았다. 그리고 눈앞의 콘솔에 스마트폰을 장착했다.

낮은 기동음이 나더니 레긴레이브의 다양한 계기판이 부드러운 빛을 내며 눈을 떴다. 전방위라고는 할 수 없지만, 상당히 시야가 넓은 모니터가 바깥 모습을 비춰 주었다.

조종간을 쥐고 천천히 마력을 흘리자 내가 원하는 대로 레긴레이브가 머리를 움직여 시야를 바꾸었다. 사고 동조 제어도 문제없이 움직이는구나.

상급종 상대로 맨몸으로 싸우는 것은 역시 상대하기 벅차다. 하지만 레긴레이브가 있으면…….

"좋아, 그럼 상대해 볼까. 먼저…… 프라가라흐(비조검(飛操劍)) 기동!"

〈프라가라흐, 기동합니다.〉

스마트폰에서 음성과 함께 레긴레이브의 접힌 등의 날개가 열리며, 깃털처럼 생긴 정재판이 분리되어 주루룩 나란히 늘어섰다. 좌우 합쳐 총 20장의 긴 수정판이 기체 주변이 떠올랐다.

"형상 변화(모드 체인지), 구체(스피어)."

〈프라가라흐, 구체 모드로 이행합니다.〉

긴 판자 모양이었던 것이 순식간에 구체로 변화해, 수정의 구슬이 되어 위성처럼 레긴레이브 주위를 회전하기 시작했다. 이것에는【모델링】마법도【프로그램】되어 있었다. 즉, 내가 가지고 있는 브륀힐드와 똑같다는 말이다.

……좋아, 문제없어. 괜찮을 것 같아.

"가라!"

탄환처럼 12개의 수정구가 상급변이종을 향해 날아갔다. 상급변이종은 여러 촉완을 검 모양으로 만들어 베어 내려 했지만, 수정구는 그 촉완을 아주 간단히 부수며 어두운 황금색 본체에 작렬했다.

구체가 된 프라가라흐 하나하나의 크기는 직경 2미터 이상이나 됐다. 그에 더해 【그라비티】 효과도 부여되어 있었다. 아무래도 '브류나크' 의 드릴탄 같은 위력은 없지만, 저 촉완 정도라면 뚫고 갈 수 있다.

복서에게 얻어맞는 샌드백처럼 공중에 떠오른 이형의 변이종은 12개의 수정구에 마구 얻어맞았다. 보디가 움푹 들어가 사고가 난 자동차처럼 너덜너덜하게 일그러지기 시작했다.

모드 체인지 블레이드
"형상 변화, 정검."

〈프라가라흐, 정검 모드로 이행합니다.〉

수정구가 눈 깜짝할 새에 검의 형태로 변화했다. 그리고 그 수정검이 종횡무진 공중을 이리저리 날아 촉수와 촉완을 잘라냈다.

그대로 상급종에 여섯 개의 검을 찔러 넣었지만, 핵까지는 닿지 않은 듯했다. 변이종이 되면 불투명해져서 핵이 보이지 않아 성가시단 말이지.

"그렇다면!"

모든 프라가라흐를 불러들여 원래의 판자 모양으로 만든 다음, 오른팔 주변에 원을 그리도록 띄웠다.

모드 체인지 랜 스
"형상 변화, 돌격창."

열두 장의 수정판이 잇달아 팔에 겹쳐지더니, 이윽고 커다란 수정 랜스의 형태가 되었다.

그대로 레긴레이브를 공중에 띄우고 상급종을 향해 날아가게 했다. 린제의 헬름비게와는 달리 이 기체에는 변형하지 않고도 날 수 있는 기능이 있다. 【플라이】를 다루듯이 자유자재로 나는 것이 가능한 것이다.

"【액셀】!"

그에 더해 가속 마법으로 단숨에 폭발적인 돌진력을 생성해, 상급종에게 최고 속도로 랜스 일격을 날렸다. 탄환처럼 레긴레이브의 돌진력은 떨어질 생각을 하지 않은 채 황금 상급종을 분쇄하며 돌진해 커다란 구멍을 뚫었다. 금이 간 몸이 후득후득 무너졌다.

무너진 몸의 일부에서 금색 파편 안에서 훤히 드러나 있는 탁한 피 같은 핵을 발견했다.

"형상 변화(모드 체인지), 정검(블레이드)!"

랜스가 순식간에 열두 개의 검으로 다시 변화하더니, 유도탄처럼 직경 3미터 정도나 되는 핵에 잇달아 꽂혔다.

커다란 균열이 생겨, 핵이 산산조각으로 부서졌다.

다음 순간, 분쇄된 금속 같은 상급종 본체도 끈적한 액체처럼 용해되었다.

상공에서 사막에 펼쳐지는 황금색 금속 유체를 모니터 너머로 바라보았다.

생각했던 것보다 완성도가 좋다. 마치 손발처럼 움직일 수 있었다.

〈훌륭해. 어때, 레긴레이브는?〉

"참 좋은걸? 마음에 들었어."

〈응, 좋아. 다른 전용기로 축적한 것들을 이것저것 투입했거든. 토야가 깜짝 놀랄 만한 기능도 장비해 뒀어.〉

"……혹시 몰라 묻는데, 자폭 장치 같은 건 아니겠지?"

〈장착할까도 생각했는데, 그만뒀어. 기껏 만든 물건인데 아깝잖아.〉

이봐, 탑승한 나는 어떻게 되든 상관없다는 거야? 나는 임무를 위해 자폭한다든가, 그런 짓은 할 생각 없어.

뭐, 어쨌든 간에 상급종은 해치웠다. 이제는 남은 녀석들을 소탕하면 끝이구나.

현재 남아 있는 적을 모니터 가장자리에 표시했다. 북쪽과 동쪽에 많네. 누나들은……. 동쪽으로 갔구나. 그럼 나는 북쪽 녀석들을 해치울까.

프라가라흐가 다시 수정판 형태로 변화해, 등의 스태빌라이저도 겸한 부분으로 잇달아 도킹하여 원래의 날개 상태로 돌아갔다.

"유미나 일행은 남은 변이종을 부탁해. 나는 북쪽 집단을 정리하러 갈 거야."

〈알겠습니다. 조심해 주세요.〉

"응."

레긴레이브의 엄지를 세우고 유미나 일행에게 대답한 다음, 나는 단숨에 사막의 북쪽에 모여 있는 집단을 향해 공중을 달려갔다.

북쪽 방면에는 리니에 왕국과 파르프 왕국의 기사들이 프레이즈들과 싸우는 중이었다.

파르프 왕국의 기사들에 비해 리니에 왕국의 기사들이 조금 더 나아 보였다. 리니에가 멋지게 서포트하며 싸우고 있지만, 역시 숫자의 차이가 있어 밀리고 있었다.

눈 아래, 쓰러진 파르프의 프레임 기어에 사마귀처럼 생긴 중급종이 양쪽 낫의 끝으로 레이저를 날리려고 하는 모습이 보였다.

"형상 변화(모드 체인지), 반사판(리플렉터)."

레긴레이브에서 분리된 20장의 수정판이 파르프 기사가 탄 프레임 기어의 앞으로 날아가 정렬하고 조합하여 커다란 벽이 되었다.

중급종이 발사한 레이저는 벽에 맞는 것과 동시에 내가 임의로 조정한 각도로 반사되어 상공으로 사라졌다. 상대가 프레이즈가 아니었다면 본체에 반사했을 것이다.

레이저를 날린 사마귀 중급종을 돌아온 프라가라흐로 등 뒤에서 일도양단했다. 노린 대로 핵을 두 동강 내자 중급종은 후드드득 사막 아래로 무너져 내렸다.

"형상 변화(모드 체인지), 단검(대거)."

다시 수정판이 네 개로 더 분할되었다. 분할된 하나하나가 이번엔 단검 형태로 변형했다. 12개의 판이 48개의 단검으로 변화한 것이다.

48개의 수정 단검은 레긴레이브 주변을 위성처럼 방사상으로 돌았다. 좋아, 가자!

그라디우스
“【유성검군】.”

48개의 유성이 사방팔방으로 궤도를 그리면서 공중을 날아 근처에 있던 프레이즈 들의 핵을 잇달아 꿰뚫었다. 꿰뚫은 다음엔 다음 먹잇감을 찾아 유성군처럼 검이 번뜩였다.

대다수의 프라가라흐에 의한 전방위 동시 공격. 그게 【유성검군】이었다.

원래 프라가라흐는 모든 검을 직접 조종한다. 어느 정도 시스템의 서포트는 있지만, 보통이라면 4개에서 6개가 한계다. 그 이상이 되면 정확성이 떨어져, 최악의 경우, 검끼리 부딪칠 수도 있다.

하지만 레긴레이브는 【액셀】의 사고(思考) 가속을 사용한다. 그 덕에 48개의 검을 동시에 목표물을 향해 조종할 수 있게 되었다.

물론 긴장을 늦추면 빗나갈 때도 있다. 처음에는 스마트폰의 타깃 지정을 이용하려고 생각했지만, 그렇게 하면 아무래도 도중에 딱 한 자루만 코스를 변경하거나, 페인트 공격을 할 때 같은 임기응변에 활용할 수 없다.

그래서 꽤 힘들지만, 솔직히 48개나 필요하진 않았을 것 같다. 게다가 이걸 사용할 때는 본체의 조작에 소홀해지기 쉽고 말이다. 물론 상황에 따라 개수를 줄이면 되지만.

하급종은 1개로, 중급종은 여러 개의 검을 결합해 장검을 만들어 핵을 꿰뚫었다.

종횡무진으로 움직이는 유성이 전쟁터를 이리저리 날자, 어느덧 500대 정도였던 부근의 프레이즈가 전부 쓰러졌다.

'성검(星劍)' 이 모두 내 주변으로 귀환해 다시 위성처럼 돌기 시작했다.

"후우……."

우오오오오오오오오오오오오오! 하고 주변 기사들이 외치는 승리의 함성을 들으면서, 나는 시트에 몸을 기대며 안도의 한숨을 내쉬었다.

꽤 힘들어, 이거…….

하지만 이것으로 끝이 아니다. 전투는 아직 계속되고 있다. 이번엔 다른 곳을 도와주러 가야 하는데…… 하고 생각했을 때, 카차악! 하고, 무언가가 닫히는 소리가 났다. 뭐지?

의문스럽게 생각하는데, 눈앞의 레긴레이브의 계측판의 빛이 점점 약해져 갔다.

키위이이이이이이잉…… 하고 톤다운된 듯한 소리와 함께 레긴레이브가 강하하기 시작했다. '성검' 이 원래의 수정판으로 돌아가더니, 등에 수납되어 갔다.

"뭐, 뭐야?! 어떻게 된 거지?!"

〈당황하지 마. 가동 한계를 넘은 거니까.〉

"가동 한계엑?!"

스마트폰에서 들려온 박사의 목소리를 듣고, 나는 무심코 이상한 목소리로 대답하고 말았다. 가동 한계가 뭐야, 처음 듣거든?!

사막에 한쪽 무릎을 꿇고 움직이지 않게 된 레긴레이브에서 나가기 위해, 나는 수동으로 해치를 열었다. 뜨거운 사막의 열기가 콕핏으로 들어왔다.

〈레긴레이브는 다른 기체랑 달리 직접 너의 마력을 흡수해 가동해. 하지만 너의 온 힘을 다한 마력량은 레긴레이브가 아직 버티질 못해. 그래서 드베르그처럼 되기 전에 강제적으로 정지되도록 만들었어. 물론 그런 부분이 개량의 여지가 있는 점이지만.〉

"에엑~……."

10분 정도밖에 못 움직이잖아. 아니, 드베르그처럼 엔진이 날아가 버리는 것보다는 훨씬 낫지만. 나 자신이 자폭 장치라니, 웃을 수 없는 이야기다.

마력을 아껴서 움직이면 어느 정도는 오래 버틸 수 있지 않나?

물론 나머지 프레이즈는 모두가 쓰러뜨릴 수 있을 거라 생각하지만, 상급종이 나오기 전에 가동 한계가 왔다면 큰일이었을지도 모른다.

투입 타이밍을 생각해야만 하는 기체야. '상급종이 나올지도 모르니까 온존!' 이라고 하다가, '결국 출격 못 했어!' 같은 상황이 될 수도 있고.

이번처럼 두 마리가 나타나도, 두 마리째의 출현까지 시차가 있으면 성가셔지기도 하고 말이다.

콘솔에서 스마트폰을 꺼낸 뒤, 콕핏 밖으로 나가 레긴레이브의 어깨에 올랐다. 내리쬐는 햇볕이 여전히 따가웠다.

"아무튼…… 수고했어, 레긴레이브. 앞으로 잘 부탁해."

파트너가 된 기체의 옆얼굴을 바라보았다. 앗, 상대가 없어진 리니에와 파르프의 기사가 탄 프레임 기어를 다른 곳으로 보내야 해.

나는 일단 레긴레이브를 【스토리지】에 수납하고, 모두를 다음 전장으로 보내기로 했다.

"어때?"

"향명음(響命音)이 끊겼어. 패배한 모양이야."

"칫. 역시 기라를 쓰러뜨릴 정도의 실력을 갖춘 녀석이라는 건가."

시공의 틈새. 세계에서 격리된 허무의 공간에 그 두 사람은 서 있었다.

한 명은 소년. 한 명은 소녀. 두 사람은 매우 닮았지만, 남매 관계와는 조금 달랐다. 말하자면 분신. 반쪽. 또 하나의 자신.

지배종에게는 드문 쌍핵아(雙核兒)였다.

지배종은 핵 상태로 태어난다. 긴 시간을 걸쳐 결정 진화를 반복해, 하나의 개체로서 눈을 뜬다. 그래서 어린 시절이라는 것이 없다. 눈을 떴을 때부터 하나의 인격을 지닌 개체다.

지배종의 경우 핵을 두 개씩 지니고 태어나는 것은 드문 일이다. 보통은 두 개의 핵이 깃든 채 결정 진화를 계속해, 두 개의 핵을 지닌 하나의 개체로 각성한다.

그것이 성장 도중에 몸이 두 개로 나뉘어 별개의 인격이 되는 일은 매우 드물었다.

둘 다 결정화한 머리카락이 머리의 절반을 숨겼다. 소녀는 오른쪽, 소년은 왼쪽 얼굴이 숨겨져 있었다. 머리카락으로 감추어져 있지 않은 쪽의 눈은 둘 다 금색이었다.

그 이외의 얼굴 부위는 매우 닮았다. 신체적으로는 소녀 쪽이 역시 둥그스름한 편이고, 가슴도 적당히 부풀어 있었다.

"다음에 결계가 벌어지면, 아예 우리가 나가 버릴까? 레트."

"안 돼, 루트. 지금은 아직 우리 차례가 아냐. 게다가 제멋대로 행동하면 유라가 시끄러워지잖아?"

남동생(서로 자신이 오빠, 누나라고 주장하고 있기 때문에 레트가 보기에 그렇다는 거지만)의 제안을 거절하는 지배종 소녀.

소녀의 이름은 레트. 소년의 이름은 루트. 그들은 지배종이지만, 다른 지배종과는 명백하게 다른 부분이 있었다.

결정화한 몸이 암금색이었던 것이다. 그건 지배종이라는 생물에서 한 단계 위의 스테이지로 진화했다는 증거.

"참 나……. 언제까지 여기서 이러고 있어야 하는 거지?"

루트는 등 뒤의 어둠 속에 떠 있는 거대한 알 모양의 고치를 돌아보았다. 때때로 심장의 고동처럼 높고 날카로운 향명음이 울렸다.

문득 두 사람은 그 안에서 살짝 공간이 흔들리고 있다는 느낌을 받았다.

"어라? 보기 드문 손님이네."

레트가 이차원의 어둠 안으로 말을 걸었다. 어둠 안에서 지배종 한 명이 나타났다.

결정화한 긴 머리카락과 진홍의 두 눈. 키가 큰 여성형 지배종, 네이.

프레이즈의 '왕' 을 되찾겠다는 파벌 '재흥파' 의 수장이라고 할 수 있는 존재였다.

네이는 그 붉은 눈에 분노를 드러내며 엷게 웃음을 짓는 쌍핵아(쌍둥이)를 바라보았다.

"너희…… 또 제멋대로 행동했구나? 왜 '금색' 을 그곳으로 보냈지?!"

"어머, 당신들에게 양해를 구할 필요가 있을까? 이미 결별했을 텐데?"

레트가 키득키득하고 깔보듯이 웃었다. 그 옆에 있던 루트도 히죽히죽 웃었다.

"너희와는 달리 우리는 이미 '왕' 의 핵 따위 아무래도 좋아. 그런 걸 손에 넣지 않아도 강해질 수 있으니까."

"나는 '왕' 의 힘이 목적이 아니라고 몇 번이나 말했잖나!"

"그럼 왜 새로운 '왕' 을 따르지 않고 세계를 건너간 거지? 힘은 약해도 '왕' 은 '왕' . 결정계(프레이지아)에 머물며 그것을 지원할 수도 있었을 텐데."

"그건……!"

네이의 말문이 막혔다. 자신에게 있어 '왕' 은 '그녀' 밖에 없다. 새로운 '왕' 을 인정하는 것은 '그녀' 를 버리는 것이다. 그것만은 할 수 없었다.

그래서 유라의 감언이설을 받아들여 녀석이 만들어 낸 방법으로 세계를 건너다녔다. 지배종 몇 명의 힘이 없으면 세계를 건너다닐 수 없다. 그래서 녀석들도 자신도 목적을 위해 서로 계속 간섭하지 않아 왔다.

녀석이나 기라 일행의 목표가 '왕' 의 핵이라는 것은 눈치채고 있었지만, 녀석들의 힘을 빌리지 않으면 '왕' 을 쫓는 것조차 할 수 없다. 그런 딜레마에 몇 번이나 이를 갈았던 적도 있었다.

'왕' 을 복귀시키려는 자와 '왕' 이 되려고 하는 자. 어느 쪽이든 '왕' 의 핵이 발견되었을 때, 결별하리라는 사실은 뻔히

다 아는 상태다.

하지만 갑자기 유라는 이해할 수 없는 행동을 하기 시작했다. 어딘가에서 수수께끼의 힘을 얻어 새로운 프레이즈를 낳기 시작한 것이다. 그것은 도저히 동포라고 부를 수 있는 존재가 아니었다.

유라의 목적은 '왕'에서 벗어난 듯했다. 그것 자체는 기뻐해야 할 일이지만, 프레이즈라고 하는 종이 침식되어 가는 지금의 상황을 아무 말 없이 그냥 지켜보고만 있을 수는 없었다.

"뭐, 당신이 '왕'을 어떻게 하든, 이제 우리와는 관계없지만. 유라도 흥미 없는 것 같고 말이야. 아, '왕'의 핵을 이 녀석(알)에게 먹이면 빨리 부화할까?"

"이 자식!"

네이의 손이 깔깔 웃는 루트 쪽으로 뻗어 갔다. 그 손을 바로 직전에 레트가 덥석 붙잡았다.

"전전부터 당신의 '왕' 지상주의에는 질려 버렸어. 우리는 이제 동료도 아니니, 사양할 거 없지? ……먹어도 될까?"

네이의 왼손을 붙잡은 레트의 손이 상대를 침식하기 시작했다. 네이의 손목은 이미 레트의 손과 융합되기 시작해 손목 앞쪽 부분은 움직일 수도 없었고, 감각도 사라지기 시작했다.

암금색 반짝임이 팔을 기어 올라왔다. 네이는 곧장 오른손의 손날로 자신의 왼팔 팔꿈치 아래를 잘라냈다.

네이는 후방으로 물러나 두 사람과의 거리를 벌렸다.

"어머, 미처 다 못 먹었네."

잘린 네이의 왼손을 융합한 채, 레트는 붕붕 이리저리 휘둘렀다. 이윽고 서서히 녹아들어 가듯이, 네이의 왼팔 팔꿈치 앞쪽 부분은 레트의 신체에 흡수되었다.

"큭……."

네이는 잘린 왼팔을 바로 재생시키더니 차원의 어둠 속으로 뛰어들었다.

그것은 그 쌍핵아(쌍둥이)에게 유라가 부여한 '침식'의 힘. 프레이즈를 흡수해 자신의 힘으로 만드는 무시무시한 이능력.

아마 그 능력은 상급종은 물론 지배종에게도 통한다. 침식되어 버리면 '핵'이 먹히기 전에 잘라서 분리하는 수밖에 없다.

지금은 손부터 침식했지만 '핵' 부근부터 침식되었다면 어떻게 되었을까 하는 생각에, 네이는 공포를 느꼈다.

어둠 속으로 사라진 네이를 루트가 쫓으려 하자 레트가 제지했다.

"내버려 둬. 어차피 아무것도 할 수 없을 테니까. 우리는 하라는 대로 이곳에서 이걸 감시하고 있으면 되는 거야."

"칫. 아~아. 여긴 따분해. 얼마 전의 그 녀석처럼 또 누구 강한 녀석이 왔으면 좋겠는데."

루트는 그렇게 말한 뒤, 벌렁 누웠다.

"그 녀석이라면, 엔데뮤온?"

"응. 꽤 따분함을 날릴 수 있었잖아? 물론 마구 혼쭐을 내줬으니 아직 살아 있을지는 모르겠지만.”

씨익 웃음을 띠며 루트가 그렇게 중얼거렸다. 모르겠다고는 했지만, 빈사 상태에 빠진 그 남자가 살아 있을 거라고 루트가 ‘확신’ 하고 있다는 것을 레트는 ‘확신’ 했다. 쌍핵아(쌍동이)인 두 사람은 서로 숨겨 봐야 아무런 의미가 없었다.

네이가 출현해 조금 즐거웠지만 그뿐이었다. 또 한동안 따분한 시간이 계속되겠지.

다음에 프레이즈들이 결계의 터진 부분을 발견해 ‘저편’ 에 출현하려고 할 때, 이번에는 별난 ‘금색’ 을 섞어 보내자고 두 사람은 이야기를 한 다음 서로 조용히 미소를 지었다.

“으~음……. 이건 조금 문제일지도 모르겠구먼…….”

신계. 여전히 다다미 네 장 반짜리 방에서 세계신은 눈앞의 다리가 네 개 달린 텔레비전에 비치는 영상을 노려보고 그런 말을 흘렸다.

“그러니까. 이제 무리 아니겠어? 얼른 단념하지 않으면 다른 세계에도 영향이 미치고 말아. 이 몸이 강하게 한 방 날리면 끝이잖아?”

세계신 뒤에서 밥상에 팔꿈치를 대고, 오독오독 센베이 과자를 먹고 있던 남자가 말을 걸었다.

나이는 60 직전으로 보였지만, 그 단련된 몸은 강철 같은 근육으로 부풀어 있었다. 검은 눈, 검은 머리카락과 수염이 난 그 남자는 스스습~ 하고 소리를 내며 찻잔의 차를 마시더니, 또 센베이 과자를 깨물어 먹었다.

"너의 '끝이다' 는 말은 이 세계를 '끝낸다' 라는 것 아닌가?"

"그거야, 그게 파괴신이 하는 일이니까."

아주 태연하게 파괴신이 입을 열었다.

신이 관리하는 세계는 다양한 세계가 존재한다. 드물지만 개중에는 보호 대상에서 벗어난 세계도 있는데, 그런 세계를 소멸시키는 것이 파괴신의 역할이었다.

지상의 세계에서 신의 힘을 행사하는 일은 기본적으로 거의 없다. 예외로서 신의 권속이나 그다지 강한 힘을 지니고 있지 않은 새로운 신 등이 있을 뿐으로, 파괴신은 세계를 파멸시키기 위해 신의 힘을 사용하는 특별한 존재였다.

하지만 웬만한 일이 없는 한 세계는 신의 보호에서 벗어나지 않는다. 때문에 파괴신이 나설 자리도 한정되어 있다.

그 파괴신이 세계신에게 찾아갔다는 것은 '웬만한 일' 이 있었다는 것이다.

"이대로 가면 최악의 경우, 그 세계는 당신의 손에서 벗어나게 돼. 그렇게 된다고 해도 그건 그거대로 상관없지만, 그 전에 소멸시켜 버리는 편이 여러모로 성가신 일이 없잖아?"

"알고는 있다만……. 이곳에는 토야가 있어 말이지……. 그 왜 있잖아."

"토야? 아, 영감이 권속으로 삼았다는 새로운 신? 그 녀석에게 맡기겠다는 건가? 조금 짐이 무겁지 않을까?"

파괴신이 눈썹을 찌푸렸다. 불안정한 세계에서는 무슨 일이 벌어질지 알 수 없다. 새로운 신에게 그런 곳을 맡기기엔 조금 힘들 거라 생각했다. 하물며 아무런 직위도 없는 신. 아니, 신 수습생이니까.

"아마 괜찮을 걸세. 잘하면 이 세계가 내 손에서 떠나는 일도, 자네가 멸망시킬 필요도 없어질 거라 생각하네."

"상당히 높게 평가하는군. 물론 그렇게 된다면 상관없지. 하지만 괜찮은가? 그 두 개의 세계는."

파괴신이 세계신의 어깨 너머로 텔레비전을 바라보았다. 그곳에는 두 개의 세계가 거울을 맞대 놓은 것처럼 나란히 있었지만, 중앙을 가로막는 부분이 일그러져 있다는 것을 눈으로 확인할 수 있었다.

"사신이 태어났지?"

"종속신을 흡수해서 말일세. 드문 케이스지만, 있을 수 없는 일은 아니야."

"'신 포식자' 인가."

카득, 하고 파괴신이 센베이 과자를 깨물어 부쉈다.

"원래라면 신기(神器)든 천사든 지상에 보내야 하겠지만, 우연히 그곳은 토야를 보낸 곳이니, 한번 맡겨 보기로 한 걸세."

이영차, 하고 세계신이 방석에 앉았다.

"그런 것치고는 유난히 감시 역할이 많이 내려가 있는 것 같다만?"

"그 녀석들의 수만 년 만의 휴가도 겸해서 말이지. 나도 내려가서 꽤 즐겁게 지내고 왔지."

"뭐야~ 즐거워 보이잖아. 이 몸도 내려가 볼까?"

"그만두게. 자네가 본체 그대로 내려가면 세계가 멸망해."

비유도 뭐도 아닌, 사실 그대로였기 때문에, 세계신은 파괴신의 생각을 말리려고 했다.

"그런데, 뭐지? 무사히 이 문제가 해결되면, 그 세계는 그 토야인가 하는 신출내기 신에게 맡기는 건가?"

"차츰차츰 말이지. 물론 본인이 거절하면 포기할 걸세. 아직 신으로서는 한참 의지가 안 되지만…… 그래도 이삼 천 년 정도만 있으면 요령을 잡을 거라 생각하는 중이네."

"맡기 전에 이 몸이 부서뜨리지 않으면 좋겠는데 말이야."

두 개의 세계 사이에 있는 비틀림은 기묘한 변화를 만들어냈다. 이것은 작위적으로 이루어진 것으로, 신들이 의도한 것이 아니라, 파괴신으로서는 한 번 모든 것을 파괴하고 리셋하는 것이 가장 좋은 해결 방법이라고 생각하는 것인데.

"일단 부수지 말고 기다리기야 하겠지만. 다른 세계를 격리한 뒤, 그 토야인가 하는 녀석에게 설명하는 편이 좋을 거라 생각한다만?"

"그래……. 때를 봐서 이야기하도록 하지. 조금만 더 추이를 보고 싶어. 어쩌면 아무 일도 없이 비틀림이 고쳐질지도 모르고 말일세."

"글쎄……."

그 확률은 상당히 낮다는 것을 두 신 모두 알고 있었다. 파괴신은 안 될 것 같으면 세계를 파괴하고 리셋해 버리면 된다고 생각하고 있으므로 특별히 반대도 하지 않았다.

잘 생각해 보면 사람의 모습으로 있다고는 해도 신이 여섯이나 내려갔다. 그리고 수습생이 한 명. 그만큼 모여 있으면 어떻게든 되겠지.

인간화한 신이 사신이나 사룡(邪龍)을 쓰러뜨리는 일은 흔하게 일어난다.

"그건 그렇고 인간이 신이 되다니, 몇만 년 만이지?"

"글쎄, 기억이 안 나는구먼. 신이 되는 계기는 천차만별, 십인십색이니까."

"신이 된 이유가 최고신이 깜빡 실수했기 때문이라니, 보기 드문 일이라고 생각하는데?"

"시끄럽네."

카하하, 하고 웃는 파괴신을 떨떠름한 표정으로 보는 세계신.

확실히 그건 자신답지 않은 실수였다. 하지만 이렇게 된 이상, 그것도 하나의 운명이었을지도 모른다는 생각이 들었다. 세계신은 모치즈키 토야라는 손자 같은 소년과 만나길 잘했다고 생각했다.

"그런데 요즘, 무신(武神) 녀석이 안 보이던데, 어디 갔지?"

"아, 듣자 하니 장래성 있는 제자를 발견했다고 하더구먼……."

밥상을 사이에 두고 신들에 관한 잡담을 시작하는 두 신. 그 뒤의 텔레비전 화면에는 두 개의 세계 한가운데에서 무언가가 밖으로 나오는 것처럼 뒤틀림이 천천히 소용돌이를 그리는 모습이 비치고 있었다.

막간극 오에도 소동기

“맛있어!”

한입 먹고 무심코 그렇게 외쳤다. 방어의 맛이 진하게 밴 무를 입에 넣고, 그 뒤를 쫓듯이 밥을 바로 넣었다. 감동적이야…….

기름이 오른 방어를 씹으니 그리운 맛이 입안에서 용솟음쳤다. 오랜만에 방어무조림을 먹었는데, 이렇게 맛있는 방어무조림은 처음이었다.

“어떠십니까, 토야 님. 어머니의 요리는 참 맛있지요?”

“응, 정말 맛있어. 역시 야에가 자랑할 만해.”

“어머나. 한 나라의 임금님에게 그런 말을 들을 줄이야. 감사합니다.”

“핫핫핫! 우리 집의 자랑인 요리, 마음에 드신 모양이군요!”

맞은편에 앉은 야에의 어머니, 나나에 씨가 미소 지었다. 그 옆에서는 아버지인 주베에 씨가 껄껄 웃었다.

정확하게 말하면 이건 방어가 아니라 황대어(黃帶魚)라는 모양이지만, 맛도 겉보기도 내가 아는 방어랑 똑같았다. 뭐,

맛만 있으면 이름이야 뭐든 상관없지.

"정말로 맛있어요. 이 맛…… 쉽게 흉내 낼 수는 없을 것 같아요."

내 옆에서 루가 하후우…… 하고 행복한 한숨을 내쉬었다. 그거야 어쩔 수 없어. 경험의 차이가 워낙 크니까.

우리는 오랜만에 이셴에 와 있었다. 야에의 짧은 귀성이다.

나와 야에 외에도 루와 힐다, 그리고 스우까지 세 명이 따라왔다. 그리고 코하쿠도. 모두 나나에 씨가 손수 만든 요리를 맛있게 먹었다.

"여러분, 더 드실 분 계신가요?"

"아, 죄송합니다. 더 주세요."

코코노에 가문에서 고용인으로 일하는 아야네 씨에게 텅 빈 밥그릇을 건넸다. 반찬이 맛있으면 밥이 술술 잘 넘어가서 문제라니까.

브륀힐드에서도 이에야스 씨에게 받은 쌀이 있어서 밥 자체는 먹을 수 있다. 하지만 이런 일본식 가정 요리는 좀처럼 맛볼 수 없다. 먹을 수 있을 때 먹어 두자.

그 쌀을 보내 준 답례로 이에야스 씨에게 인사를 가려고 했는데, 오늘은 이셴을 통치하는 다른 영주들과 모임이 있다고 해서 이번에는 보류해 두었다.

주베에 씨는 운 좋게 집에 있었지만, 야에의 오빠인 주타로 씨는 그 모임의 경비를 위해 우리와 가벼운 인사만 했을 뿐,

곧장 성으로 가 버렸다.
히데요시 사건 이후, 가장 큰 힘을 지닌 토쿠가와 집안이 표면상으로는 이센을 지배하고 있다 해도 과언이 아니었다. 일단 이센에는 영주들 위에 왕이 존재한다는 듯하지만……. 여러모로 이에야스 씨도 바쁜 거겠지.
식사를 마치자 야에는 힐다를 데리고 도장(道場)으로 가 버렸다. 문하생들에게 힐다의 검술을 보여 주고 싶다는 모양이다.
식사 후의 운동도 겸해서라고 하는데, 그렇게 먹은 뒤다. 나는 도저히 바로 움직이고 싶다는 생각이 들지 않았다. 힘이 넘치네.
검술 지도는 사양하고, 나는 식사를 마친 다음 툇마루에서 주베에 씨와 함께 차를 마시기로 했다. 스읍……. 하아, 마음이 평온해진다…….
루와 스우는 뒷정리를 도우면서 나나에 씨에게 오늘의 요리를 배우고 있는 듯했다. 브륀힐드로 돌아가도 먹을 수 있으려나……? 아니, 방어가 없나. 몇 마리 정도 사서 돌아갈까?
“야에는 그쪽에서 바르게 잘 지내고 있습니까?”
“네. 기사단과의 훈련이나, 성 아랫마을의 순찰, 마수 토벌 등, 아주 많은 도움이 되고 있어요.”
“검밖에 가르쳐 주지 않은 딸이지만, 그 검이 사람들의 도움이 되고 있다고 하니, 부모로서 그 이상 기쁜 일이 없습니다.”

'검밖에' 라고 하지만 그렇지 않다. 야에는 예의 바르고, 사람들을 잘 돌보고, 사람들과의 화합을 중시한다. 그건 틀림없이 부모님의 교육 덕분이라 생각한다. 나도 딸을 낳는다면 야에처럼 키울 수 있을까?

"앞으로 몇 년 후에는 저도 저의 역할을 주타로에게 물려주게 될 겁니다. 은거한 뒤에는 브륀힐드에서 손주들과 놀며 지내는 것도 좋을 듯하군요."

"그건 너무 성급하신 게 아닐지……. 물론 그때는 환영하겠습니다."

쓴웃음을 지으며 대답했지만, 프레이즈나 니트 신의 문제가 해결되고 평화로워지면 의외로 그것도 먼 미래가 아닐지 모른다.

주베에 씨와 세상 이야기를 한 뒤, 야에 일행과 마찬가지로 식후 운동을 하는 것은 아니었지만, 나는 오랜만에 오에도 마을을 여기저기 돌아다녀 보기로 했다.

"토야! 나도 가겠네!"

코하쿠와 함께 저택 밖으로 나가려고 하자 뒤에서 스우가 달려왔다. 루는 아직 나나에 씨의 지도를 받고 있는 모양이다. 루는 하나에 철저히 열중하는 스타일이니까.

"그럼 같이 산책할까?"

"그러세!"

스우가 내 손을 잡고 어서 가자며 끌어당겼다. 처음 만났을 때와 비교하면 꽤 성장했다고 생각했는데, 이런 점은 여전하네.

코코노에 도장을 나가 큰길로 가 보니 곧장 오에도의 떠들썩함이 나를 덮쳤다.

길거리를 오가는 사람들 사이로 채소 장수나 생선 장수 등이 있었고, 별난 것이라고 하면 금붕어 장수도 있었다.

어디에선가 장어를 굽는 냄새가 나서 이제 막 식사를 하고 온 참인데도 그만 그쪽으로 눈길이 갔다.

"브륀힐드보다도 떠들썩하구먼."

"응, 그런 점은 어쩔 수 없어. 인구 자체가 워낙 차이가 나니까."

오에도는 이셴에서 가장 번화하다고 하는 토쿠가와 영지의 중심이다. 많은 사람과 물건이 모이고, 또 새로운 문화가 이곳에서 발신된다. 이셴의 최첨단 도시인 것이다.

그렇지만 거리를 오가는 사람 중에 외국인은 적었다.

바다를 사이에 두고 있는 나라가 거의 쇄국 상태인 노키아, 호른 등의 두 개국과 괴멸 상태의 유론이니, 외국인이 별로 없는 것은 어쩔 수 없는 일인지도 모른다.

나는 이셴 사람이 아니지만, 검은 머리카락에 검은 눈이라 복장이 별나도 거의 이셴 사람으로 보이리라 생각한다. 하지만 손을 잡고 있는 스우는 금발에 초록색 눈이라, 어디를 어떻게 봐도 외국에서 온 소녀였다. 조금 전부터 사람들이 슬쩍슬쩍 이쪽을 보는 것도 진기하기 때문이겠지?

아마 스우도 그런 시선을 느끼고는 있을 테지만, 특별히 신경은 쓰고 있지 않은 듯했다. 역시나라고 해야 할지 뭐라고 해야 할지.

스우야 뭐, 공작 가문의 아가씨이고, 국왕 폐하의 조카다. 어디를 가도 주목을 받아 왔을 테니 익숙한 것도 당연한가?

"토야, 경단을 팔고 있네! 먹고 가세!"

"응? 점심을 막 먹은 참이잖아!"

스우가 웃으며 가리킨 마을의 모퉁이를 보니 작은 찻집이 있었다. 가게 밖에는 몇 명인가 사람들이 걸터앉을 수 있는 장소가 있었는데, 손님으로 온 여성들이 경단과 차를 맛있게 먹고 있었다.

메뉴가 가게의 벽에 붙어 있어 보니, 거의 단 음식이었다. 찻집이라기보다는 화과자 가게인가?

솔직히 별로 내키지는 않았지만, 나를 쭉쭉 당기는 스우에게 이길 수는 없다. 나는 차만 마셔도 된다고 생각해 일단 자리에 앉았다.

"어서 오세요. 주문은 뭐로 하시겠나요?"

"어~……. 저는 호지차요. 스우는 경단이면 돼?"

"그래! 미타라시, 쑥, 참깨…… 그리고 단팥죽을 먹겠네! 그리고, 와, 와두떡? 인가 하는 것도 추가하지!"

꽤 많이 먹네! 그거야 좋은 일이지만!

나는 찻집의 누님에게 경단을 각각 하나씩 주문했다. 역시 몇 개나 먹진 못할 테니까.

먼저 차가 나와서 바로 마셨다. 응. 향기롭고 맛있다.

스우는 뜨거운 걸 잘 못 먹어서 차가 식을 때까지 기다린다는 모양이었다. 코하쿠에게도 접시가 깊은 곳에 차가운 물을 받아서 주었다.

"오래 기다리셨습니다~."

"오오! 이건 맛있어 보이는구먼!"

접시에 갈색(미타라시), 녹색(쑥), 검은색(참깨) 경단이 두 개씩, 그리고 단팥죽이 들어간 작은 붉은 밥그릇과 선명한 녹색 완두콩을 으깬 떡이 두 개. '와두떡' 이 뭔가 했는데, '완두떡' 이었구나.

이셴에도 완두떡이 있을 줄이야. 돌아가신 할아버지가 좋아했고, 나도 어릴 때 자주 먹었었지.

그리워져서 나도 한 접시 추가로 주문하고 말았다. 그 사이에 이미 스우는 경단을 아암아암, 하고 먹었다. 맛있게 먹네. 입 주변이 간장투성이이옵니다, 아가씨.

그런 스우의 흐뭇한 모습을 보고 온화한 감정에 휩싸여 있을 때, 내가 주문했던 와두떡……음, 그냥 완두떡이라 부르자……도 나왔다.

이건 확실히 맛있어 보였다.

"잘 먹겠습니다."

젓가락으로 집어 그대로 입에 넣으니, 풋콩의 풍미와 고급스러운 달콤함이 쫀득한 떡 위에서 춤을 췄다. 기억하고 있던 맛과는 조금 달랐지만, 이건 이거대로 맛있었다. 방어와 마찬가지로 이름은 달랐지만, 맛있는 것은 맛있는 거다.

"이건 모두에게도 대접해 주고 싶네……."

"선물로 가지고 돌아가세!"

그래. 그렇게 하자. 찻집의 누님에게 완두떡을 상자에 싸 달라고 부탁하고【스토리지】에 넣어 뒀던 찬합을 건넸다.

자, 하나 더, 하고 내가 남은 완두떡에 젓가락을 뻗으려고 했는데, 시야의 가장자리에서 작은 그림자가 포착됐다.

"……………………."

지그시――――――…… 하고, 작은 어린아이가 이쪽을 응시했다. 스우보다도 작은 네 살인가 다섯 살 정도의 여자아이였다.

손가락을 입에 물고 침을 흘리고 있어, 둔하다는 정평이 나 있는 나도 그 아이가 무슨 생각을 하는지 알 수 있었다.

경단과 단팥죽을 다 먹고, 나와 마찬가지로 완두떡에 젓가락을 대려고 하던 스우도 여자아이를 눈치챘다.

"…………먹고 싶은 겐가?"

"으, 응!"

스우의 질문에 여자아이는 붕붕 고개를 끄덕이더니, 강아지처럼 이쪽으로 달려와 스우에게 접시째로 완두떡을 받아 들었다.

어지간히도 배가 고팠는지, 여자아이는 커다란 입을 벌려 덥썩 한꺼번에 완두떡을 먹었다.

"맛있는가?"

"응! 오에도도 꽤 하는걸?! 맛있다양!"

꽤 별난 말투네. 부모님을 잃어버린 건가?

잘 보니 부자연스러운 점이 많은 아이였다. 일단 입고 있는 옷의 크기가 맞지 않았다. 신발도 그렇다. 조금 큰 편이라 이것만 보면 형제에게 물려받아 입었을 가능성도 있었다. 하지만 기모노를 입은 방법이 엉망진창이었다. 옷을 반대로 겹쳤고, 허리띠인 오비는 풀리지 않게 그냥 두 번 묶었을 뿐이었다.

그런 반면에 긴 검은 머리카락에서는 윤기가 났고, 흰 살결에는 상처 하나 없었다. 혈색도 좋고, 영양도 부족해 보이지 않았다. 겉으로 보이는 모습과 옷차림이 완전 뒤죽박죽이었다. 이 아이는 대체 뭐지?

"어~ 나는 토야. 이 아이는 스우. 네 이름은? 어디에서 왔어?"

"이로하는 이로하양. 저쪽에서 왔어."

아니, 저쪽이라니. '이로하' 라고 자신을 밝힌 어린아이가 가리키는 방향을 보니, 그곳에는 펼쳐진 오에도의 마을과 높이 솟아 있는 오에도성이 보였다.

어? 설마 성에서 온 건가? 이 아이가 이에야스 씨네 아이는 아니겠지?

영주의 공주님이라고 하기에는 너무 옷차림이 나쁘고……
성 쪽에서 왔다는 건가? 확인을 위해 일단 물어볼까.

"아빠 이름은 알아?"

"토지로."

아니었다. 이에야스 씨도 측실히 꽤 많고 아이도 많으니 혹시나 했지만.

이로하에게 완두떡을 준 탓에 만족스럽게 먹지 못한 스우에게 나는 남은 완두떡을 주기로 했다.

"고맙네!"

"별말씀을요."

기뻐하며 스우가 완두떡을 덥썩 입에 넣었다. 아아, 또 입 주변이 이번엔 녹색 완두콩 고물투성이야. 그렇게 서두르지 않아도 떡은 도망가지 않아.

우물우물 떡을 입에 넣은 채, 이로하가 이쪽을 바라보았다.

"두 사람은 어디에서 왔어?"

"브륀힐드라는 곳인데…… 이곳에서 서쪽으로 저 멀리 떨어진 나라야. 오늘은 친구 집에 놀러 온 거고."

사실은 약혼자의 집이었지만, 설명이 성가셔서 친구 집이라고 해 두었다. 물론 주타로 씨를 '친구' 라고 한다면 '친구 집' 도 잘못된 말은 아니었다.

완두떡을 다 먹은 이로하가 아직 더 먹고 싶어 하는 것 같아서, 추가로 경단을 더 시켰다. 이로하의 얼굴이 활짝 알기 쉽게 누그러졌다.

“토야는 착한 사람이양!”

“그래, 토야는 착한 사람이지. 다름 아닌 나의 서방님이니 말일세!”

완두 고물투성이인 얼굴로 스우가 의기양양한 표정을 지었다. 아직 서방님은 아니지만, 마음은 기쁘다.

우물우물하고, 흐뭇하게 먹는 두 사람을 보면서 차를 마시는데, 갑자기 거리 저편에서 목소리가 들렸다.

“이봐! 여기다! 찾았다!”

“?!”

그 목소리를 듣고 이로하가 경단이 올라가 있던 접시를 놓더니, 전력으로 반대편 방향으로 도망쳤다.

“도망쳤다! 쫓아라!”

“큭! 이번엔 놓치지 않겠다!”

우리의 눈앞을 남자 세 명이 지나갔다. 그 남자들은 복면을 쓰고 검은 옷을 입은 데다 검은 가죽으로 정강이 보호대를 하고 있는 등, 온몸에 새카만 옷을 두르고 있었다. 아니, 어딜 어떻게 봐도 닌자잖아. 저 녀석들.

이유는 모르겠지만 어린아이를 쫓아다니다니, 마음에 안 들어.

“【슬립】.”

"으악?!"

"크헉?!"

"쿠웩?!"

갑자기 발이 미끄러져 쓰러지는 세 사람.

우리는 찻집 누님에게 값을 치르고 선물이 담긴 찬합을 받은 뒤, 태연한 얼굴로 그 자리를 떠났다.

찬합을 【스토리지】에 휙 넣은 뒤, 품에서 스마트폰을 꺼내 검색을 시작했다.

"그래, 이로하는 어디에 있는가?"

"딱 야에네 도장 쪽으로 가고 있어."

나는 스마트폰의 검색 결과를 보고 스우에게 대답했다. 이로하는 무사히 도망간 듯했다. 굉장히 재빠른 아이네. 벌써 이렇게 멀리까지 도망치다니.

지도를 보면서 큰길을 피해 뒷골목을 지나 이로하가 도망간 곳으로 가는데, 갑자기 코하쿠가 텔레파시로 말을 걸었다.

〈주인님, 저길 보시죠.〉

"응?"

코하쿠가 눈으로 가리킨 곳을 보니 뒷골목의 일각에 반짝이는 기모노를 입은 장소에 어울리지 않는 여자아이가 있었다. 조금 전의 이로하와는 완전히 반대로, 몸 자체는 햇볕에 타고 머리가 푸석푸석해서 딱 보기에 서민 출신 아이라는 분위기를 내뿜고 있었다.

혹시 이로하는 저 아이와 옷을 바꿔 입은 건가?

여자아이는 기모노를 빼앗기는 것이 아닌가 하고 나를 경계했지만, 스우가 질문을 하자 순순히 가르쳐 주었다. 역시 내가 예상했던 대로 이로하 쪽에서 교환하자고 말을 한 모양이었다.

"역시 이로하는 귀족의 따님일까?"

"귀족이라고 할지…… 아무튼, 좋은 집안의 아이인 건 틀림없어. 그런 아이가 닌자에게 쫓기고 있다니, 신경 쓰이네……."

빨리 보호하는 편이 좋을 것 같다. 그렇게 판단한 나는 【텔레포트】로 단숨에 이로하 앞으로 날아가기로 결정했다. 이 거리라면 이상할 실패를 할 염려도 없다.

나는 옆에 있는 스우의 손을 꽉 쥐었다.

"【텔레포트】."

"우왓?!"

갑자기 눈앞에 나타난 우리를 보고 이로하가 놀라서 엉덩방아를 찧었다. 이로하가 있던 곳은 큰길에서 조금 떨어진 뒷골목으로, 다행히 그 외에 사람도 없어 소동은 일어나지 않았다.

"어, 어디서 나타난 거야?! 깜짝 놀랐어!"

"토야의 마법일세. 깜짝 놀랐지?"

또 의기양양한 표정으로 자랑하는 스우에게 이로하가 고개를 크게 끄덕였다. 어째서 스우가 자랑하는지는 모르겠지만,

귀여우니까 좋은 게 좋은 거라 생각하자.

"이로하…… 자네, 왜 쫓기고 있는 겐가?"

"그, 그건, 그, 그 녀석들이 나쁜 녀석들이양! 이로하를 방해하고 있어!"

으~음. 무슨 이야기인지 잘 모르겠다. 이쪽으로서는 쫓기는 이유를 알고 싶은데…… 무슨 사연이 있는 건가? 이렇게 작은 어린아이에게 자세히 설명하라고 하는 것도 그렇고……. 그렇다면…… 상대에게 듣는 수밖에 없는 건가?

"스우, 이로하를 데리고 야에가 있는 곳으로 가 줄 수 있어?"

"그래. 알겠네. 야에 일행에겐 내가 이야기를 해 둠세."

힘차게 고개를 끄덕이는 스우와 어리둥절한 이로하를 나는 【게이트】를 열어 코코노에 도장으로 보내 주었다. 그곳이라면 야에 일행도 있으니 안전하겠지.

〈주인님, 그 녀석들이 왔는데, 어떻게 할까요?〉

"글쎄, 일단 이야기를 들어 볼까?"

뒷골목의 모퉁이를 지나 조금 전의 닌자들이 여섯 명 정도 우리를 향해 다가왔다. 수가 늘었잖아, 어이.

"이봐, 거기! 이쪽으로 작은 여자아이가 안 왔었나?!"

"이로하라면 내가 맡고 있어. 너희는 누구에게——."

나를 둘러싼 닌자들이 튕겨 나오듯이 일제히 나에게 덤벼들었다. 무턱대고 공격하기야?! 무섭게!

"【실드】."

"컥?!"
"쿠헉?!"
보이지 않는 벽에 격돌한 선두 두 사람을 보고 다른 네 사람의 발걸음이 멈췄다. 닌자가 품에서 꺼내 던진 수리검이 다시 【실드】에 부딪쳐 튕겨 나갔다.
"이 자식! 마법사냐?!"
이센에는 어째서인지 마법을 사용할 수 있는 사람이 적었다. 적성을 지닌 사람 자체가 적었기 때문이다.
그 대신 인술이나 부적술 같은 것이 존재한다. 엄격한 수행과 절차를 밟으면 대부분의 사람이 사용할 수 있는 '기술' 이다.
눈앞의 닌자도 인술을 사용할 수 있지 않을까? 아니, 닌자니까 당연한 건가?
그런 생각을 하고 있는데, 네 명 중 가장 살이 찐 닌자가 갑자기 입에서 거대한 불꽃을 내뿜었다. 어?! 그거, 인술이야?!
〈건방지구나!〉
닌자가 길거리 연예인처럼 내뿜은 불꽃을 아기호랑이 상태의 코하쿠가 마찬가지로 충격파를 내뿜어 되돌렸다.
"앗, 뜨거워, 뜨거워?!"
고스란히 자신이 내뿜은 불꽃을 직격당한 통통한 닌자는 불을 끄려고 데굴데굴 지면을 굴렀다.
불에 타 죽어도 성가셔지기 때문에 나는 물 마법을 날려 불을 껴 주었다.

"크……!"

퍼버벙! 하고 갑자기 닌자들이 지면에 내던진 구슬에서 시야를 빼앗을 정도의 연기가 피어올랐다. 앗, 이건 그거다. 연막 구슬이라는 녀석. 옛날 영화에서 본 적이 있다.

연기에 숨어들어 도망을…… 앗.

정신을 차려 보니, 닌자들은 쓰러져 있던 사람도 포함해 모두 어디로 갔는지 보이지 않았다. 감탄하고 있을 때가 아니었어. 도망간 건가.

"그래 봐야 놓치지 않겠지만."

나는 스마트폰을 꺼내 '닌자' 라고 검색어를 입력했다…… 오오?!

오에도 안에 대상을 표시하는 핀이 마구 꽂혔다. 어? 왜 이렇게 닌자가 많은 거지?! 뭐야, 닌자 정상회담 같은 거라도 열리나?!

오에도성 안이나 근처에 있는 닌자는 토쿠가와 집안 소속인가? 아니, 마을 안에 있는 닌자도 이에야스 씨 집안 소속의 닌자일 가능성이 있어.

그런 것보다, 여기에 걸린 모두 겉만 봐도 닌자라고 알 수 있는 녀석들이란 거잖아? 숨어야 할 거 아냐. 무슨 일이 벌어진 거지?

어느 쪽이든 간에 이래서는 누가 조금 전의 닌자인지 알 수 없어…….

……어라? 설마 조금 전의 닌자도 토쿠가와 집안 소속의 닌자는 아니겠지? 그렇다면 성가셔지는데.

앗, 코코노에 도장 근처에도 몇 명인가 모여 있잖아. 일단 나도 돌아가자.

【게이트】를 지나 코코노에 도장으로 돌아갔다. 현관으로 들어가 복도를 건너 거실 쪽을 들여다보니 식탁 위의 방어무조림을 이로하가 마구 먹고 있었다. 또 먹는 거야……?

옆에 앉아 있던 스우가 이쪽을 눈치채고 말했다.

"토야. 추격자는 해치웠는가?"

"아니, 그게……."

닌자투성이인 상황을 설명하자, 역시 스우도 눈을 동그랗게 뜨며 놀랐다. 그런 스우를 무시하고 이로하는 루가 새로 가지고 온 방어무조림에 젓가락을 뻗었다. 더 먹게?

"이보게, 이로하. 자네, 대체 정체가 뭔가?"

"이로하는 이로하양."

으으음, 이야기가 안 통한다. 무슨 일인가 싶어 팔짱을 끼고 고민하는데, 현관 쪽에서 기세 좋게 누군가가 달려서 들어오는 소리가 들렸다. 뭐지?

"토야 님…… 공왕 폐하! 야에, 공왕, 폐하는, 계시는가?!"

어라? 주타로 씨네. 성에 갔던 것 아니었나?

뭔가 당황스러워하고 있어서 서둘러 현관으로 가 보니, 숨을 헐떡이며 땀 범벅이 된 주타로 씨가 그 자리에 웅크려 앉아 있었다. 아무래도 이곳까지 전력 질주를 해 온 모양이었다.

"오오, 다행이야. 아, 아직 계셨습니까! 크, 큰일이, 벌어, 졌습니다……! 부디, 힘을……!"

"알겠으니, 일단 진정하세요. 【리프레시】."

숨이 거칠어진 주타로 씨에게 체력 회복 마법을 걸었다. 이렇게 당황하다니, 무슨 일이 있었던 거지?

"오, 오늘, 오에도성에서 영주끼리 모임이 있었는데, 그 자리에 동석했던 다른 영주의 따님이 행방불명되었습니다. 정보가 이리저리 뒤섞여 잘 알 수는 없지만, 토쿠가와의 경비를 따돌리고 누군가가 납치한 모양입니다!"

……응?

"오는 도중에 그 영주의 부하에게 듣자 하니, 한때는 탈환 직전까지 갔지만, 마수를 데리고 다니며 수상한 술수를 사용하는 자에게 방해를 받았다는 모양입니다!"

……으응??

나는 발치에 있던 코하쿠와 눈이 마주쳤다. 마수를 데리고 다닌다? 수상한 술수? 그 사람은…….

"아마도 그 녀석이 흑막입니다! 부디 공왕 폐하의 힘으로 그 악당의 소재를 밝혀내 주실 수 없겠습니까?! 그자를 우리 손으로 베지 않으면 토쿠가와의 체면이 서지 않습니다……!"

"저, 저어……~ 혹시 납치당했다는 그 공주님은 어디의 누구인가요……?"

"앗, 실례했습니다! 납치된 그분은 다테령 영주, 다테 토지로 마사무네의 따님으로 이로하 공주라고 합니……! ……어, 어라? 공왕 폐하?"

주타로 씨의 말을 들으며, 나는 폭포 같이 흐르는 불길한 땀을 어떻게든 멈추게 하려고 필사적으로 노력했다.

이런.

혹시, 아니, 혹시가 아니더라도 내가 유괴범으로 지목되고 있는 거 아닌가요?!

다테 마사무네라면 그 사람이잖아? 이셴에서 원숭이 히데요시를 퇴치했을 때 만난 다테령의 영주. 모략을 좋아하지만, 바로 얼굴에 드러나 안타까운 영주.

그 사람, 나랑 비슷한 나이인데 그렇게 큰 아이가 있다고?! 아무리 결혼 연령이 빠른 이세계라고는 해도 너무 빠르잖아! 아니면 젊어 보이게 꾸미고 있는 건가?!

아무튼 빨리 오해를 풀어야 한다. 이대로는 범죄자가…… 아니, 국가 문제로 발전할 수도 있어.

주타로 씨를 아무 말 없이 손짓으로 불러 나는 거실로 안내했다.
우리를 눈치챈 소녀가 무를 입에 문 채, 이쪽을 바라보았다. 너덜너덜한 옷을 입고 있었지만, 태생에서 오는 고귀함을 주타로 씨도 감지한 모양이었다.
"고, 공황 폐하……. 이 아이는 혹시……!"
"어…… 죄송합니다……."
"으음?"
"여, 영주님께 알리고 오겠습니다!"
후다다닥, 현관 밖으로 뛰어나간 주타로 씨와 교대하듯이 이번엔 야에 일행이 도장에서 거실로 얼굴을 내밀었다.
"어라? 오라버니는?! 돌아오셨으면 오랜만에 대련 상대를 해 달라고 하려 했습니다만."
"아~……. 아마 바로 또 올 거야."
전속력으로 성까지 왕복하겠지……. 또【리프레시】를 걸어 줘야겠네…….
내 말을 듣고 작게 고개를 갸웃한 야에가 스우 옆에서 방어 무조림을 우물우물 먹고 있는 이로하를 바라보았다.
"스우 님…… 그 아이는 누구인지요?"
"이로하네."
"아무래도 이 아이, 다테 씨의 따님인가 봐."
"다테? 다테…… 다테라면 다테령의 다테 마사무네 님이십니까?!"

이에야스 씨와 같은 영주님의 딸이라 야에도 놀란 듯했다. 이로하 옆에 앉아 있던 스우는 호오, 하고 목소리를 흘릴 뿐이었지만. 마찬가지로 힐다와 루도 별로 동요하지 않았다. 그거야 이 세 사람은 모두 왕족이니…….

"이로하는 아버지의 일로 오에도까지 온 것이구나. 왜 성에서 빠져나온 게지?"

"……재미없어. 아버지는 이로하랑 놀아주지 않는걸. '회의' 가 끝나면 오에도에서 놀아 준다고 약속했는데. 아무리 기다려도 안 끝나. 그래서 혼자서 놀려고 성 밖으로 나온 거야."

"그렇다고 멋대로 나오면 아버지도 걱정하시잖아?"

"……그런 거 몰라."

휘익, 하고 뾰로통한 표정을 짓는 이로하에게 물어본 바에 따르면 변소…… 화장실에 가겠다고 말하고, 작은 창문으로 도망쳐 나온 모양이었다. 다테의 성에서 자주 도망쳐 나온다는 듯, 이런 탈출은 익숙한 듯했다.

덧붙여 이셴의 사람으로서는 드물게, 이로하는 흙 속성 마법을 사용할 수 있다고 한다. 정말로 간단한 구멍을 뚫는다든가, 지면을 아주 조금 융기시키는 정도의 마법이라는 듯한데, 성벽에 구멍을 뚫을 수 있다면 도망치는 것도 안 어려우려나?

"이로하는 아버지를 아주 좋아하는구먼."

"……지금의 아버지는 싫어."

"나도 아버지를 아주 좋아하네. 일이 바빠 놀아주지 않을 때도 있지만 말이야. 그만큼 같이 있을 수 있을 때는 마음껏 응석을 부리지. 계속 싸워서는 기껏 같이 있을 수 있는 시간이 헛되게 지나가게 되지 않는가."

"………."

스우의 아버지인 오르트린데 공작도 꽤 바쁜 분이다. 그 일은 벨파스트 외교 교섭에 더해, 왕가의 식전이나 귀족들의 총괄 등, 폭이 매우 넓다.

그렇기에 가족과 함께 있을 수 있는 시간을 스우도 소중하게 생각하는 것이겠지. 스우가 나에게 시집을 오기 전까지는 가능한 한 같이 지낼 수 있게 해 주고 싶었다.

스우의 이야기를 듣고 아무 말이 없던 이로하와는 반대로, 현관 쪽이 후다다닥 하고 소란스러웠다.

쿠당탕탕, 하고 무언가가 부딪쳐 쓰러지는 소리, 복도를 달리는 소리 등이 연속해서 시끄럽게 들려왔다.

"이로하는 이곳에 있느냐?!"

이윽고 코코노에 저택의 거실에 나타난 사람은 이전에도 만난 적이 있는 이로하의 아버지, 다테 마사무네였다. 여전히 컬러풀한 물방울 모양이 들어간 화려한 기모노를 입고 있었다. 그런 것보다, 이봐요. 신발을 신고 들어오다니.

"오오, 이로하! 무사했구나! 이 자식, 범인은 너인가?! 어린 아이를 유괴하다니 용서 못 한다!"

안대로 덮이지 않은 왼쪽 눈에 분노의 불꽃을 일으키며, 노려보듯이 나를 향해 시선을 돌린 다테 가문의 당주. 아니, 그러니까 아니에요!

그러고 보니, 다테의 대장과는 가면의 무사 '시로가네' 로서 만났었다. 첫 대면인 나를 범인이라고 생각하는 것은 어쩔 수 없는 건가?

그 마사무네의 등 뒤에서 주타로 씨가 다가왔다. 빨리 돌아왔네. 성에 돌아가는 도중에 이 대장과 만난 건가?

"다, 다테 님, 공왕 폐하에게 그런 발언은……?! 모두 오해입니다! 부디! 부디 진정하시지요……!"

"에에잇! 시끄럽다! 애초에 토쿠가와의 경비가, 쿠우욱?!"

다테의 대장이 무너져내렸다. 등 뒤로 다가온 인물이 그 머리 위에 일격을 날린 것이다. 쓰러진 마사무네의 그림자에서 나타난 사람은 다름 아닌, 다테의 심복, 카타쿠라 코주로 카게츠나.

아무래도 손에 든 소도의 칼집으로 때린 모양이었다. 가신이 그래도 되는 건가……?

"뭐, 뭘 하는 건가, 코주로?!"

"마사무네 님이야말로 무슨 짓을 하려고 했는지 아시나요? 한 나라의 왕에게 다른 나라의 일개 영주가 싸움을 걸려고 한 겁니다! 막는 것이 충신이 할 일이지요."

아, 이 사람은 정상이다. 다행이야. 나는 신경 쓰지 않지만 이에야스 씨의 입장도 있으니까. 자칫하면 창피를 당했다고 하며 토쿠가와VS다테의 분쟁이 일어날지도 모르고.

자리에서 일어선 이로하가 머리에 손을 댄 채 웅크리고 있는 마사무네 앞으로 나섰다.

"아버지, 토야와 스우는 이로하에게 친절하게 대해 줬어. 잘못한 거 하나도 없는걸."

"그, 그런가?"

"아버지는 너무 성급행. 그러니까 어머니가 항상 화를 내잖아. 생각이 얕아."

"윽!"

딸에게 꼼짝도 못 하는 아버지. 다테 가문의 권력 관계가 보인 것 같았다. 어째서일까? 순간 제노아스의 마왕 폐하가 플래시백처럼 스쳐 지나갔는데…….

풀 죽은 아버지 앞에서 이로하는 살짝 고개를 숙이고 목소리를 밀어냈다.

"전부 이로하가 나쁜 거양. 성을 빠져나와서 미안해. 아버지가 놀아주지 않아서 심심했거든……."

"이로하……."

무릎을 꿇고 딸을 안아주는 마사무네. 이로하도 작은 손을 아버지의 목에 둘렀다. 주변 모두가 안도의 한숨을 내쉬었다.

"미안하다, 오에도를 구경시켜 주려고 데리고 온 건데. 이야기에 열중하느라 시간이 길어지고 말았어. 용서해다오."

"괜찮아. 오에도도 구경했고, 경단도, 황대어도 잔뜩 먹었어. 즐거웠어."

"그렇구나."

이로하가 활짝 웃었다. 그러자 아버지인 마사무네도 조용히 웃었다. 조금 전까지 이성을 잃었던 인물이라고는 생각하기 어려워.

하지만 기대하고 있었는데 같이 놀지 못했다니 가엾다. 나는 조금 생각한 것을 제안하기 위해, 코주로 씨에게 한 가지 확인을 했다.

"회의가 끝나면 영지로 돌아가시죠? 다테령은 오에도에서 며칠 정도나 걸리나요?"

"그러네요……. 걸어서 9~10일 정도일까요? 이로하 님도 계시니 너무 서두를 수도 없기도 하고요."

내 질문에 코주로 씨가 그렇게 대답해 주었다.

이셴은 다른 나라와 달리 마차 등의 교통수단이 그다지 발달하지 않았다. 그건 산길 등이 많아 말보다도 가마로 여행하는 일이 많기 때문이지만, 그렇게 이동해 열흘이면 꽤 오랜 여행이다. 솔직히 이로하에게는 따분할 수밖에.

그래서 마사무네 대장에게 한 가지 제안을 했다.

"제가 열흘 후에 【게이트】로 다테령까지 바래다 드릴 테니 그 사이에 이로하와 오에도에서 놀아주실 수 있을까요? 다테 가문 여러분 모두 보내드릴 테니 교통비도 남을 거예요."

"음……. 그건 고맙지만, 왜 그렇게까지 해 주는 건가?"

의아하다는 듯이 이쪽을 보는 마사무네를 앞에 두고 스우가 허리에 손을 올리며 에헴, 하고 가슴을 폈다.

"우리와 이로하는 이미 친구네. 친구를 위해서라면 그 정도는 아무것도 아니야!"

"고마워! 스우!"

이로하가 스우의 손을 잡고 붕붕 마구 흔들었다. 뭐, 이 정도로 부녀 사이가 좋아지고, 회의도 문제없이 잘 진행된다면 그보다 좋은 일은 없다.

"대체 뭐가 어떻게 된 것인지요……?"

"스우 씨는 순식간에 친구를 만드는군요……."

"야에 씨, 힐다 씨, 제가 만든 방어무조림 드셔 보시겠어요?"

전혀 이야기에 참여하지 못하고 있던 야에, 힐다, 루, 이 세 명이 입을 모아 중얼거렸다.

일단은 한 건 해결인가?

그 후, 이에야스 씨도 저택을 방문하자 이로하는 아버지인 마사무네 그리고 많은 새카만 닌자들과 함께 오에도성으로 돌아갔다.

이셴은 동맹국에 참가하지 않고 있어서 스마트폰을 건네줄 수는 없었지만, 이로하에게는 스우와 연락할 수 있도록 '게이트 미러'를 건네주었다. 기껏 친구가 됐으니까.

이에야스 씨에게는 겸사겸사라고 하면 좀 그렇지만, 받은 쌀에 대한 답례와 함께 열흘 후에 다테 가문의 면면을 맞이하러 가겠다고 알려 주니, 어째서인지 감사하다는 말을 들었다.

아무래도 영주님들의 회의가 아직도 잘 정리가 안 된 모양이다. 히데요시 소동으로 공중에 붕 떠 있는 오다나 하시바의 영지를 어떻게 할 것인지 조금 옥신각신하는 듯했다.

곧 왕에게도 의견을 구한다고 말했다. 그런 것보다, 그걸 먼저 해야 하는 거 아닌가? 하고 생각했지만, 왕을 번거롭게 해서는 안 된다며 영주님들끼리 어느 정도 방침을 정해 놓겠다는 모양이었다.

앞으로 이틀이면 정리가 될 것 같다고 하니, 이로하도 마사무네와 오에도 관광을 할 시간은 충분히 있으리라 생각한다.

그러고 보니 이셴의 왕과는 아직 만난 적이 없구나. 나중에 이에야스 씨에게 부탁해서 만나게 해 달라고 할까?

왕을 만나면 이셴도 세계 동맹에 들어오는 게 어떠냐고 한번 물어보자. 실질적으로 이셴을 장악하고 있는 이에야스 씨에게 부탁해 달라고 하면 아마 가능하지 않을까?

그런 생각을 하면서 우리도 야에의 가족에게 작별 인사를 하고 집으로 돌아갔다.

"……이런 일이 있었어."

"큰일이었네. 하지만 부녀가 화해해서 다행인걸?"

"그렇지 뭐."

린이 선물로 사 온 완두떡을 하암 입에 넣었다. 우물우물 완두떡을 먹는 요정족 소녀는 뭐라 형용하기 힘들 만큼 귀여웠지만, 완두떡에 홍차는 과연 잘 맞을까?

"굳이 따지자면, 이쪽이 더 맛있어."

"양쪽 모두 맛있지만…… 저도 이쪽이 더 맛의 깊이가 있는 듯한……. 아, 저, 정말 조금이에, 요."

"큭……. 배운 대로 만들었는데도 역시 차이가……!"

사쿠라와 린제에게 준 두 개의 방어무조림 앞에서 좌절하는 루.

아니, 나도 먹어 봤는데 그렇게 풀이 죽을 정도의 차이는 나지 않았어. 미각이 민감한 루는 넘을 수 없는 벽을 느꼈을지도 모르지만.

"이 완두떡은 참 맛있는걸? 루, 이쪽은 못 만들어?"

방어무조림의 대미지를 받아 하아아, 하고 한숨을 내쉬던 루를 에르제가 바라보았다. 그리고 천천히 접시에 있었던 완두떡을 아암, 하고 하나 먹었다.

"으으음……. 조리법까지 자세히는 모르지만, 간단해 보이는 요리이니 못 만들지는 않을 거예요. 분명히 떡은 쌀로 만드는 거였던가요? 이전에 '파렌트'의 아에루 씨가 그렇게 말씀하셨던 것 같은데……."

"평범한 쌀이 아니라, 찹쌀로 만들어야 합니다. 분명히 이에

야스 님에게 받은 쌀 중에 찹쌀도 있었을 겁니다.”

그러고 보니. 분명히 이에야스 씨에게 받은 쌀가마니 중에 적긴 하지만 찹쌀도 있었다.

그런 것보다, 용케도 기억하고 있네, 야에……. 【스토리지】에 넣어 둔 나도 잊어버리고 있었는데. 그거야 뭐, 음식에 관한 거니…….

“그 찹쌀을 일반 쌀처럼 지으면 되는 건가요?”

“아니, 짓는다고 해야 할지, 찐 다음에……. 잠깐만.”

나는 절굿공이와 맷돌을 사용해 떡을 만드는 법을 검색하여 루의 스마트폰으로 전송해 주었다. 그러자 흐음흐음, 하고 루가 곧장 내용을 확인했다.

“토야 님. 다음에 떡을 만들어 보는 것은 어떻겠습니까? 기사단 여러분에게도 대접해 주고 싶습니다.”

“응, 괜찮지 않을까? 아마 모두 기뻐할 거야.”

브륀힐드의 주민 중에는 이셴 출신자가 많다. 물론 기사단원에도 많다. 오랜만에 다 함께 그리운 맛을 즐기는 것도 나쁘지 않겠지.

모두도 흥미가 있는지 떡을 치는 동영상을 몇 개인가 보여주자 굉장히 재미있어했다. 재미있기는 하지만 고속으로 떡을 치는 건 어려워.

기왕에 떡을 만드는 거니 다른 것도 먹고 싶다는 모두의 리퀘스트를 받아, 나는 전체적인 메뉴의 레시피를 루에게 제공해 주었다.

콩고물떡, 낫토떡, 간장맛 김말이떡, 팥고물떡, 떡국……. 아무래도 정월 같은 느낌이 들어서, 찹쌀가루나 쌀가루를 만드는 법도 보내 주었다. 경단 계열 쪽이 먹기 쉽기도 하니까.

떡을 치는 동영상을 보고 잔뜩 들떠 있던 스우가 내가 있는 곳으로 달려왔다.

"이보게, 토야. 다음에 이로하를 브륀힐드에 초대해도 되겠는가? 나도 이로하와 더 놀고 싶으이."

"물론이지. 맛있는 거랑 재미있는 걸 잔뜩 준비해서 환영해 주자."

그때는 야에의 가족과 이에야스 씨 일행도 같이 초대하자. 즐거워해 줬으면 좋겠다.

그때까지 완벽한 방어무조림을 만들겠다며 루가 의욕을 불태웠지만, 당일에 나나에 씨가 선물로 지참한 '방어와 무가 들어간 영양밥'을 앞에 두고 루는 패배를 맛보게 되는데, 그건 또 다른 이야기.

제3장 '왕'의 부활

"어서 오십시오, 토야 님. 주인마님 여러분."

〈삐.〉

〈뽀.〉

〈빠.〉

인간화한 은룡, 시로가네에 맞추듯이 '에투알' 고렘 세 대가 작게 인사했다. 점점 이 세 대도 그럴듯해지는걸?

이번에 뒤쪽 세계에 온 것은 얼마 전에 벌어진 산드라의 프레이즈 대습격이 이쪽 세계에도 영향을 주고 있지 않은지 확인하기 위해서였다.

이쪽에는 '왕' 의 핵을 원하는 프레이즈는 출현하지 않는다. 하지만 변이종은 별개다. 앞쪽 세계와 마찬가지로 변이종이 뒤쪽 세계에 대량으로 나타나지는 않을지 조금 걱정스러웠다.

그래서 곧장 '변이종' 을 검색해 봤지만 아무것도 걸리는 것은 없었다. 아무래도 기우였던 듯하다.

"토야, 토야. 조금 전에 '주인마님 여러분' 에는 나도 포함되어 있었던 걸까? 응?"

"포함 안 됐어. '주인마님 여러분과 그 외의 분' 이니까."

" '주인마님 여러분과 애인이신 분' 일지도 모르잖아?"

여전히 헐렁헐렁한 흰 옷을 입은 박사가 히죽거리는 얼굴로 그런 말을 했다.

이번에 동행한 사람은 유미나, 루, 린제, 린, 그리고 박사까지 다섯 명.

스우, 에르제, 야에, 힐다, 사쿠라는 볼일이 있어 오지 못했다. 스우는 본가, 에르제, 야에, 힐다는 기사단, 사쿠라는 어머니인 피아나 씨의 학교를 돕는다고 한다.

이번에는 변이종을 확인하러 왔을 뿐이니 볼일은 이미 다 끝났지만, 린제와 린이 저택의 서고에서 책을 읽고 싶다고 하고 박사는 얼마 전에 하지 못했던 도시를 산책하고 싶다고 말을 꺼냈다.

이대로 돌아가서는 아까운 마음이 들어, 그 뜻을 따르기로 했다. 유미나나 루도 산책하러 싶어 하는 것 같았고 말이지.

"그럼 일단, 또 성왕도에 가 볼까?"

"겸사겸사 식사도 하고 올까요?"

"좋지."

【게이트】를 열어 이전처럼 인기척이 없는 뒷골목에 나, 유미나, 루, 박사, 이렇게 네 명이 전이했다.

큰길로 나가 보니 여전히 고렘들이 오가는 번화하고 떠들썩한 소리가 들려왔다.

마을의 신문 판매점에서 신문을 사고 다양한 장소를 산책한 뒤, 이전에 모두와 갔던 카페로 가 보았다.

식사 시간이 지난 늦은 오후라 그런지, 자리에는 바로 앉을 수 있었다. 가벼운 식사와 옆자리의 사람이 마시고 있던 '코휘' 라고 하는 음료를 주문해 보았다. 이 향기는 아마 커피라고 생각하지만 말이지.

주문한 샌드위치와 샐러드를 먹으면서 나는 구매한 신문을 훑어보았다. 린이 있었다면 또 보기 흉하다고 혼날 것 같았지만.

"이런 신문은 편리하단 말이지. 브륀힐드에서도 만들 수 없을까?"

"지금은 장거리 통신 방법이 일반적으로 그다지 발달하지 못했으니까. 바빌론에서 양산해도 괜찮지만, 이런 종류의 물건은 아무래도 오보나 음모론 같은 것을 낳고 말지. 쓸데없이 세상을 떠들썩하게 만드는 것도 어떤가 싶지만, 확실히 편리하긴 해."

박사에게 신문을 건네고 식후에 나온 '코휘' 를 마셨다. 음, 역시 커피다. 조금 신맛이 강해 개인적으로는 조금 껄끄러워하는 맛이지만, 못 마실 정도는 아니었다.

"어라?"

신문을 읽던 박사가 작게 소리를 냈다. 그대로 눈을 가늘게 뜨며 무언가를 응시하더니, 주머니 안에서 무언가를 꺼내 신문에 대고 들여다보기 시작했다. 저건, 확대경인가?

"왜 그래?"

"아니, 이곳의 기사 말인데."

박사가 가리킨 장소에는 '해적선, 바르크르항(港)에 표착' 이라고 적혀 있었다.

"해적선으로 보이는 선적 불명의 배, 바르크르항에 표착하다. 승무원 34명을 포획……. 이게 왜?"

"이곳에 실려 있는 난파되었다는 해적선의 사진을 한번 봐 봐. 이곳이야. 너덜너덜하게 된 돛에 그려져 있는 문장(紋章). 본 적 있지 않아?"

으음? 문장? 박사에게 확대경을 빌려 흑백인 신문의 사진을 확대해 응시했다. 반 정도 찢어져 있네.

확대경 안에서 보이는 것은 별이 빛나는 방패를 지탱하는 흰색과 검은색 유니콘……. 이건……!

"왜 리프리스의 문장이……?!"

깜짝 놀라 확대경으로 확대한 사진을 응시했다. 설마…… 이건 해적 퇴치를 할 때 행방불명됐다는 배인가?! 분명히 맥클레인호라고 했는데……?!

다급히 기사를 읽어 보니, 항구에 밀려온 배는 국정 불명의 수수께끼의 배로 승무원은 모두 언어가 통하지 않으며, 현재 바르크르항의 영주가 붙잡고 있다고 한다. 무장선이어서 해적이 아닌가 하고 판단한 모양이었다.

"어떻게 된 걸까요? 왜 리프리스의 배가 이쪽 세계에?"

"모르겠어……. 전에 하느님이 이세계에 흘러오는 일도 자주 있다고 들은 적이 있지만……."

루의 질문에 대답하면서 나는 머리를 정리하려고 했다. 이건 우연일까? 아니면…….

"어느 쪽이든 간에 그냥 내버려 둘 수는 없어. 구해 줘야 해."

"기다려. 도와주는 건 상관없지만, 그 후에는 어떻게 할 거지? 리프리스에 되돌려 줄 건가?"

"그거야 물론…… 앗, 그렇구나……."

"그래. 평범하게 구하면 이 세계에 관해 설명해야만 해. 승무원뿐만 아니라 리프리스, 더 나아가서는 앞쪽 세계의 대표자 전원에게. 아직은 너무 이르다고 생각하는데?"

확실히 그렇다. 이세계라는 것을 모두가 우리 약혼자들처럼 받아들여 줄 리가 없었다. 프레이즈의 존재가 있으니, 어느 정도 이해는 해 줄지 모르지만…….

"……어둠 속성의 고대 마법에 최면 상태로 만드는 녀석이 있었지?"

"【히프노시스】 말인가? 물론 그거라면 기억을 흐릿하게 할 수 있을 테지만."

어둠 속성의 고대 마법에는 정신 간섭 계열도 포함되어 있다. 기억 조작, 혼수, 혼란, 발광, 유혹, 심신상실, 정신붕괴 등, 자칫 잘못하면 큰일이 벌어질 수 있는 마법이 많다.

원래는 악당이나 범죄자 이외의 사람에게 사용하기 꺼려지지만, 이번에는 어쩔 수 없다. 게다가 말도 통하지 않고 이유도 모른 채 감옥에 갇혀 있으니, 그런 기억은 없는 편이 행복할지도 모르고 말이지.

【히프노시스】라면 나도 바빌론의 '도서관'에서 마법서를 읽은 적이 있으니, 아마 사용할 수 있으리라 생각한다.

"아무튼 구출하러 가자. 장소는…… 파나세스 왕국, 바르크르항…… 이곳인가?"

스마트폰의 지도 화면(카페여서 공간 투영은 하지 않았다)에서 신문에 적힌 항구의 장소를 확인했다.

"파르프와 리니에……. 우리 세계에서 말하는 파르니에섬에 있는 나라군요."

지도를 들여다본 유미나가 말한 대로 바르크르항은 우리 세계에서 파르니에섬이 있는 곳에 존재했다.

아렌트에서는 조금 거리가 떨어진 곳이다.

"일단 내가 이곳까지 날아갈게. 모두는 이곳에서 기다려 줘."

"알겠습니다. 조심해 주세요."

【텔레포트】를 사용하면 순식간에 전이할 수 있을지도 모르지만, 이전에 그러다가 따끔한 맛을 본 적이 있으니, 그냥 정면돌파다. 전력으로 날아가면 10분도 안 걸리니까.

카페를 뛰쳐나가 곧장 옆쪽의 뒷골목으로 들어가 【인비저블】로 모습을 감추었다. 그리고 그대로 단숨에 【플라이】로 상공 수천 미터까지 날아올라 【액셀】로 초(超)가속을 하여 구름 위를 고속 비행하였다.

이윽고 바다에 이르자 그 앞에 커다란 섬이 보이기 시작했다. 저게 파르니에섬이 아닌, 파나세스 왕국이구나.

그 남동쪽에 있는 바르크르항에 내려가 나는 곧장 【게이트】를 열어 성왕도의 뒷골목으로 돌아간 다음, 카페에서 기다리는 모두를 데리고 【게이트】를 열어 다시 바르크르항으로 되돌아갔다.

"배가 많이 정박해 있네요. 별난 형태의 배예요."

항구에 떠 있는 배를 보면서 루가 주변을 두리번두리번 둘러보았다.

항구에 늘어서 있는 배 중에는 돛이 펼쳐져 있지 않은 배도 있었다. 증기선…… 아니, 마도선인가? 부두에서는 승무원에 뒤섞여 몇 대인가 고렘도 하역 등의 일을 하는 모습이 보였다. ……저 배, 팔이 붙어 있는데, 설마 배 자체가 고렘인가?

항구의 노점에서는 물고기를 잔뜩 판매하고 있었다. 독특한 비린내가 코를 찔렀지만, 생각한 만큼 심하지는 않았다. 마도구나 고렘이 만들어 낸 얼음으로 냉동이라도 한 것일까?

노점에서 팔리는 생선구이의 좋은 냄새에 이끌렸지만, 참자, 참아. 그런 일을 하고 있을 때가 아니다. 하지만 저쪽에서 굽고 있는 건 소라인가……?

"토야 오빠, 저기 보세요!"

유미나가 가리킨 곳, 사람들 눈에 잘 띄지 않는 해안에 너덜너덜해진 배가 조용해 떠 있었다. 그리고 그 접히다시피 한 돛대에 힘없이 매달려 있는 돛에는 유니콘의 문장. 역시 리프리스의 문장이다. 틀림없다.

가까이 다가가 선체를 확인해 보니, '맥클레인호' 라는 배 이름이 새겨진 플레이트가 거의 떨어질락 말락 하며 간신히 매달려 있었다.

"역시 이 배는 맥클레인호야."

운 나쁜 형사와 똑같은 이 배의 이름대로 끈질기게 살아남았다는 건가.

나는 자세한 사정을 듣기 위해 근처에 있던 뱃사람에게 말을 걸었다.

듣자 하니 이 배가 이곳에 표착한 것은 지금으로부터 4일 전, 폭풍이 지나간 아침이었다고 한다. 배 안에서 발견된 승무원들은 34명. 그 외에도 몇 명인가 있었지만 이미 죽어 있었다는 모양이었다.

사정을 물어보려 했지만 의미를 알 수 없는 단어를 늘어놓았을 뿐 전혀 말이 통하지 않아 대화가 되지 않았다.

어디에서 왔냐고 지도를 보여 주고 가리키게 했지만, 지도를 뒤집고 무언가를 호소할 뿐 종잡을 수가 없었고 고렘을 보고는 겁을 먹었다고 한다. 극한 상황이었기 때문인지, 그중에는 날뛰기 시작한 사람도 나오기 시작해 어쩔 수 없이 구속하여 감옥에 집어넣었다는 듯했다.

배 안에서는 무기나 대포 등이 발견되어 근해를 어지르고 다니는 해적의 일파가 아닐까 의심을 받았다. 당연히 원래 군선이었으니 무기 정도는 쌓아 놓고 다닌다.

"원래는 해적을 퇴치하기 위해 출항했는데 말이야……."

그런데 해적 취급을 받다니 그저 안타까울 뿐이다.

현재는 아직 처우가 결정되지 않은 모양이지만, 완전히 해적이라고 판단되면 교수형이다. 어서 구해 줘야 해.

맥클레인호의 승무원들은 항구에 있는 경비병 숙소에 인접한 감옥에 들어가 있다는 듯했다.

우리는 항구의 일각에 있는 그 3층짜리 숙소에 도착했다. 이 건물의 옆 건물이 감옥인 건가. 콘크리트 같은 것으로 만들어진 투박한 건물이었다.

낮이라서 그런지도 모르지만, 입구의 보초는 한 명뿐이었다.

길거리에는 사람들도 평범하게 걸어 다니고 있고, 무슨 일이 있으면 옆에서 경비병이 뛰쳐나오겠지. 그래서 경비가 느슨한 건가? 이쪽으로서는 고마운 일이지만.

"【인비저블】."

그늘에서 모두의 모습을 지우고 보초의 옆을 당당하게 걸어서 통과했다. 건물 안쪽 일각에 지하로 가는 계단이 있었고 그 앞에는 몇 개인가의 감방이 있었다.

열 명 정도로, 세 개의 감방에 나뉘어 투옥된 모양이었다. 모두 고개를 숙인 모습으로 힘없이 앉아 있는 사람이나 누워 있는 사람, 작게 오열하는 사람도 있었다.

【사일런스】를 발동해 외부에는 소리가 새어나가지 않게 만들었다. 이것으로 떠든다고 해도 위쪽 병사에게 들킬 염려는 없어졌다.

나는【인비저블】을 해제했다. 갑자기 눈앞에 나타난 침입자를 보고 승무원들이 놀라서 뒷걸음질 쳤다.

“이 안에 선장님, 혹은 대장님은 계시나요?”

“다, 당신, 우리의 말을 할 수 있는 건가?!”

“네. 여러분이 리프리스에서 해적 퇴치를 하러 나선 분들이라는 것도 알고 있습니다.”

놀라는 승무원 중에서 더러워진 옷을 입고 있던 붉은 수염의 남자가 쇠창살 앞으로 나와 나에게 말을 걸었다.

“시몬스라고 하네. 내가 이 부대의 부대장이지. 대장은 이곳으로 표류하는 도중에 바다에 떨어지고 말았어.”

“대체 무슨 일이 있었던 거죠? 자세하게 말씀해 주세요.”

내가 말을 걸자 시몬스 부대장은 괴로운 표정으로 고개를 숙이면서 기억을 더듬듯이 천천히 말을 하기 시작했다.

“모르겠네……. 그날, 우리는 다른 선단과 함께 해적들의 아지트를 향해 가고 있었지. 그런데 문득 정신을 차려 보니 주변 전체가 안개로 가득히 뒤덮여 있더군. 그 시점에 이상하다는 것을 깨달았어야 했어. 그때까지는 날씨가 맑았는데 안개는 점점 짙어졌고, 그러는 사이에 그 안개가 황금빛을 발하고 있다는 것을 깨달았지. 황금 안개에 휩싸인 채 우리는 어디로 가고 있는지, 나아가고는 있는 것인지, 아니면 빙빙 돌고 있는 것인지, 전혀 알 수 없었네. 나침반은 전혀 제 기능을 못 했고 태양도 별도 보이지 않았어. 이윽고 안개가 걷혔나 싶더니 이번엔 엄청난 폭풍이 몰려 왔지. 모두 배에 달라붙어 침몰하지 말아 달라고 비는 것이 고작이었어. 폭풍이 지나가고 정신을 차려 보니 우리는 이곳의 해안으로 떠밀려 와 있었네. 살았다고 생각했는데 이번엔 말이 통하지 않더군. 알고 있는 모든 나라의 이름을 다 댔는데도 전혀 모르는 것 같았어. 게다가 그 본 적도 없는 배에 본 적도 없는 철로 된 생물……. 이봐, 당신. 이곳은 대체 어디지? 그 철로 된 생물은 대체 뭐야? 뒤집힌 지도는———."

"【어둠이여 꾀어라, 재식(裁植)한 거짓 기억, 히프노시스】."

시몬스 부대장이 마지막까지 말하기 전에, 따로 묻지 않고 【최면】 마법을 발동시켰다.

주변에 연한 보라색 안개가 피어오르자, 승무원들의 눈은 점점 흐리멍덩해졌다.

"명심하세요. 여러분은 리프리스 선단에서 떨어져 바다의 마물에게 습격당했습니다. 간신히 살아남았지만, 조난을 당하고 폭풍에 말려들어 생사의 경계를 헤맸습니다. 기묘한 꿈을 꾸고 배고픔과 극한 상황에서 경험하는 환각에 시달린 겁니다. 이상한 배나 철로 된 생물은 그 탓입니다. 그건 꿈입니다. 환각입니다."

"환……각……."

승무원들이 멍~한 눈으로 웅얼웅얼 중얼거렸다. 기억이 잘 심어졌을까?

루가 그렇게 대략적이라도 괜찮은가 물었지만, 이런 것은 본인이 자신이 좋을 대로 기억을 덮어쓴다면 아마 괜찮을 거다. 폭풍을 만난 것은 사실이기도 하고.

즉, 이 항구 마을에서 있었던 일을 꿈이라고 생각해 주면 된다.

감방의 자물쇠를 부수고【게이트】를 드래크리프섬의 저택 정원으로 연결한 후, 유미나 일행이 앞장서서 데리고 가게 했다.

몽유병 환자처럼 승무원들은 비틀거리며 유미나 일행이 안내하는 대로【게이트】를 지나갔다.

유미나 일행을 포함해 모두가 저편으로 전이한 뒤, 나는 지하 감옥을 탈출. 해안에 버려져 있던 맥클레인호를【스토리지】에 회수했다. 그리고 소동이 일어나기 전에 나도 드래크리프섬으로.

전이해서 도착한 정원에는 여전히 눈이 풀린 채 승무원들이 앉아 있었다.

너무 오래 이 상태로 두는 건 이쪽으로서도 정신 건강상 좋지 않겠는걸. 얼른 원래 세계로 데려다주어야겠다.

그때, 갑자기 스마트폰이 울렸다. 으응? 이쪽 세계에서 전화가 울린다는 것은……. 확인해 보니, 역시 '전화 하느님' 이라는 문자가.

"네, 여보세요."

〈오오, 토야인가? 그쪽은 고생하는 모양이군.〉

"어라? 혹시 보고 계셨나요?"

〈그래. 조금 할 이야기가 있어서. 지금 자네가 관여한 문제와도 관련이 있는 이야기일세. 나중에 시간이 되면 이쪽으로 와 줄 수 있겠는가?〉

신계로? 무슨 이야기지? 일단 알겠다고 한 다음 전화를 끊었다.

지금 내가 관여하는 일……이라면, 이쪽 이세계로 표류한 사건인가? 하느님에게 무슨 문제라도 일어났나……?

……앗, 안 되지. 일단은 이 사람들을 어떻게든 해야 해.

나는 정원 중앙에 설치된 '차원문' 을 열고 두 개의 세계를 연결했다.

맥클레인호의 승무원들을 원래의 세계로 데리고 온 우리는

그날 중에 인기척이 없는 리프리스 해안에 맥클레인호를 띄우고 그 배 안으로 승무원들을 옮겼다.

이윽고 배 안에서 정신을 차린 승무원들은 눈앞에 있는 해안을 바라보더니, 기뻐하며 바다에 뛰어들어 모두 무사히 상륙했다. 바로 근처에 가도가 있으니, 30분 정도면 어촌에 도착한다.

물론 여기까지의 행동도 【히프노시스】로 각인을 시켜 놓았지만.

“일단은 이제 좀 안심이려나.”

“다행이네요.”

어촌의 그늘에서 승무원들을 살펴보았다. 음식을 얻어먹으며 표류했을 때의 일을 마을 사람들에게 설명했는데, 뒤쪽 세계에서의 일은 모두 기억에서 사라진 듯했다.

선원들을 무사히 데려다준 우리는 【게이트】를 지나 브륀힐드로 귀환했다.

그런데 대체 어떻게 저편 세계로 맥클레인호가 가게 된 걸까?

내가 원래 있던 세계에도 초자연적 행방불명 사건들이 있었는데, 그건 사고가 나 사람들이 이세계로 전이했기 때문인 걸까? 맥클레인호도 우연히 그런 사람들처럼 뒤쪽 세계로 흘러들어 갔다? 과연 그럴까……?

앗, 초자연 하니 생각나는데, 하느님이 날 불렀었다. 하느님에게 물어보면 뭔가 알 수 있을지도 모른다.

잠깐 외출하고 오겠다는 취지의 말을 유미나 일행에게 전달하고, 성의 주방에서 선물로 푸딩이나 케이크, 도라야키 등, 간식거리를 여러 개 상자에 넣었다. 요리장인 클레아 씨가 없어서 무단으로 가져가게 되었지만…… 나중에 혼나면 사과하자.

"그럼 잠깐 다녀오겠습니다."

"안부 잘 전해 줘~."

마찬가지로 주방에서 케이크를 손에 넣은 카렌 누나가 손을 흔들며 배웅해 주었다. 저것도 내가 몰래 먹은 게 되어 버리는 걸까……? 뭐, 상관없지만.

【게이트】를 사용해 신계로 날아갔다. 여전히 구름바다에 떠 있는 다다미 네 장 반짜리 공간에서 하느님이 방석 위에 앉아 있었다.

"오오, 왔는가."

"오랜만입니다. 아, 이건 선물이에요."

"이것 참, 미안하구먼."

간식거리가 든 상자를 받은 하느님은 방(이라고는 하지만, 여전히 벽도 천장도 없지만)의 구석에 있던 작은 냉장고 안에 푸딩과 케이크를 넣고, 도라야키는 차와 함께 밥상 위로 다시 내주었다.

"그런데 하실 말씀이라는 건……."

"그래……. 어디서부터 이야기하는 것이 좋을지……. 일단, 우리――신들이 관리하는 세계에 대해서 먼저 이야기함세."

세계신님은 희고 긴 수염을 쓰다듬으면서 이야기를 시작했다.

"알다시피 신들이 관리하는 세계는 무수히 많지. 그리고 우리가 관리하는 것은 '세계' 이지 그곳에 사는 사람들이 아니야. 문명이 발전하든 멸망하든 신들은 억지로 간섭하지 않아. 왜냐하면 멸망하는 것도 '세계' 의 흐름의 일부이니까. 그리고 아쉽게도 멸망한 세계는 파괴신이 소멸시키지. 파괴신은 그게 역할이거든. 그리고 또 새로운 세계를 내가 만드는 걸세."

소문으로 들었던 파괴신이라……. 세계신님의 말투를 보면, 이름과는 달리 정상적인 하느님인 것 같은데, 이름이 무시무시해…….

"또, 다른 세계에 악영향을 미칠 것 같은 '어긋난 세계' 도 파괴신의 파괴 대상이 되지. 사신이 태어나 제어할 수 없어진 세계 등을 말이야."

"자, 잠깐만요. 그 말씀은……?!"

"아니, 자네의 세계는 정확하게 말하자면 아직 그 대상은 아니네. 사신이 강림해 폭주한 것도 아니니까. 다만, 경계 부근까지 온 것은 사실이야."

그럼 뭐야? 사신이 강림해 버리면, 파괴신이 소멸시킬 대상에 포함된다는 건가?!

"문제는 그뿐만이 아니야. 그 사신이 스스로 권속을 사용해 차원의 틈새에서 나쁜 짓을 꾸미고 있네. 그것을 보게."

세계신님이 오른손을 밥상 위로 들자, 입체적인 우리 세계의 지도가 투영되었다.

이어서 왼손을 들자, 뒤쪽 세계의 지도도 나타났다. 마치 거울에 비쳐 본 것처럼 좌우 대칭인 두 개의 세계가 밥상 위에서 정지해 있었다. 그런 것보다, 그 세계는 평면 세계인 건가?

"이게 두 세계의 반년 전 상태네. 그리고……."

두 개의 세계가 조금씩 가까워져, 일부분이 아주 살짝 겹쳐졌다.

"이게 현재의 세계지. 사신 녀석들이 두 개의 세계를 연결하려 하고 있네. 아니, 벌써 연결되기 시작했군."

"아니……!"

뒤쪽 세계에 변이종이 나타나거나 맥클레인호 사건도 있어서, 뭔가 암약하고 있을 거라고는 생각했지만…… 두 개의 세계를 연결해?! 그런 게 가능한 건가?!

"왜 사신은 그런 짓을……."

"두 개의 세계가 연결되면, 그건 이제 또 다른 하나의 세계가 되는 게지. 그리고 그것을 만들어 낸 것은 세계신인 내가 아니네. 즉, 내 손에서 떠나게 된다는 거야. 아마 그건 흡수된 종속신이 알려 준 지혜일 테지."

"윽……!"

세계신님의 손에서 떠난다?! 그건……!

"원래라면 이런 신의 손에서 '어긋난 세계' 는 신들의 판단에 따라 파괴신이 소멸시키도록 되어 있네. 다른 세계와 같이 놔두면 독자적인 진화를 이뤄 악영향을 줄 수 있으니까 말일세. 하지만 그건 우리로서도 바라는 것이 아니야."

세계신님이 날카로운 눈으로 나를 꿰뚫듯이 바라보았다. 나는 무심코 꿀꺽 마른침을 삼켰다.

"그래서 하는 말이네만. 우리는 이 문제를 모두 토야에게 맡기기로 했네."

"네?!"

자, 잠깐만요. 무슨 말이죠?! 설마 떠넘기는 건가요?!

"이 두 개의 세계에서 일어나는 이상 사태를 수습하는 것. 세계신의 이름으로 이것을 성공시키면 자네를 상급신의 신족으로 인정하지."

"네에에?!"

상급신?! 상급신이면 카렌 누나들이나 모로하 누나들보다도 위인가?! 갑자기 그런 일이 있을 수 있나?!

"솔직히 말하면, 사신을 쓰러뜨려도 두 개의 세계…… 물론 하나가 되어 버리겠지만…… 그걸 관리할 신이 없어서 말일세. 내 손에서 한 번 떠나가는 이상, 또 새로운 세계로 편입하기에는 너무 성장을 많이 한 세계라, 누군가가 관리해 주면 도움이 되지."

"그걸 저보고 하라고요? 하느님 흉내는 못 내요!"

"흉내가 아니라 정말로 신이 되는 거네만……. 그렇게 어려울 건 없어. 파괴신이 오는 사태가 되지 않도록, 조심하면 되는 것뿐이니까."

파괴신이 오는 사태가 되지 않도록이라니…… 당신(세계신님)이 관리해도 지금 그런 사태가 되려고 하고 있잖아! 정말 괜찮은 거야?!

"물론 사신을 쓰러뜨렸다고 곧장 신계의 동료가 되는 것은 아닐세. 연수 기간에 해당하는 일정 이상의 시간을 지상에서 보내도 상관없으니 말이야."

"참고로 그건 어느 정도인지……."

"글쎄, 이삼천 년 정도일까."

길어! 연수 기간이 길어! 주식회사 하느님 컴퍼니는 신입사원을 아주 친절하고 정중하게 지도합니다!

그러니까 뭐야. 사신 문제를 해결하면 바로 정식 채용, 입사까지 이삼천 년을 지상에서 연수, 그게 끝나면 그 세계의 관리직으로……라는 건가? 응, 여러모로 이상해.

"그건 꼭 그래야 하나요……?"

"아니. 거절한다면 그건 그거대로 괜찮네. 단, 그렇게 되면 자네들의 세계는 신의 관리에서 벗어나게 되지. '어긋난 세계' 가 이상한 진화를 이뤄, 만약 악영향을 준다고 판단되면……. 기껏 사신을 처리했는데, 그 후에 파괴신에게 소멸되면 모든 게 헛수고가 되지 않는가."

"선택의 여지가 없는 거잖아요……."

"미안하구먼. 이래 봬도 가능하면 풍파를 일으키지 않는 방법을 선택한 것이네만."

"……아니, 내버려 두면 사신까지 파괴신이 소멸시켜 다 끝인 거잖아요? 아직 다시 시작할 수 있다는 것만 해도 고마운 일이에요. 게다가 그 사신이 제멋대로 마구 날뛰어서, 한 방 때려 주지 않으면 분이 풀리지 않으니 딱 좋네요."

나는 미지근해진 차를 단숨에 들이켰다. 일이 귀찮게 됐지만 언젠가는 지나야 하는 길이다. 관리직을 잘 수행할 수 있을지 모르겠지만, 이삼천 년 정도면 익숙해지겠지.

아니, 일단은 사신 녀석을 날려버리는 게 먼저지만.

"받아들여 줘서 고맙네. 나도 그 세계가 사라지길 원하지 않았거든."

그렇게 말하며 세계신님도 차를 마셨다. 세계신님도 한 번 내려온 곳이니까. 어느 정도는 애착이 샘솟은 걸까?

"만약 그 세계가 문제 있다고 판단되면, 저희는 어떻게 되나요?"

"자네와 자네의 권속…… 아가씨들은 다른 세계로 피난시킬 수 있지만, 그 이외에는 세계도 사람도 모두 파괴신에게 소멸당하지. 먼지도 안 남아."

그 말을 듣고 오싹해졌다. 나라의 모두와 각국의 임금님들, 내가 아는 모든 사람들이 이 세상에서 사라진다. 그런 것은 생각하고 싶지도 않았다.

보통이라면 사신도 프레이즈도, 모두 한꺼번에 소멸시키는 것이 파괴신의 일이다. 그런데 그 뜻을 굽혀 준 것은 오로지 내가 우연히 그 세계에 있었기 때문이다. 그렇다면 해야 할 일을 할 수밖에.

나는 자신이 할 수 있는 일을 힘껏 해내자고 마음속으로 결심했다.

……그래야 하는데, 신계에서 돌아온 뒤, 새삼 사태의 중대성을 깨달은 나는 자신의 침대 위에서 데굴데굴 굴러다녔다. 역시 무리가 아닐까……?

"세계의 관리라니…… 내가 할 수 있는 건가? 나라 하나도 제대로 관리할 수 있을지 수상한데."

베개를 안고 데굴데굴 침대 위를 왔다 갔다. 음~ 아직 그런 고민을 할 때가 아니라는 것은 알지만……. 일단은 사신을 어떻게든 해야 한다.

"아~…… 하지만~ 음~……."

큰 프로젝트를 맡게 된 신입사원의 마음이 이런 걸까. 아니, 애초에 신입사원에게 이렇게 큰 프로젝트를 누가 맡겨?

보통 이런 건 의지가 되는 선배 등이 지원해 주거나…….

"안 되겠어……. 의지가 될 법한 선배라면 코스케 삼촌 정도밖에 없잖아……."

연애 이야기 마니아와 배틀 중독자, 사냥꾼과 음악 마니아, 그리고 술주정뱅이가 다잖아. 코스케 삼촌도 농업 이외에는 별 도움이 안 될 테고.

하급신은 그런 전문적인 신이고, 상급신은 그 외의 것들을 포함해 관리하는 관리직일 테지만…… 으으음…….

"무슨 고민 있으세요?"

"아~ 조금 일이 성가시게……."

앗, 갑자기 들려온 목소리에 나는 깜짝 놀라 침대에서 고개를 들었다. 그곳에는 잠옷 차림의 유미나가 서 있었다. 평소와 마찬가지로 잠옷 차림도 귀엽다.

"왜 여기에……?"

"토야 오빠가 조금 이상해서요. 저녁도 별로 안 드셨고 무언가 골똘히 계속 생각을 하느라 뒤숭숭해 보이셔서요."

"아~……. 미안."

아무래도 걱정을 끼친 모양이었다. 이런 남자가 세계를 관리해? 세계도 민폐를 겪는 게 아닐까? 안 되지, 또 자학적으로 돼 버렸어.

"그래서요? 무슨 일이 있었나요? 저에게 말할 수 없는 건가요?"

"아니, 그런 건 아니지만……."

유미나 일행에게는 하느님에 대해 이미 이야기했고, 권속화가 시작된 이상 이건 약혼자들에게도 이야기해 두어야 하는 일이다.

나는 하느님이 가르쳐 준 내용을 유미나에게 이야기하기 시작했다. 세계의 소멸 등에 대해 가능한 한 충격을 받지 않기를 바라면서.

"그렇군요……. 그래서 고민하셨던 거네요?"

"그렇지 뭐……. 갑자기 신의 일을 맡으라는 말을 들었으니까. 물론 그 일을 시작하는 건 아직 한참 후의 일이지만."

자조하듯 나는 웃었다. 이런 이야기를 하는 것은 조금 한심하지만, 이제 와서 허세를 부려 봐야 소용없다.

"괜찮아요. 토야 오빠라면 할 수 있어요."

"아니, 격려해 주는 건 기쁘지만……."

"괜찮아요. 이 세계도 또 하나의 세계도 분명히 구할 수 있을 거예요. 토야 오빠니까요."

올곧은 오드아이가 나를 꿰뚫었다. 그 근거 없는 자신감은 어디에서 오는 걸까. 믿어 주는 건 기쁘지만 말이야.

"그리고 저희도 도울게요. 그러니까 혼자서 다 떠안지 말아 주세요. 모두 같이 열심히 노력하면 틀림없이 괜찮을 거예요. 토야 오빠에게는 도와주는 사람들이 많이 있잖아요?"

그렇게 말하며 작은 나의 약혼자는 미소를 지었다. 그 다정함이 마음에 사무쳐, 나는 무심코 손을 뻗어 유미나를 껴안고 말았다.

"미안해, 걱정을 끼쳐서. ……그래. 나에게는 모두가 있어.

그러니까 못할 건 아무것도 없어……. 미안하지만 도와줄 수 있을까?"

"네……."

꼬옥 유미나도 나를 같이 껴안았다. 이 아이들과 만나서 정말 다행이라는 생각이 들었다.

나에게 있어 무엇과도 바꿀 수 없는 소중한 사람들……. 약혼자들뿐만 아니라, 지금까지 만나 온 모든 사람과 이 세계에서 살아가는 다정한 사람들을 위해서. 나는 내가 할 수 있는 일을 힘껏 해야 한다.

"유미나 언니만 치사하구먼……."

"쉿! 스우, 조용히!"

무슨 소리가 들렸어! 휙, 하고 시선을 방 안으로 돌려 보니 부자연스러운 부분이 유난히 눈에 띄었다.

부푼 커튼, 옷이 삐져나온 옷장, 의자가 튀어나온 책상, 책장의 그늘에서 보이는 발.

"언제부터?!"

"토야 씨가 침대 위에서, 뒹굴뒹굴 구르고 있을 때부터예요."

"처음부터야!"

들켰다~라고 하듯이 커튼 뒤나 옷장 안에서 에르제를 비롯한 약혼자 여덟 명에 밖으로 나왔다. 폴라까지 있네.

그런 것보다, 모두가 방에 침입해서 숨어 있었는데, 데굴거리느라 눈치채지 못한 나도 나야!!

"왜 숨어 있었어……?"

"누가 토야 오빠를 위로할까 하는 이야기가 나와서요."

"유미나 님, 가위바위보에 너무 강하십니다……."

또 그런 걸로 결정했단 말이야……? 한숨을 쉬는 나에게 이번엔 스우가 뛰어들었다.

"잘 듣게, 토야. 뭐든 혼자서 고민하면 안 되네. 우리가 있지 않은가. 우리는 최강의 가족이야. 파괴신 따위에게 누가 질 줄 알고?!"

아니, 파괴신은 적이 아닌데. 물론 그 마음은 기쁘다. 유미나와 마찬가지로 스우도 나를 안더니 니헤헤~ 하고 웃었다. 그리고 그대로 뺨에 키스해 주었다.

"앗?! 왜, 왜 선수를 치고 그래?!"

"맞아요! 제일 연하라고 그러다니, 매번 치사해요!"

"……지지 않겠어."

바짝 다가온 에르제와 린제의 사이를 뚫고 사쿠라가 나에게 안기더니, 스우가 한 곳과는 반대 뺨에 키스했다.

"""""""앗?!"""""""

그것을 시작으로 잇달아 모두가 나에게 다이빙을 했다. 앗, 잠깐! 기쁘지만, 역시 무리야!

아니?! 남의 바지를 내리려고 하는 사람은 대체 누구?! 앗, 폴라였어?!

모두에게 완전히 납작하게 깔리면서, 나는 약혼자들과 함께

라면 어떤 일도 극복할 수 있다고 확신했다.

자, 각오를 다진 것은 좋은데, 이제부터 어떻게 하면 좋을까.
일단은 지금까지처럼 프레이즈와 변이종을 섬멸한다 치고, 세계가 하나가 되었을 때 사람들이 혼란에 빠지지 않았으면 했다.
물론 혼란스러워하지 말라는 편이 더 말이 안 되는 거긴 하지만…….
앞쪽 세계뿐만이 아니라, 뒤쪽 세계도 혼란스러워질 테니까.
그래…… 일단은———.

"【이공간 전이】를 가르쳐 달라고?"
아침 식사인 토스트를 우물우물 먹고 있는 카렌 누나와 이미 식사를 마치고 식후의 홍차를 마시고 있는 모로하 누나에게 나는 말을 꺼냈다.
"왜 또……. 앗, 당연한가. 그 이야기지?"

"네. 두 세계를 오가는데 【이공간 전이】가 있으면 도움이 되니까요."

일일이 바빌론에서 전이하는 것도 성가시니 사용할 수 있게 되는 편이 행동의 폭도 넓어진다. 이전에는 더욱 신족에 가까워지는 현상을 멀리했었지만, 이제 여기까지 온 이상 그런 건 관계없는 일이다.

"물론 가르쳐 주는 것 자체는 얼마든지 가능해. 우리는 토야를 돕기 위해 이곳에 있는 거니까."

"으~음……. 단지, 실은 가르쳐 줄 게 거의 없어~."

"네? 무슨 말이죠?"

토스트를 다 먹은 카렌 누나의 대답을 듣고 나는 무심코 눈썹을 끌어올렸다.

"【이공간 전이】는 결국 전이 마법과 같은 거니, 그 감각만 잘 포착하면 어려울 게 없거든~ 우리랑 몇 개인가 세계를 돌면 토야도 요령을 잡을 수 있을 거야~."

세계를 돌다니……. 이 세계를 돈다는…… 그런 이야기는 아니겠지? 다양한 세계를 돈다, 그건가?

"누가 가르쳐 주는 게 좋을까?"

"모로하는 기사단 훈련이 있으니 내가 가르쳐 줄게. 일단 토야의 서포트는 내가 대표니까? 아마 하루면 배울 거야~."

홍차를 마시고 카렌 누나가 자리에서 일어섰다. 하루 만에 배울 수 있는 걸까……? 스파르타식은 좀 참아 줬으면 하는데, 그런 말을 하고 있을 때가 아닌가.

둘이서 자리를 떠나 안뜰로 이동했다.

"그럼 일단, '신기' 를 온몸에 휘돌게 해야 해~ 그리고 얇게 몸에 두르는 느낌으로 조금만 나오게 하는 거야~ 잘못해서 '신위해방' 을 하지 않도록 조심해야 한다? 어디까지나 몸의 표면에 천천히 흘려야 해~."

하라는 대로 몸 안에 신기를 휘돌게 하고, 몸의 주변만 두르듯이 조종했다. 이 정도라면 컨트롤하기 어렵지 않다. 나도 참 진보했는걸?

"응. 오케이야. 그 상태에서 【이공간 전이】를 할 테니 의식을 철저히 유지해야 해."

그렇게 말한 카렌 누나가 내 손을 잡은 순간, 꽈악! 하고 몸이 상공으로 끌려가는 듯한 감각이 느껴졌다.

마치 반대로 번지 점프를 하는 것처럼 날아오르는 감각이 나는 듯하더니, 이번엔 몸무게가 몇 배나 더 무거워진 듯한 감각에 온몸이 찌부러질 것 같았다. 솔직히 말해 기분 나쁘다.

"으윽……!"

"자, 도차~악."

사이를 늘린 누나의 목소리를 듣고 주변을 둘러보니 우리는 적갈색 바위가 데굴데굴 굴러다니고, 잿빛 하늘이 펼쳐진 광야에 서 있었다.

SF영화에서 본 화성 같은 곳이네. 모래 먼지가 떠올라 있었고 시선이 닿는 곳에는 아무것도 없었다. 붉은 황야 같은 대지가 끝없이 이어져 있을 뿐인 세계였다.

"이곳은 이세계인가요?"

"응. 알기 어려울지 모르지만, 너희 세계와 거의 같은 계층에 있는 세계야~ 물론 인류는 별로 없지만."

어떻게 된 건지 설명을 들어 보니, 이곳은 일찍이 세계대전이 벌어졌는데, 그 결과 대기가 독으로 가득 차 지상에서는 인류가 살 수 없게 된 탓에, 사람들은 지하 도시에서 근근이 살아가고 있다는 모양이었다.

실제로 지금 서 있는 장소도 평범한 사람이라면 바로 폐가 썩어 즉사할 수준이라고 한다. 대체 어떤 독이길래.

"그렇지만 하나의 종족이 지배자의 지위에서 전락하는 일은 흔해. 자, 저기 봐."

누나가 가리킨 곳에는 적갈색 바위 사이를 쪼르르쪼르르, 작은 개구리 같은 생물이 여섯 개의 다리로 이리저리 기어 다니고 있었다. 이런 환경에도 적응해서 살아가는 생물이 있는 건가…….

"다음은 저 종족이 지상을 지배할지도 모르지."

지구에서도 약 6600만 년 전, 공룡이 멸종했다. 그 이유는 운석 낙하설, 해수면 상승설, 하강설, 화산 분화설, 전염병설, 자전축 변경설, 더 나아가서는 우주인 습격설 등 다양한 듯하지만, 그런 일 자체는 드물지 않은 거겠지.

우리의 세계도 실제로 프레이즈에게 습격을 당하고 있고 말이다.

"자, 다음으로 가자~."

누나가 내 손을 잡자, 또 조금 전의 엘리베이터가 상승하고 하강할 때의 체험을 몇 배로 늘린 듯한 감각이 습격해 왔다. 으으, 속이 울렁거려…….

그 감각이 진정된 뒤, 눈앞에는 조금 전의 황야가 아니라 상쾌한 바람이 부는 초원이 펼쳐졌다. 하늘에는 구름이 흘렀고 멀리에서는 높은 산이 보였다. 조금 전의 세계와는 너무나도 달랐다.

"이번엔 평범한 세계네요."

"뭘 보고 평범하다고 할지는 관점에 따라 다 달라. 참고로 이 세계는 동물이 없는 세계야."

"어?"

카렌 누나의 말대로 하늘에는 새 한 마리, 초원에는 벌레 한 마리 보이지 않았다. 완전히 식물만 있는 세계인가?

하지만 수분 문제도 있으니, 벌레가 없으면 큰일이라고 생각하는데? 흙 안에도 지렁이 정도는 있어야 도움이 되는 게 아닌지…….

카렌 누나가 밖으로 드러난 풀잎을 하나 쑤욱 뽑아내자 그곳에서 곧장 같은 잎이 재생되었다. 이게 뭐야……. 나도 풀을 하나 뽑아 봤는데, 그곳에서는 곧장 다른 풀이 자라나 원래 대

로의 상태가 되었다. 원리를 모르겠어…….

세계가 변하면 상식도 법칙도 변한다. 우리의 생각으로 이해하려고 해도 소용없는 일인지도 모른다.

"자, 계속 돌자~."

"어? 벌써요?!"

그 세계의 설명도 제대로 듣지 못한 채, 누나가 놀라는 내 손을 이끌며 또 세계를 이동했다.

그리고 우리는 다양한 세계를 돌아다녔다. 몇 개나 돌았는지 잘 기억은 나지 않지만, 무의식적으로【이공간 전이】의 요령을 알게 된 느낌이었다.

【텔레포트】와 마찬가지로 일단 기점이 되는 곳을 파악하고, 그곳에서 다른 세계를 포착해야 한다.

확실히 세계는 나선 계단처럼 조금씩 높이가 달라 계위(階位)가 올라갔다가 내려갔다가 하는데, 자신이 서 있는 곳을 결정해 두면 그곳에서 몇 단 위의 오른쪽인가 왼쪽인가, 몇 단 아래의 앞인가 뒤인가를 파악할 수 있다.

그것도 일단 한 번 가면【게이트】같은 감각으로 넘어갈 수도 있어 헤매지도 않는다.

"그럼 원래 세계로 돌아가 봐. 실수해도 데리러 가 줄 테니 힘내는 거야!"

카렌 누나의 말을 듣고, 나는 눈을 감으며 세계를 이미지하여 그 위치를 파악하였다. 아마 이 즈음이라고 생각하는데…….

각오를 다지고 나는 도약해 보았다. 상당히 익숙해졌지만, 그 불쾌한 감각을 버티고 도착한 곳은 평범한 시골 가도 같은 느낌의 장소였다. 연이어 솟은 산들과 초원. 하늘은 높고 구름도 흘렀다.

마차가 길을 따각따각 하며 지나가고 있었다. 멀찍이 커다란 나무가 보였다. 으응? 이곳은…….

가도 옆에 서 있는 커다란 나무의 밑동까지 걸어갔다. 역시 이곳이다.

내가 처음에 이 세계에 도착했던 장소. 이곳에서 모든 것이 시작되었다.

그렇다면 이곳은 리플렛 마을 근처인가. 내가 나무에 손을 대고 감개무량해 하고 있는데, 누나가 마찬가지로 전이해 왔다.

"성으로 전이했으면 100점 만점이었을 텐데 아쉬워. 그래도 그럭저럭, 세계는 맞았으니 70점을 줄게."

꽤 엄격하다. 쓴웃음을 지으면서 나는 궁금했던 점을 누나에게 물어보았다.

"……혹시 이 【이공간 전이】로 제가 원래 있던 세계로 갈 수 있어요?"

"토야가 있던 세계는 조금 머니까 지금은 어려울지도 몰라. 하지만 익숙해지면 못 갈 것도 없어. 별로 추천은 못 하지만……."

음, 당연한가. 죽은 사람이 나타나면 이래저래 문제가 될 테니까.

모습을 감추고 모습을 살피는 것 정도가 한계일까. 언젠가는 가 보고 싶었지만, 지금은 그때가 아니다.

게다가 내 세계는 이제 이곳이다.

"이 【이공간 전이】는 다른 사람도 데리고 이동할 수 있어요?"

"많이는 어렵지만, 가능은 해. 단, 맨 처음에 갔던 대기가 독에 물든 세계 등도 있으니, 평범한 사람은 모르는 세계에 데리고 가지 않는 편이 좋아."

맞다. 우리처럼 신기라도 쓰지 않으면 곧장 죽어 버리는 세계도 있으니까. ……그러고 보니 엔데는 그런 점들을 어떻게 극복하고 있을까?

그 녀석은 일단 세계의 결계 밖에서 모습을 살핀 다음에 전이하는 걸까? 요즘 그 녀석이 안 보이는데, 무사할까? 그렇게 쉽사리 죽을 녀석은 아니라고 생각하지만.

"그러고 보니 전에 종속신과 싸웠을 때 '정령계' 라는 곳으로 날아갔는데, 그것도 이세계인가요?"

"정확하게 말하면 각각의 세계에 부속된 작은 세계야. 토야의 세계로 말할 것 같으면 위성 같은 거지. 본체인 세계가 소멸하면 그 작은 세계도 사라져."

그렇구나. 정령들도 한 배를 탄 거란 말이구나. 어라? 잠깐만.

"앞쪽 세계의 정령계와 뒤쪽 세계의 정령계는 다른가요? 세계가 하나가 되면 뒤섞이는 건가?"

"떨어져 있다면 그러기도 하지만, 이 경우는 이웃한 세계라서 정령계는 같아. 단지, 세계가 하나가 되었을 때 전 세계의 정령들이 어떤 반응을 보일지는 모르지. 자칫하면 해수면 상승이라든가 지반 융기, 이상 기후 같은 현상이 일어날 수도 있어."

"……아니아니아니! 태연하게 말을 하는데, 그건 큰일이잖아요, 누나! 그런 건 제일 먼저 가르쳐 줘야죠! 왜 아무 말도 안 하는 거예요?!"

내가 그런 점을 추궁하자 카렌 누나는 진지한 얼굴로 움직임 딱 멈췄다. 그리고 두세 번 눈을 깜빡이더니 작게 혀를 내밀고 윙크했다.

"……데헷♪"

"여보세요? 아, 세계신님이세요? 일도 안 하고 간식만 주워 먹는 신이 있는데요, 배치 전환을……."

"우냐아아아아아아앙! 【이공간 전이】는 가르쳐 줬잖아! 땡땡이 안 쳤어! 그냥 우연히 잊어버린 것뿐이야~!"

세계신님에게 전화하는 척을 한 나에게 카렌 누나가 재빨리 달려들었다. 참 나…… 진짜로 잊어버렸구나? 위험할 뻔했다. 새로운 세계가 침몰하거나 하면 그냥 완벽한 실패인 거잖아.

"그럼, 어쩌면 좋죠?"

"아~……. 정령들이 너무 놀라지 않게 설득한다? 그렇다기보다는 따르게 만들면 되는, 그뿐인 이야기야. 토야도 신의 권속이니까."

그렇구나. 산드라에서 만난 사막 정령도 그런 말을 했었지? 신의 힘은 정령에게 절대적인 것이라고.

"물론 토야는 아직 정식 신이 아니니, 쉽게 따르지 않을지도 모르지만, 그래도 따르게 만들 수는 있어."

"정령을 따르게 만든다니…… 어떻게요?"

"방법은 많아.

①설득한다.

대화를 해서 자신의 아래에 두는 거야. 평화적 해결. 러브&피스인 거지.

②때려눕힌다.

어느 쪽이 높은지 직접 경험하게 해 주는 거야. 힘이야말로 정의. 서치&디스트로이인 거지.

……이상."

"두 개밖에 없잖아요! 많긴 뭐가 많아요?! 선택지가 너무 좁아!"

대화하든가 때리든가라니! 뭐야, 그 해결법은?!

"③약점을 잡고 협박한다……."

"헉~……."

"물론 ③이라면 어쩔 수 없이 따를 뿐, 생각한 대로 움직여 줄지 어떨지는 몰라. 말하자면 토야는 회사에 새로 온 사장이야. 따르는 사원도 있지만 얕보고 무시하는 사원도 있지. 시간이 있으면 한 명, 한 명과 이야기해 보는 것도 좋은 방법이야. 하지만 시간이 없으면———."

"②라는 거군요……."

서치&디스트로이? 아니아니, 그런 회사는 망해 버릴 거야. 블랙 기업을 넘어 블러드 기업이니까. 사례가 너무 나쁘잖아요!

"뭘 이제 와서. 코하쿠를 비롯한 신수도 비슷한 방법으로 따르게 했으면서."

아니, 뭐. 으~음. 그것과 비슷한 건가?

"따르는 정령은 그대로 두고, 반항적인 정령에게는 실력을 보여 주면 인정해 줄 거야. 대부분의 정령은 근본이 단순하고 솔직하니까."

정말인가? 괜히 미움받는 거 아니겠지? 정령 사냥이란 소릴 듣지 않을까? 옛날의 청춘 드라마처럼 주먹다짐을 하고서 서로를 이해하는 그런 현상이 과연 일어날까? 거짓말 같아.

"……일단 정령계에 가서 이야기해 보고 오면 되려나?"

"뭐, 그렇지. '다음에 이 세계를 관리할 예정인 사람입니다.

여러모로 고생이 많겠지만, 저를 따라 주십시오.' 라고 말하면 되는 거야. 그러면 아마 '잘 부탁합니다~' 라고 말하는 아이랑 '웃기지 마라, 누가 인정할 줄 알고?!' 라고 하는 아이로 나뉠 테니, 그 이후로는 반항적인 아이를 디스트로이."

그러니까 죽일 생각은 없다고요. 누나, 그냥 그 말을 하고 싶은 거 아니에요?

음, 정령은 죽지 않아서 내버려 두면 나중에 부활한다고 하니, 봐줄 필요는 없는 건가?

가능한 한 평화적으로 해결하고 싶지만……. 러브&피스한 방향으로.

단지, 지금까지의 경험상, 대체로 원하지 않는 쪽으로 일이 흘러가는 경향이 있으니…….

……역시 서치&디스트로이?

〈크오오오오오오오오오오?!〉

내 주먹을 맞고 소의 머리에 불끈불끈한 몸을 지닌 미노타우로스 같은 정령이 나선처럼 돌며 날아갔다.

어~ 지금 날아간 정령은 '동(銅)의 정령', 아니, '아연의 정령' 이었던가?

그 후로 카렌 누나와 함께 정령계를 찾아 말한 대로 인사와 설명을 했지만, 역시나 예상대로, '알겠습니다~.' 라고 순순히 받아들이는 아이들과 '왜 내가 너를 따라야 하는 거냐, 아앙?' 하며 삐뚤게 나오는 아이, 이렇게 두 파로 나뉘었다.

그래서 현재는 그 아이들과 (주먹으로) 대화를 나누고 있다.

신화가 되어 그다지 피로하지는 않았지만 성가셨다. 예를 들어 '동의 정령' 도 '아연의 정령' 도 말하자면 금속, 더 나아가서는 광석 즉, '돌의 정령' 의 권속이다.

이 '돌의 정령' 만 따르게 하면 다른 광물 계열 정령도 아마 따를 거라 생각했는데, 꼭 그렇지도 않은 듯했다.

'돌의 정령' 도 내 편이 되어 준 '대지의 정령' 의 권속이었는데, 반항했고 말이지.

그건 그렇고 조금 전부터 주변 녀석들이 '굳이 돌 형님이 나설 필요 없습니다. 이런 병아리 같은 신은 저희만으로도 충분합니다.' 라고 하거나, '뭣이라! 주석의 정령이 졌다고?! 하지만 우쭐대지 마라. 그 녀석은 우리 중에서 최약체인…….' 이라고 하는 등, 여러모로 성가시다.

〈꺄————! 해냈어요! 토야 님이 또 이겼어요!〉

〈아하하, 최고야! 난폭한 정령들을 더 때려눕혀 줘요!〉

〈항상 으스대더니 꼴좋아요! 가슴이 뻥 뚫렸어요!〉

반짝거리는 유백색 정령계에서 나를 따라준 정령들이 손을 흔들며 응원해 주었다. 어째서인지 이쪽은 여성형 정령이 많고, 저쪽은 남성형 정령이 많다.

덕분에 일부에서는 전혀 관계없는 점 때문에 반감을 산 듯한……. 저 아이들은 그냥 반항적인 정령들이 얻어맞아 쓰러지는 모습을 보고 싶은 것 같기도 하지만…….

물론 반항하는 쪽에도 큰 누님 같은 느낌의 정령이라든가, 불량소녀 같은 모습의 정령 등 여성형 정령도 있었는데, 아무리 정령이라지만 여자아이를 때릴 수도 없어, 나는 가능하면 때리기 직전까지만 주먹을 날리기 위해 노력했다.

그러면 어째서인지 그런 아이는 꼭 패배해 내 편이 되자마자 180도 확 바뀌어 나를 열렬히 응원했다.

〈토야 니~임! 힘내세요~!〉

〈응원하고 있어요~옹!〉

〈안아 줘요~!!〉

……내가 때려눕힌 남성형 정령 중에도 열렬한 응원을 해 주는 별난 녀석도 있지만. 별로 가까이 다가가고 싶지 않은 타입이긴 하다.

〈다음은 이 몸이 상대해 주마!〉

그런 말을 하며 나온 상대는 이게 또 마초 같은 체형으로, 상반신의 알몸을 드러낸 남성형. 머리에 터번을 썼고 아라비아풍의 바지를 입은 모습이다.

〈야 폭풍 자식아! 토야 님을 거역하지 마라~!〉

〈시, 시끄러! 바람의 누님이 부탁하는 거라도 이번만큼은 그 말을 들을 수 없다!〉

내 뒤에 있는 응원단 상공에서 연녹색의 옷을 두른 '바람의 정령' 이 남성형 정령에게 호통을 쳤다. 이 녀석은 '폭풍의 정령' 인가. 바람의 정령의 권속인데, 어째서인지 거역하며 반항하고 있었다.

〈간다!!〉

폭풍의 정령은 다리에 회오리바람 같은 바람을 두르고 단숨에 날 향해 폭발적으로 다가왔다. 그에 더해 주먹에 두른 벼락이 강력한 일격이 되어 가만히 서 있는 나를 습격했는데――나는 그 전에 얇은 신기를 두른 브륀힐드로 그 머리를 꿰뚫었다.

〈아얏?!〉

'아프다' 정도로 끝나는 것이 정령이 얼마나 튼튼한지를 나타내 주었다. 총알 자체는 단단한 고무탄이지만, 신기를 두르고 있으니 상당한 대미지를 받았을 텐데 말이지.

기세가 사라진 폭풍의 정령을 그대로 【파워라이즈】를 사용해 옆구리를 때려 저 멀리 날려 버렸다.

〈우오오오오오오오오오오?!〉

폭풍의 정령은 이리저리 튕기면서 날아가, 조금 전에 날아가 버렸던 아연의 정령과 부딪치며 멈췄다.

하아, 성가셔. 사춘기였던 중학교 때라면 더 날뛰었을지도 모르지만, 지금은 한없이 성가셨다.

〈꺄————! 토야 님, 최고——! 폭풍 자식, 입만 살아서는! 반성 좀 해라——!〉

바람의 정령이 추가 대미지를 안겨 주었다. 이보세요들. 권속이니까 더 다정하게 대해 줘야지……. 울잖아, 폭풍의 정령…….

정령들에게도 등급이 있는데, 이른바 대정령이라고 불리는 정령도 있었다. 정령계의 중진, 이른바 정령의 대표격인 정령이다.

그중의 한 명이 저 '바람의 정령' 인데 도저히 그렇게는 보이지 않았다. 우리 카렌 누나와 비슷한 적당주의자 같은 느낌이 든다.

"……뭔가 이상한 생각한 거 아니야?"

"……기분 탓이겠죠."

여전히 감이 날카롭다. 째릿, 하고 나를 보는 카렌 누나의 시선을 휘익 피했다.

대정령으로는 그 외에도 '물의 정령', '대지의 정령', '빛의 정령' 등도 있는데, 그 여자 정령들은 모두 내 쪽에 붙어 주었다.

놀라운 것은 역시 대정령인 '어둠의 정령' 이 벌써 부활해, 지금 내 편에 서서 따르고 있다는 점이었다.

한 번 나한테 철저히 당해서 그런가? 그때는 몇백 년이나 봉인되어 있어 약했고, 제정신이 아닌 것 같았지만.

하지만 무엇보다 놀라웠던 것은 그 새카맣고, 무시무시한 촉수가 나 있는 문어 괴물이었던 어둠의 정령이 검은 머리카락, 검은 눈의 작고 귀여운 소녀가 되었다는 점이었다.

지금도 검은 원피스를 입고 빛의 정령과 이쪽을 보며 쑥스러운 듯 손을 흔들고 있다. 쇼트보브인 머리카락이 찰랑찰랑 작게 흔들렸는데, 금발 웨이브인 빛의 정령과 둘이서 서 있으면 마치 자매 같았다.

라밋슈에 나타난 그 어둠의 정령은 흡수한 소환술사인 라미레스나 사람의 부정적인 감정에 오랫동안 노출되어 오염된 모습이었을지도 모른다.

솔직히 저 아이를 일전에 너덜너덜하게 만들었다고 생각하니 죄책감이 마구 샘솟는데……. 그런 짓을 한 상대임에도 두려워하지 않는 듯해 다행이지만.

부활하면 이제 그건 이전의 정령일 뿐, 이전의 정령이 아닌 완전히 별개의 존재로 부활하는 모양이었다.

어둠의 정령이 손을 흔들어 줄 때마다 가슴이 아프다. 그때는 미안해, 정말 미안해. 용서해 주세요. 저렇게 착한 아이일 줄은 몰랐어…….

〈이놈이고 저놈이고 한심하구나! 내가 상대해 주마!〉

그렇게 말하며 다음으로 내 앞에 나타난 정령은 불타오르는 듯한 붉은 머리카락의 여성형 정령. 그 몸에 두른 붉고 얇은

옷은 바람의 정령과도 닮았지만, 더 움직이기 쉽게 옷이 짧은 편이었다.

"저건 불의 정령이야."

"저 아이, 대정령?"

"맞아."

카렌 누나가 가르쳐 주었다. 호오. 불의 정령인가. 그런데 대정령은 전부 여성형뿐이네.

"대정령……뿐만 아니라 정령은 몇 천 년의 사이클로 부활할 때 남성형이 되거나 여성형이 되거나, 용이나 동물형이 되거나 하는 등 다양하게 변화해. 우연히 이 시대에는 여성형이 많을 뿐이지. 게다가 감정도 그 성별에 가깝게 된다는 모양이야."

그렇습니까. 여성형이면 싸우기 힘든데. 하지만 반항적인 정령 중 여성형은 저 아이가 마지막인가?

〈간다!〉

폭염을 떨치고 좌우로 스탭을 새기며 불의 정령이 똑바로 돌진해 왔다. 발을 내디딜 때마다 발밑에서 폭발이 일어났고, 그 반동으로 가속을 붙이고 있는 듯했다. 이 아이, 발 뒤에 다이너마이트라도 있는 건가?!

〈으랏!〉

들어 올린 손에서 불덩어리가 잇달아 날아왔다. 주변의 배려를 전혀 하지 않아 불덩어리는 잇달아 주변을 불바다로 만들었다. 응원해 주는 정령들이 걱정되었는데 다행히 물의 정령이 방어벽을 펼쳐 준 모양이다.

나는 유백색 세계의 하늘을 날면서 우로 좌로 그것을 피했다. 신화가 되면 【플라이】도 쓰지 않고 하늘을 날 수 있어 편리하다.

〈촐랑촐랑 피해 다니다니……. 그럼 이건 어떠냐!〉

불꽃 기둥이 몇 개나 피어올라 내 앞길을 막았다. 그게 소용돌이를 일으키더니 불꽃의 용오름이 되어 나를 불태우려고 덮쳐 왔다.

나는 당황하지 않고 신기를 두른 브륀힐드를 번뜩여 그것을 쉽사리 잘라내 소멸시켰다.

〈아니?!〉

"다음은 내가 공격한다?"

신화가 된 상태의 최고 스피드는 지상에서 사용하는 【액셀】+【부스트】 가속을 월등하게 능가했다. 물론 지상에서 이런 짓을 하면 금방 쓰러지겠지만, 지상 세계보다도 천계에 가까운 정령계이니 아마 괜찮을 거라고…… 생각한다.

나는 눈 깜짝할 사이에 불의 정령의 품으로 파고들었다. 그리고 한 손으로 불의 정령의 손을 잡고 다치지 않도록 세심한 주의를 기울이면서 다리를 건 다음, 호를 그리듯이 그 몸을 한 번 회전시켰다.

〈아닛?!〉

쓰러진 불의 정령의 가슴에 검의 끝을 갖다 댔다. 이것으로 승부는 났다.

〈져, 졌다…….〉

패배를 인정한 불의 정령의 손을 잡고 일으켜 세워 주었다. 얼굴이 멍한 데다 빨간데, 괜찮은 걸까?

〈가, 강하구나, 너…….〉

"응? 으응, 그렇지 뭐. 매일 지옥의 검술 귀신에게 훈련을 받고 있으니까……."

아무리 수행을 해도 모로하 누나의 검에는 이길 수 없을 것 같단 말이지……. 그거야 상대는 검의 신이니 검으로는 이기지 못하는 게 당연하겠지만, 체술로도 이길 수 없을 것 같아…….

"자, 또 대결할 거야? 다음은 누구지? 성가시니까 한꺼번에 덤비는 건 어때?"

반항적인 정령단을 향해 값싼 도발을 해 보았다. 솔직히 끝이 없으니 말이지. 이제 그만 끝내고 싶다.

〈그, 그럼 힘내. 나, 나는 저쪽에서 응원할 테니까…….〉

"응? 그래, 고마워."

꼼지락거리면서 불의 정령은 빛의 정령들이 있는 곳으로 달려갔다.

귀까지 빨개졌고 머리 위에는 아지랑이 같은 것도 흔들거리며 피어올랐는데, 불의 정령인 만큼 체온이 높은 건가? 조금 전에 손을 잡았을 때는 그렇게 느껴지지 않았는데.
그 모습을 보고 카렌 누나가 어이없다는 듯이 나를 바라보았다.
"……세계신님의 권속이라 신격의 문제도 있겠지만, 넌 천연 정령 여자아이 킬러야. 무시무시해……."
"뭐예요, 킬러라니……."
안 죽였거든요?!
이해할 수 없는 언동을 하는 카렌 누나에게 불평하면서 반항군을 향해 눈을 돌려 보니 엄청난 살기가 뿜어져 나오고 있었다. 우옷?! 이건 대체 뭐지? 조금 전의 도발이 효과를 발휘한 건가?
〈이 자식……! 우리의 희망, 불의 정령까지……!〉
〈부러워…… 부럽단 말이다! 저 녀석, 어둠의 정령땅도 모자라…… 용서할 수 없다……!〉
〈지금이라면 난 신을 죽일 수 있다……!〉
〈불의 정령의 불꽃은 끌 수 있어도, 이 질투의 불꽃은 끌 수 없다……!〉
어? 어? 울어? 어라? 저 녀석들의 눈물이 빨개……. 정령은 참 특이하네.
『『『『원수 박멸!!』』』』
『『『『오오오!!』』』』
어째서인지 비통하게 울부짖으면서 남은 모두가 이쪽을 향해 달려왔다. 그러니까 왜 울고 그래?! 조금 무섭잖아!

————몇십 분 후, 나를 습격해 온 모든 정령의 시체가 여기저기에 쌓여 굴러다녔다.

뭘까, 이 엄청나게 불길한 느낌……. 마치 내가 나쁜 사람이 된 것 같잖아.

〈후회는 없다……. 패배할 것을 알면서도 맞서야만 할 때도 있는 법…….〉

〈우리가 사라져도 질투의 불꽃은 사라지지 않는다……. 언젠가, 언젠가 저 녀석을…….〉

〈어둠의 정령땅…… 하악하악…….〉

뭔가 웅얼웅얼 말을 하고 있지만 가능하면 신경 쓰지 말자.

응원해 주던 정령들 가운데에서 빛의 정령이 앞으로 나와 가볍게 손을 올리고 선서를 하기 시작했다.

〈대정령의 이름으로, 모치즈키 토야 님을 정령의 왕으로 인정합니다. 부디 저희를 바르게 인도해 주시기를, 부탁드립니다.〉

빛의 정령의 말에 이어, 물의 정령, 대지의 정령, 어둠의 정령, 바람의 정령, 그리고 불의 정령이 가볍게 손을 올리고 선서해 주었다.

이것으로 정령들 쪽은 어떻게든 된 건가. 상당히 완력을 사용했지만.

더 뭐라고 할지, 스마트하게 안 되는 건가……?

"그러고 보니 새삼스럽지만, 정령 마법 말인데, 지금은 어떻게 된 거야?"

반짝반짝한 유백색 정령계에서 대정령들을 모아 신경 쓰인 점을 물어보았다.

지금은 【스토리지】에 있던 의자와 테이블을 공간에 띄우고, 홍차와 과자를 내놓은 채로 다과회를 열고 있었다.

기묘한 감각이지만, 정령계에는 지면이 없어서 이렇게 할 수밖에 없었다. 하지만 조금 전에는 날아갔던 폭풍의 정령이 마구 튕겼었는데…… 잘 모르겠다.

"분명히 고대 정령 마법이라는 것이 있었지?"

벨파스트의 궁정 마술사인 샤를로트 씨가 연구했었……지? 꽤 오랫동안 만나지 못했는데 잘 있을까?

〈지금도 계약을 하면, 저희는 계약자에게 힘을 빌려줍니다. 단지, 그것을 행사하는 올바른 방법이 지금은 지상의 어느 세

계든 거의 남아 있지 않은 모양이에요. 저희 말도 잊힌 모양이고요.〉

〈가끔 권속이 우연히 불려가는 일도 있는 듯하지만, 일방적으로 뭐가 뭔지 알 수 없는 말을 할 뿐, 제대로 이야기를 할 수 있는 녀석은 없더라고. 단지, 힘을 넘겨라, 나에게 따라라, 라고 말을 하기만 하고 말이야.〉

빛의 정령과 불의 정령이 내 질문에 대답해 주었다.

정령과의 계약은 평등한 것이다. 어디까지나 정령들은 힘을 빌려줄 뿐이다.

소환수와 다른 점은 정령 쪽도 계약을 파기할 수 있다는 것이다. 계약하더라도 마음에 들지 않는 요구는 들어주지 않는다.

소환수가 월급을 받고 일하는 고용사원이라고 한다면, 정령은 친구에 불과하다. 친구에게 억지 요구를 하며 부하처럼 다루면 당연히 진절머리를 내게 된다.

물론 고용사원이라 해도 그런 짓을 하면 틀림없이 싫어할 테지만.

"그런 점을 중점적으로 확산시키는 편이 좋겠어. 정령은 평등한 존재, 인간의 친구라고."

〈우리로서는 너무 의존하거나 친숙하게 구는 것도 문제입니다만.〉

뺨에 손을 대고 고개를 갸웃하는 대지의 정령.

정령이란, 말하자면 자연이다. 아주 오랜 옛날부터 인간은

산을 숭배하고, 바다에 기도하고, 폭풍을 두려워하고, 대지의 은혜에 감사해 왔다. 그렇기에 정령은 신의 팔다리가 되어 세계를 만들고 지상을 지켜보는 것이다.

"아무튼, 대정령까지는 아니라도 하다못해 권속과 계약을 맺으면 정령 마법을 사용할 수 있다는 거지?"

〈그래, 맞아. 나라면 샐러맨더 같은 거지만. 계약을 맺으면 불의 정령 마법은 사용할 수 있게 되지 않을까?〉

다과인 쿠키를 한 손에 들고 불의 정령이 그렇게 말했다. 마법의 위력이 늘지 어떨지는 본인의 재능에 따라 다르다는 모양이지만.

정령 마법과 평범한 마법의 차이는 역시 적성에 얽매이지 않는다는 것이라 생각한다.

마법은 불, 물, 흙, 바람, 빛, 어둠, 무속성의 적성 중 하나 이상을 가지고 있어야만 사용할 수 있다.

하지만 정령 마법은 이론상 누구나 사용할 수 있다. 계약을 할 수 있었을 때의 이야기지만. 반대로 그런 점이 재능을 필요로 하는 부분이니 어느 쪽이 더 쉽다고는 말하기 힘들었다.

당연하지만 물의 적성을 지닌 사람은 물의 권속 정령이 호의를 보일 가능성이 크다. 그렇게 생각해 보면, 정령 마법이 쇠퇴하게 된 이유도 이해가 될 것 같았다.

물의 속성을 지닌 사람이, 스스로 자유롭게 사용할 수 있는 물 마법과 물 정령의 힘을 빌려서 써야만 하는 정령 마법 중 둘

중 하나를 배워야 한다면 보통은 물 마법을 배운다.

하지만 정령 마법에도 장점이 있는데, 그 최고의 마법이 아무리 강력하더라도 사용했을 때 마력을 거의 소비하지 않는다는 것이다.

그거야 그렇다. 마법을 사용하는 사람은 정령 자신이니까. 술자는 정령을 불러내는 마력만을 사용한다.

즉, 마력이 적은 어린아이라도 강력한 정령과 우의를 맺고 그 힘을 빌릴 수만 있다면, 강력한 정령 마법을 사용할 수 있다는 것이다.

이런 점을 봐도, 정령들과의 관계성이 얼마나 중요한지를 알 수 있다.

나는 정령 마법을 다시 세계에 전파할 것을 제안했고 정령들도 그것을 승낙해 주었다. 물론 계약 자체는 정령들이 자유롭게 해도 상관없었다. 하고 싶지 않으면 안 해도 된다. 그건 당연하다. 계약자와 정령은 평등해야 하니까.

단지, 반항군이었던 일부 정령들은 〈우리는 아내가 있거나, 여자 친구가 있는 녀석들과는 죽어도 계약하지 않아!〉 하고 선언했다. ……물론 그것도 자유다.

……녀석들이 바느질로 '질투' 라고 적은 마스크는 대체 뭘 의미하는 걸까. 잘 이해가 안 되어서 그냥 무시하기로 했다.

"문제는 정령을 볼 수 있는 사람이 적다는 걸까?"

〈한 번만 인식하면 보이는 사람에게는 보이게 돼~. 요정족

등이라면 바로 볼 수 있을 테고, 가끔이지만 정령안이라고 해서 특수한 눈을 지닌 인간도 있어.〉

바람의 정령이 말한 대로 마법이 뛰어난 요정족이라면 바로 다룰 수 있을지도 모른다. 하지만 원래 요정족은 마법을 척척 잘 쓰니까 말이야.

아무튼 일단은 샤를로트 씨와 상의해 볼까. 가장 정령 마법에 관한 이해가 깊은 사람일 테니까.

"……지, 지금, 뭐라고……?"

벨파스트의 마법 연구소에 틀어박혀 고대 정령 마법을 연구하던 샤를로트 씨가 손에서 서류 뭉치를 후드드득 떨어뜨렸다.

"그러니까, 정령 마법을 배우실 생각이 있으신가요?"

"네? 네? 잠깐만요. 정령 마법을? 토야 씨…… 공왕 폐하, 혹시 사용하실 수 있나요?"

"네, 사용할 수 있어요. 보세요."

바람의 정령의 권속인 실프를 불러냈다. 보이도록 해 두어서 샤를로트 씨에게도 3등신 정도의 미니 캐릭터처럼 귀여운 여자아이의 모습을 한 정령이 보일 게 분명했다.

"어째서——————?! 어떻게 쓸 수 있는 거죠?! 그렇게 연구했던 저는 아직 쓰지 못하는데, 치사해요!"

"저어~ 뭐, 뭔가 죄송합니다……."

인텔리풍의 안경을 쓴 수재 여성이 어린아이처럼 반쯤 화난 표정을 지어, 나는 무심코 사과하고 말았다.

조수로 보이는 주변의 여성들이 샤를로트 씨를 붙잡고 위로하기 시작했다. 참고로 그 조수인 사람들도 이전에 내가 샤를로트 씨에게 준 번역 안경을 끼고 있었다.

몇십 분이 지나서야 겨우 진정된 샤를로트 씨는 나에게 자세한 이야기를 듣더니, 이번엔 흥분한 것처럼 옆에 있던 정령을 바라보기 시작했다.

"후와아……. 정령이다……. 전 어렸을 때 딱 한 번 본 적이 있어요. 그 뒤로도 또 만나고 싶다고 생각해 계속 연구를 해왔던 거예요. 자신의 힘은 아니지만, 또 만나서 기뻐요……."

그렇구나. 샤를로트 씨는 그런 이유로 고대 정령 마법을 연구하고 있던 거였어.

"저는 이 정령들의 상위에 해당하는 존재인 대정령과 정령 마법을 전파하기로 약속했습니다. 그래서 가장 먼저 샤를로트 씨에게 도움을 받고 싶은데요……."

"돕겠습니다! 돕게 해 주세요! 돕게 해 줘!!"

말을 중간에 끊으며 강하게 압박해 오는 샤를로트 씨. 워워,

진정해요. 말이 좀 이상해졌다.

다행히 다른 연구원도 승낙해 주어서 나는 연구실에 있던 칠판에 글을 쓰며 정령에 관해 이야기해 주었다. 뭔가 학교 선생님이 된 기분이다.

"일단 정령에는 대정령이 존재하고 그 아래에 정령과 그 권속으로 나뉩니다. 기본적으로 대정령이 인간과 계약하는 일은 거의 없는 듯하니, 보통은 정령 마법을 사용하려면 정령 또는 그 권속…… 소(小)정령이라고 하는데, 그들과 계약을 해야만 합니다."

흐음흐음, 하면서 샤를로트 씨 일행은 노트에 사각사각 들은 내용을 계속 적었다.

"정령과 계약할 때 가장 잊지 말아 주셨으면 하는 것은 그들과는 평등한 관계라는 점입니다. 사역마도 아니고 소환수도 아니지요. 친구로서 대할 수 있는가 없는가. 그런 점이 정령사가 될 수 있는가 없는가의 중요한 분기점이 될 겁니다."

그 이외에 정령을 따르게 할 수 있는 사람은 정령왕이라고 불리는 존재, 즉, 나뿐이다.

솔직히 말하면, 정령 마법으로 나를 상처 입히는 것도 불가능하다. 정령왕인 나를 해치려고 하면 정령들이 힘을 빌려주지 않는 것이다.

……일부, 빌려주는 정령도 있을지 모르지만. 이상한 마스크를 쓰고 있는 녀석들이라든가. 아무튼 그 녀석들은 아무래

도 좋다.

"정령은 기본적으로 보이지 않는 존재입니다. 그들과 우의를 다지려면, 그들의 언어를 말할 수 있어야 합니다. 그 언어로 말을 걸어야 정령은 모습을 드러내 줄 겁니다."

"저요! 그건 고대 정령 언어를 말하는 건가요?"

"비슷하지만 다릅니다. 그건 고대 왕국 시대에 만들어진 것으로, 말하자면 약어(略語) 같은 것입니다. 그것으로는 비슷한 말을 하는 것뿐으로, 정령에게 의미가 정확하게 전달되지 않을 겁니다."

대정령이나 일부 상위 정령이라면 평범한 말로도 대화가 통하지만.

나는【스토리지】에서 책 한 권을 꺼냈다. 제목은『진 · 정령 언어』. 책의 정령의 힘을 빌려 바빌론의 '공방'에서 만든 정령 언어 교본이다.

"이걸 읽으면 어느 정도 대화가 가능할 겁니다. 이걸 드리죠."

"어? 정말 괜찮은가요?!"

"상관없습니다. 그 대신 조금 전에도 말씀드렸지만, 많은 사람이 정령과 우의를 맺을 수 있도록 도와주셨으면 합니다. 정령이 인간의 친구로서 이 세계에 머물 수 있도록."

세계가 하나가 되었을 때 정령의 힘이 약해지면 많은 곤란한 일이 벌어진다. 자연재해는 물론, 생태계가 변할 가능성도 있다.

그 정령의 힘을 강하게 만드는 것은, 그냥 내가 정령왕으로서 일시적인 힘을 부여해도 상관없었다. 하지만 그렇게 해서는 앞으로 몇 년, 몇십 년, 몇백 년간 이어지지 못한다. 역시 지상 사람들과 정령이 마음을 나누고 함께 힘을 강화해야 한다.

……라고 카렌 누나는 말했지만, 참 멀리 내다봐야 하는 이야기다.

다만, 이제부터 이 세계를 관리하게 된다면 이런 것도 필요하게 되겠지.

왜냐하면 뒤쪽 세계는 마법이 거의 발달하지 않았으니, 정령 마법에 관한 이야기도 거의 전해지지 않았을 가능성이 있다.

자연계에 정령들은 있을 테지만 사람과의 접점이 희박하다. 그만큼 앞쪽 세계에서 접점을 늘릴 수밖에 없다.

"그럼 계약할 수 있을지 어떨지는 모르겠지만, 불러 볼까요? 샤를로트 씨의 마법 속성은 몇 개였죠?"

"어~ 다섯 개예요. 무속성과 어둠 속성 이외에는 다요."

다섯 개나 가지고 있구나. 대단해. 스승인 린이 어둠 이외에 여섯 개를 가지고 있었으니 역시 벨파스트의 궁정 마술사라고 해야 할까.

"처음이니까 바람의 소정령이나 물의 소정령이 좋으려나요? 바람의 권속은 호기심이 왕성하고, 물의 소정령은 얌전하고 다정한 성격이거든요."

“그럼…… 물의 소정령으로.”

밖으로 나가 벨파스트성의 안뜰에 있는 분수 앞으로 이동했다.

아무런 계약도 맺지 않은 사람이 그 정령을 불러내기 위해서는, 촉매가 되는 물건이 많이 필요하다. 물의 정령의 권속을 부른다면 알기 쉽게 물이 있어야 했다.

샤를로테 씨가 『진 · 정령 언어』 책을 한 손에 들고 물을 향해 소환 언어를 말하기 시작했다.

이윽고 분수의 물이 공중에 머물더니 작은 정령의 형태를 만들기 시작했다. 물의 소정령인 운디네다. 3등신인 미니 사이즈의 귀여운 여자아이 모습으로 하반신이 인어 같은 모양이었다.

놀라는 샤를로테 씨를 보고 운디네도 신기하다는 듯이 고개를 갸웃했다.

“샤를로트 씨, 계약을 맺어야죠.”

“앗, 아아, 네! 어~…….”

페이지를 넘기면서 샤를로트 씨가 서투른 정령 언어로 말을 걸었다.

말을 해석하면 ‘당신과 사이좋게 나 되고 싶어. 친구가 되어 주세요. 부탁해’ 같은 느낌이었지만.

……그래도 정령과의 계약은 마음이니까. 아무리 말을 잘해도 그 마음이 정령에게 전달되지 않으면 의미가 없다. 그건 사

람끼리도 마찬가지다.

운디네는 잠시 샤를로트 씨를 바라보았지만, 둥실 공중에 뜨더니 샤를로트 씨의 손을 잡고 생긋 미소 지었다.

그리고 샤를로트 씨의 손 위에는 파칭코 구슬 정도의 파란 결정체가 남았다.

"고, 공왕 폐하, 이건……."

"축하드립니다. 계약은 성공했어요. 이건 정령석이에요. 정령과 계약을 맺은 증거죠. 그걸 손에 들고 한 번 더 운디네에게 마음속으로 말을 걸어 보세요."

"앗, 네!"

정령석을 쥐고 기도하듯이 샤를로트 씨가 눈을 감았다. 그러자 정면의 분수에서 조금 전의 운디네가 튀어나와 다시 샤를로트 씨의 주변을 빙글빙글 돌면서 날았다.

"처음에는 촉매가 되는 물질이 별로 없으면 부르기 힘들지도 모르지만, 얼마 안 가 컵 안의 물 정도로 불러낼 수 있을 거라 생각해요. 이제는 정령과 얼마나 사이가 좋아지는가네요."

"네! 힘내겠습니다!"

빙글빙글 도는 운디네와 장난을 치면서, 샤를로테 씨가 기쁜 모습으로 그렇게 대답했다. 이어서 조수들도 다른 운디네나 실프 등을 불러내 계약을 맺었다.

"정령석은 반지나 펜던트에 장착해 몸에 지니고 다니면 좋아요. 단지, 돌에 손상이 가거나 깨지지 않도록 조심해 주세요."

……어? 안 듣는 것 같은데. 정령들에게 푹 빠져 있는 사람들을 보고 나는 조금 어이없는 표정을 지었다. 물론 꿈이 이루어진 거니 어쩔 수 없다고 한다면 어쩔 수 없는 거지만.

"이건 대체 무슨 소동인가?"

그때 왕비님을 데리고 벨파스트의 국왕이 행차했다. 왕비님의 팔에는 야마토 왕자가 안겨 있었다.

샤를로트 씨에게 정령 마법을 가르쳐 줬다고 알려 주자 언제나 그렇듯 임금님이 어이없는 표정을 지었지만, 나는 이제 와서 신경 쓸 것도 아니라는 생각에 그냥 그러려니 했다.

벨파스트뿐만이 아니라, 다른 나라에도 『진 · 정령 언어』 책을 건네줄 생각이기도 하고 말이지.

샤를로트 씨 일행은 정령을 데리고 임금님 앞에서 떠났다. 저쪽으로 가서 정령들이랑 놀 생각이구나? 사이가 좋아지는 것만큼 좋은 일도 없긴 하지만.

"그건 그렇고 야마토 왕자, 많이 컸는걸요?"

내가 유에루 왕비의 품에 안겨 옹알대는 왕자를 보고 그렇게 말하자, 옆 나라의 국왕 폐하는 팔불출 같은 미소를 지으며 몇 번이고 고개를 끄덕였다.

"그래, 그렇지? 쑥쑥 건강하게 자라고 있네. 아, 엉금엉금 기어 다니기 시작한 사진도 있는데, 자, 보게."

양산형인 흰 스마트폰을 꺼내 찍은 사진을 나에게 보여 주는 국왕 폐하. 이게 뭐야, 성가시네. 제노아스 마왕과 비슷한 오라가 느껴져.

기다리고 기다리던 남자아이여서 들뜬 마음을 모르는 것은 아니지만~ 조만간 두꺼운 성장 앨범 같은 것을 보여 주려고 할지도 모르겠어…….

나도 이렇게 되는 걸까? 아니, 이걸 반면교사 삼아야 해.

………응?

지금…… 무언가 묘한 감각이……. 유에루 왕비? 아니, 야마토 왕자려나?

왕비님에게 왕자를 건네받아 안은 채로 조금 조사해 보았다. 마력량 등은 평범한데……. 그런데 뭔가…….

꺄, 꺄, 하고 기쁘게 옹알대는 왕자를 확인하기 위해 '신안'을 발동해 보고서야…… 나는 그 위화감이 뭔지 이해했다. 이해하고 말았다.

떨리는 손으로 나는 유에루 왕비에게 왕자를 돌려주었다.

"왜 그러는가, 토야. 안색이 나쁘다만?"

"네? 아, 아니요. 그거야 어린아이를 안으면 긴장이 되는 법이니까요. 떨어뜨리면 큰일이잖아요."

"그럼 안 되지. 유미나와의 사이에 아이가 생기면 어쩌려고 그러나. 지금부터 익숙해지지 않으면 고생해."

국왕 폐하의 웃음소리를 들으면서 이 사실을 전달해야 할까 말아야 할까 고민했지만, 지금의 나로서는 판단할 수 없었다.

'신안'으로 봤을 때 보인 야마토 왕자의 심장에 숨어 있는 것. 작았지만 그건 틀림없이…… 프레이즈의 '핵'.

프레이즈가 이세계에서 건너와 다른 종을 멸망시키면서까지 찾는 것———— '왕'의 핵이다.

"그럴 수가……."

나는 야마토 왕자에 대한 일을 일단 누나인 유미나와 다른 모두에게 이야기해 주었다. 역시 벨파스트 국왕과 유에루 왕비에게는 아직 말을 할 수 있을 만한 용기가 나지 않았다.

이야기를 들은 유미나는 얼굴이 새파래져서는 내 방의 침대에 주저앉고 말았다.

"방법이, 없는 건가요?"

"아니. 방법이 없는 건 아니야. '신안'으로 핵을 확실히 확인한 다음, 신기로 강화한【어포트】로 끌어당기면 제거할 수 있을 가능성은 있어. 몸의 조직과 융합해 있을 가능성도 있으니, 곧장 회복 마법을 걸 필요도 있을지 모르지만. 단지……."

말을 흐리는 나에게 모두의 시선이 모여들었다. 일이 일인 만큼 신중에 신중을 거듭하고 싶으니까.

"왕자의 몸에서 핵을 꺼낸 순간, 프레이즈가 일제히 대량으로 밀려올 가능성이 있어. 그건 충분히 있을 수 있는 일이야. 그러니까 적출은 피해가 확대되지 않을 장소…… 유론 근처의 광야에서 해야 해."

'왕'의 핵은 야마토 왕자의 심장 소리를 은신처 삼아 프레이즈에게서 몸을 숨기고 있다. 거기에서 빼내는 거니 모든 프레이즈가 그곳으로 모여들겠지. 세계의 결계를 억지로 찢고 나타날지도 모르고, 그들에게 이끌려 변이종까지 나타날 수도 있다.

"왕자의 몸에서 꺼낸 핵을 곧장 파괴해 버리면 되는 것이 아닌지요?"

"간단히 파괴할 수 있다면 좋겠지만 말이야. 게다가 파괴하면 반대로 이런저런 성가신 일이 생길 수도 있어."

적어도 엔데는 적이 되어 버린다. 사랑하는 사람이 살해당하면 우리를 절대로 용서하지 않을 거다.

만약 내가 엔데의 입장이었다면 내가 아니라 유미나 일행을 한 사람씩 죽여 상대에게 같은 경험을 하게 해 주려고 할지도 모른다.

그리고 그 여성형 지배종, 분명히 네이라고 했던가? '왕'에 심취해 있다고 하는 그 여성도 나에게 복수를 하러 오리라 생각한다. 물론 그쪽은 원래부터 적이었지만.

"그럼 어떻게 할 거죠?! 이대로 야마토에게 그 핵을 심어 둔 채로……!"

"진정해, 유미나. 한 가지 나에게 생각이 있어. 일단 이 마법을 봐 줘."

나는 방 안에 있던 커다란 테이블에 손을 올리고 고대 왕국의 시간의 현자, 파레리우스의 장서에서 발견한 무속성 마법을 발동시켰다.

"【프리즌】."

창백한 반투명 정육면체가 테이블 주위를 감쌌다. 금세 구구구구, 하고 축소되어 주변이 3센티미터 정도의 정육면체로 바뀌었다.

"무속성 마법 【프리즌】. 생물, 비생물에 관계없이 견고한 감옥에 봉인해 버려. 봉인 마법과 시공 마법을 조합한 거라 할 수 있지. 내 힘으로 만든 이 감옥은 신의 힘이 아닌 이상은 탈출도 파괴도 할 수 없고, 반대로 안의 물건은 완벽하게 보호해."

【스토리지】와 다른 점은 의지가 있는 것, 생물조차도 가둘 수 있다는 점이었다.

주사위 모양이 된 반투명의 작은 상자 안에 미니어처 테이블이 들어가 있는 모습이 보였다.

이처럼 크기도 어느 정도 자유자재로 설정할 수 있다. 견고한 감옥도 되고, 안전한 피난소도 되는 것이다.

임의로 차단할 것과 하지 않을 것을 설정할 수 있어서 산소를 끊어 질식시킬 수도 있고, 반대로 평범하게 생활하게 할 수도 있다. 남자만을 차단하고 여자만 통과시키는 것도 가능하다.

난점은 발동할 때에 지정 범위가 넓으면 효과가 약해진다는 것일까.

“‘해방(릴리스)’.”

내 목소리와 동시에 반투명한 주사위가 부서져, 테이블이 원래의 크기로 돌아와 나타났다.

“봉인 해제 방법은 여러 가지로 지정할 수 있어. 이거에 왕자에게서 꺼낸 ‘왕’의 핵을 봉인하면, 문제는 없을 거라 생각해.”

안도하는 분위기가 모두를 감쌌다. 유미나도 가슴을 쓸어내렸다.

이 방법으로 야마토 왕자에게서 ‘왕’의 핵을 적출하는 것은 가능하다.

문제는 그 봉인한 핵을 어떻게 할 것인가다.

프레이즈들은 ‘왕’의 핵이 목적이니 핵을 건네면 이쪽 세계에서 물러나 줄지도 모른다.

하지만 변이종은 꼭 그렇지도 않다. 그 녀석들은 이미 사신의 사도라고 해도 좋을 존재가 되었다. 최악의 상황은 프레이즈들에게 넘긴 ‘왕’의 핵을 사신이 빼앗아 흡수하는 것이다. 그 녀석들이 더욱 힘을 키우는 것만은 사양하고 싶다.

그럼 엔데에게 건네줄까? 그걸 가지고 엔데가 다른 세계로 여행을 떠나면 프레이즈들은 떠나간다. 이 세계가 습격당하는 일은 사라진다. 사신의 위협은 그래도 남아 있겠지만.

하지만 그건 다른 세계를 위험에 빠뜨리는 셈이 되지 않을까?

“어쨌든 간에, 하나의 세계를 관리하려고 하는 사람이 할 짓이 아냐…….”

'왕' 의 핵을 어떻게 다룰지는 일단 뒤로 미루고, 먼저 이 【프리즌】을 사용해 야마토 왕자에게서 핵을 적출하는 것이 급선무다.

단지, 그러려면 부모님인 벨파스트 국왕과 유에루 왕비에게 사정을 설명해야만 한다. 아무 말 없이 해치우는 것도 가능하지만, 그래선 너무 불성실하다. 만에 하나의 일도 생각해야 하니, 역시 부모님인 그 두 사람에게는 말을 해 두어야 한다고 생각한다.

하아……. 뭐라고 말하면 좋을지…….

"뭣이라……?! 그럼…… 그럼 지금까지 프레이즈들은 야마토를 죽이기 위해 나타났다는 건가?!"

"아니요. 그쪽은 왕자의 몸에 자신들의 목적인 물건이 있을 거라고는 눈곱만큼도 몰라요. 하지만 그 사실이 알려지면 틀림없이 왕자를 죽이러 올 겁니다."

원래 다른 사람에게 숨어 있던 '왕' 의 핵이 숙주의 수명이 다하자 전이했는데, 그 타이밍에 태어난 왕자에게로 옮겨간 것으로 보인다. 엔데의 이야기에 따르면 이건 완벽한 랜덤으로, 왕자에게 '핵' 이 깃든 것은 그냥 우연의 일치라고밖에 할 말이 없었다.

떨리는 손으로 유에루 왕비가 아들을 껴안았다. 다른 사람에게 들리길 원치 않았기 때문에, 만약의 만약을 대비해 이 벨파스트 왕실의 한 구석은 【프리즌】으로 둘러싸여 있었다. 안에 있는 사람은 나와 유미나, 국왕 폐하와 왕비님 그리고 왕자, 이렇게 다섯 명뿐이었다. 사신이라도 되지 않는 한 【프리즌】은 깰 수 없다.

"아버지, 진정해 주세요. 토야 오빠라면 야마토에게서 그 핵을 제거할 수 있어요. 단지, 그걸 제멋대로 해서는 안 되기 때문에 두 분에게 허락을 받는 거예요."

"저, 정말인가? 야마토는…… 야마토는 살 수 있는 건가?"

"이대로 두어도 들은 이야기대로라면 아무런 장애도 없이 성장할 수 있겠지만…… 역시 제거하는 편이 좋을 거라 생각해요. 단지, 만에 하나의 가능성이 없는 건 아닙니다. ……어떻게 하실 생각이세요?"

본인이 결정하지 못하는 이상, 그 부모님인 두 사람이 결정할 수밖에 없었다. 만에 하나의 일을 생각해야 한다는 것은 한심하기 짝이 없는 이야기였지만, 무슨 일이 일어나도 반드시 왕자의 목숨은 내가 지킬 생각이다.

벨파스트 국왕이 결의에 찬 눈동자로 나를 똑바로 바라보더니, 그 무거운 입을 열었다.

"……알겠네. 부탁하네. 토야에게 야마토를 맡기지."

"알겠습니다. 그럼……."

【프리즌】을 해제하고, 나는 【게이트】를 사용해 유론의 광야로 전이했다. 호들갑스러울지도 모르지만, 이건 만에 하나를 위해서다. 무슨 일이 벌어지면 벨파스트에 너무 많은 피해가 간다.

다시 【프리즌】을 전개하여, 우리 다섯 명의 주변을 감쌌다. 이것으로 왕자에게서 핵을 적출해도 프레이즈들에게 감지당할 염려는 사라졌다.

"그럼, 시작합니다."

어머니에게 안겨 새근새근 잠을 자는 왕자를 보고 '신안' 을 발동시켰다. 심장의 그늘에 숨은 작은 '그것' 이 확실히 보였다. 체리 열매 정도의 크기로, 그 형태는 정12면체……인가?

위치도 크기도 완벽하게 파악했다. 좋아, 가자!

"【어포트】."

내 오른손 안에 체리 크기의 결정체가 나타났다. 나는 곧장 왼손으로 왕자에게 회복 마법을 걸고 '신안' 을 이용해 핵이 있던 장소를 확인했는데, 아무런 변화는 없었다. 만약을 위해 【리커버리】도 걸어 두었다.

아무 일도 없었다는 듯이 왕자가 작게 하품하는 모습을 보고 나는 가슴을 쓸어내렸다.

"아무 문제 없습니다. 무사히 적출했어요."

"그런가! 잘됐구나, 야마토!"

역시 걱정이 되었는지 국왕 폐하는 조금 눈을 글썽이며 자기

아들의 손을 잡았다. 유에루 왕비와 유미나도 눈물을 글썽이며 기뻐했다.

걱정하기보다는 실행하라. 의외로 문제없이 일이 잘 끝났어.

자, 문제는 이 '왕'의 핵인데, 어떻게 하면 좋을, 까…….

"아, 아니?!"

오른손을 펼치자 체리 크기의 정12면체가 파직파직, 하는 소리를 내며 변형…… 아니, 증식되었다.

서릿발이 뻗어 가듯이 핵에서 결정이 뻗어 나와, 손이 빨려 들어갈 뻔한 나는 그것을 손에서 내던졌다.

"토야 오빠, 이건……!"

"'왕'이 눈을 뜬 건가?! 아무튼 이대로는 위험해!"

【프리즌】을 풀 수는 없었다. 그런 짓을 하면 프레이즈들이 이곳으로 대거 몰려올 테니까.

나는 어쩔 수 없이【프리즌】의 설정을 바꾸어, 유미나 일행을 밖으로 데리고 나간 뒤, 벨파스트의 왕의 침실로 전이시켰다. 나는 혼자 남아【프리즌】밖에서 아직 증식을 계속하는 '그것'을 긴장하며 지켜보았다.

이미 눈앞의 결정 덩어리는 어린아이 정도 크기가 된 상태였고, 지금도 성장을 계속했다. 그것은 점점 변화가 적어지더니 이윽고 세세하게 몸의 형태를 만들기 시작했다.

둥그스름한 여성의 모습. 거기에 드레스처럼 몸을 휘감은 결정체. 긴 머리카락이 뻗어서 그 모습은 소녀처럼 변화해 갔다.

대부분의 변화가 끝나고 보니, 그곳에는 나와 같은 또래의 소녀 모습을 한 지배종이 있었다. 몸에는 아름다운 결정체 드레스 같은 것을 두른 모습이었다. 반짝반짝하고 창백한 빛이 그 몸을 감쌌다.

나는 지금까지 몇 명인가의 지배종을 직접 보았는데, 이 소녀만큼 기품이 넘치는 지배종은 본 적이 없었다. 틀림없이 이 소녀는 프레이즈의 '왕' 이다.

내려져 있던 눈꺼풀이 올라갔다. 그 눈동자는 맑은 아이스블루 색을 띠고 있었다.

천천히 고개를 돌려 주변을 보면서 눈을 반복해서 깜빡였다. 이윽고 내 존재를 눈치챈 소녀는 조용히 입을 열었다.

하지만 뻐끔뻐끔 입을 움직일 뿐, 아무런 소리도 들리지 않았다. ……아, 당연한가. 【프리즌】으로 차단했으니.

'왕' 인 소녀는 아무런 반응이 없는 나를 보고 난처한 표정을 지으며 고개를 갸웃했다. 아무래도 현재로서는 적대감이 없는 듯했다.

"엔데의 이야기에 따르면, 다툼을 좋아하지 않는 성격 같은데……."

마음을 단단히 먹고 나는 【프리즌】 안으로 발을 들였다.

내가 가까이 다가가 어딘가 모르게 상대도 긴장한 듯한 느낌이 전해져 왔다.

"@#…… @$n/※o〃, ♯h£@j¢ime£ ¥m@◇sh⊇i⋆t≒

e∝."

뭐야? 말이 안 통해……. 앗, 당연한가. 원래 다른 세계의 존재잖아. 그러고 보니 네이, 기라도 같은 언어를 사용했던가?

번역 마법, 【트랜슬레이션】을 걸려면 상대를 건드려야 하는데.

프레이즈에게 악수 문화가 있는지는 모르겠지만, 일단 손을 내밀어 보았다.

조금 경계하는 것처럼 보여서, 조금 뻣뻣한 표정이긴 했지만 나는 미소를 지으며 적대하려는 의사가 없다는 것을 전달해 보았다.

그게 성공한 것인지는 모르겠지만, 머뭇거리며 소녀는 내 손을 잡았다. 서늘하고 차가웠지만 부드러운 손이었다.

"【트랜슬레이션】."

그 순간에 재빨리 번역 마법을 발동해 내 마력을 소녀에게 흘리고 그것을 다시 받아들이자, 서로 언어의 통로가 연결되었다.

"제 말을 알아들을 수 있나요?"

"! 네, 에. 이해됩니다."

놀란 표정을 지으며, 프레이즈의 '왕'은 작게 고개를 끄덕였다. 다행이야, 연결됐구나.

"저는 모치즈키 토야. 이 세계에 있는 한 나라의 국왕입니다."

"……참, 실례했네요. 인사가 늦었습니다. 저는 메르라고 합니다. 일찍이 결정계(프레이지아)라는 세계를 통치하던 '왕' 이었습니다."

프레이즈의 '왕' 메르. 프레이즈들이 찾고 있는 '왕' 이 지금 내 눈앞에서 부활했다.

"모습은 어때?"

"안 되겠네요. 전혀 반응하지 않아요. 계속 풀이 죽어 있는 상태예요."

프레이즈의 '왕' 메르…… 아니, 이런 경우엔 전 '왕' 이라고 해야 하거나, 아니면 전 '여왕' 이라고 해야 할지도 모르지만, 현재 그 소녀는 바빌론의 성에 있었다.

음, 듣기엔 안 좋지만, 우리가 유폐해 둔 셈이다. 성의 그 방은 철저하게 【프리즌】으로 봉인해 두었기 때문에 도망칠 걱정도 프레이즈가 눈치챌 염려도 없었다.

이 【프리즌】은 신기를 담아 만들었기 때문에 내가 뒤쪽 세계에 가도 사라지지 않는, 완전한 감옥 겸 쉘터였다.

그것보다도 걱정은 이 소녀의 정신 상태였다.

그 이후로 나는 메르와 지금까지 있었던 일, 지금 현재 일어나고 있는 일을 전부 말해 주었다.

메르가 결정계(프레이지아)의 뒷일을 맡긴 새로운 '왕' 을 따르지 않은 자들은 메르가 버렸던 비밀을 제멋대로 부활시켜 차원을 건너는 힘을 손에 넣었다는 것.

메르의 힘을 손에 넣기 위해, 또는 되찾기 위해 프레이즈들이 건너간 세계에서 날뛰고, 그 세계를 파괴했던 것.

엔데나 리세가 마찬가지로 세계를 건너 뒤에서 도와주고 계속 지켜보았다는 것.

그리고 우리 세계로 왔는데, 강력한 힘을 손에 넣은 유라가 암약하고 있으며 프레이즈들도 변이종으로 인해 위기에 처했다는 것.

다양한 사건을 가르쳐 준 결과, 메르는 정신적으로 상당한 충격을 받았는지 풀이 죽은 채, 별로 이야기를 하지 않게 되었다.

프레이즈인 만큼 먹지 않아도 죽지 않는 듯했지만, 저렇게 풀이 죽어 있는 모습을 보니 내가 쓸데없는 말을 한 것이 아닌가 하는 생각이 들었다. ……아니, 뭐, 그야 그렇다고도 할 수 있지만…….

"엔데 녀석은 어디 갔는지 보이지도 않고……. 이런 때에야말로 불쑥 나타나야 하는 거 아냐? 그 바보 녀석."

검색 마법으로도 엔데는 발견할 수 없었다. 또 차원의 틈새에라도 있는 걸까.

모든 것이 다 메르 탓이라고는 할 수 없겠지만, 메르가 발단이라는 것은 확실했다. 나는 이제 와서 '책임을 져라', '죽어

서 속죄해라' 라고 할 생각이 없었지만, 프레이즈들에게 살해 당한 사람들은 꼭 그렇게 생각하지 않을 수도 있다.

그것도 정확하게는 스토커처럼 계속 쫓아다닌 녀석들이 가장 나쁜 거지만.

가능하면 이 소녀가 프레이즈들을 설득해서 이 세계를 떠나 주었으면 했다. 메르가 부활한 이상, 그것이 불가능한 일은 아닐 것이다.

지금 상태로는 그런 기대를 할 수 없지만…….

"토야 오빠, 저 사람을…… 어떻게 할 생각이죠?"

유미나가 걱정스럽게 물었다. 벨파스트 국왕과 유에루 왕비에게는 '왕' 의 봉인을 푸는 데 성공했다고 전달해 두었다. 뭐, 거짓말은 아니다.

"유미나는 어떻게 했으면 좋겠어? 프레이즈는 우리의 적이야. 죽여 버리는 편이 좋을까? 아니면 영원히 봉인할까?"

단순한 해결을 피하려고 조금 심술궂게 질문했다. 결국 나는 메르를 어떻게 해 주고 싶은 모양이었다.

그에 반해, 유미나는 어떻게 생각하고 있을까?

"저는…… 저 사람의 마음도 조금 이해해요. 저도 다른 세계의 사람을 좋아하게 됐으니까요. 저 사람은 엔데 씨와 떨어지고 싶지 않아서, 오로지 그것에만 열심히 몰두했던 것이 아닌가 생각해요. 주변이 보이지 않을 정도로. 불행하게도 일이 이렇게 되었지만, 아직 할 수 있는 일이 있을 거예요."

그렇게 말하며 유미나가 내 손을 잡았다. 내 마음을 지원해 주듯이, 오드아이 눈으로 나를 살짝 올려다보았다.

"불행한 엇갈림, 단추를 잘못 채운 그 일을, 토야 오빠라면 이 세계에서 고칠 수 있을 거예요. 저 사람을 구해 주세요."

"좋아. 할 수 있는 데까지 해 볼게."

"부탁드릴게요. 저희도 도울 테니까요."

생글생글 웃는 자신의 약혼자를 보니 아무래도 내 생각은 그대로 다 드러난 모양이었다. 이미 완전히 손바닥 위에서 있는 기분이 들어. 나는 강압적인 아버지는 되고 싶어도 될 수 없을 것 같다. 이미 알고 있는 일이었지만.

그래, 그래도 신 후보생인데, 이 정도는 해내야 하지 않을까.

"앗, 그리고. 엔데 씨를 발견하면 한 방 때려 주세요. 슬퍼하는 여성을 놔두고 남자 친구로서 뭘 하는 걸까요. 정말 한심해요."

"아니, 그건 어쩔 수 없는 게 아닐지……."

그건 불합리해. 너무한 일이야. 연인이 이곳에 있는지 모르고 있으니까. 게다가 모르게 만든 사람은 나잖아.

다른 일로 화가 났으니 한 방 정도는 때릴지도 모르지만.

메르는 일단 '성벽'의 리오라에게 맡겨 두기로 했다.

괜찮을 거라고 생각하지만, 혹시라도 자살하려고 한다면 【프로그램】을 해 둔 신화 소재인 구속구로 억지로라도 제압해 두라고 부탁해 두었다.

메르는 일단 그것으로 충분하다. 시간이 메르의 마음을 정리해 줄지도 모르니까.

정령들과는 이미 이야기를 끝냈으니, 이대로 두 개의 세계가 융합해도 무언가 천재지변이 일어나지는 않는다…… 아마도.

조금 불안해서 농업지에 있는 코스케 삼촌에게 가서 그런 점에 관해 자세히 물어보았다. 지상에 있는 신 중에서는 코스케 삼촌이 가장 신뢰할 만하니까.

물론 다른 모두를 신용할 수 없는 것이 아니라, 해결 방법이 워낙 극단적이라…….

"세계가 융합된다고 해서 서로 겹치는 것은 아닙니다. 그냥 이웃한 세계가 연결되는 것이니까요."

그렇게 말하며 코스케 삼촌은 손에 끼고 있던 양쪽의 목장갑을 빼고 그 두 개를 지면에 나란히 놓아두었다.

아하, 목장갑이 겹치는 것이 아니라, 좌우로 들러붙는 느낌이구나.

"사신이 없다면 '신대륙 발견' 정도일지도 모르겠군요. 완전히 좌우 대칭인 신대륙이라는 것도 말도 안 되는 일이지만요."

"그러면 특별히 소란을 피워 세계를 혼란스럽게 할 필요는 없다는 건가요?"

"세계의 융합에 관해서는요. 이 융합이 완료되었을 때 차원의 틈새에서 사신과 그 권속이 빈번히 나타날 겁니다. 이미 그 때는 이 세계에 세계신님의 가호가 없을 테니까요."

변이종들의 대습격……이라. 최악의 경우 프레이즈들의 움직임은 메르의 신병을 방패로 봉쇄할 수밖에 없을지도 모른다.

변이종들은 프레이즈를 흡수해 강화한다. 더는 녀석들에게 힘을 키우지 못하게 하기 위해서라도 프레이즈는 이만 퇴장해 줬으면 하는 바람이었다.

"너무 부담을 가지지 않는 것이 중요합니다. 모든 것을 자신이 할 수 있다고 생각하는 것, 그거야말로 실패의 시작일지도 모릅니다. 토야가 이 세계에 뿌린 씨앗은 확실히 싹을 틔웠고, 꽃을 피워 열매를 맺고 있을 겁니다. 사신 따위가 무엇을 하든 두려워할 것은 없습니다."

그 말이 나에게는 매우 고맙게 들렸다. 역시 생명을 키우는 농경의 신답다. 어딘가에 있는 연애의 신이나 술주정이 심한 신에게 들려주고 싶을 정도다.

"문제는 프레이즈나 변이종의 습격에 대처할 수 있는 앞쪽 세계보다도 뒤쪽 세계가 더 걱정이군요. 고렘이라는 것이 그만큼 방어 수단이 될 수 있을까요?"

"일부에는 변이종마저도 물리칠 수 있는 고렘이 있어요. 하지만 그 이외에는……."

그렇게 생각해 보면 확실히……. '왕관' 등이라면 변이종도 상대할 수 있다. 하지만, 변이종의 상급종이 출현하면 어떨까? 과연 이길 수 있을까?

뒤쪽 세계에도 더 협력해 줄 사람을 만들어야 하나?

현재는 의적단 홍묘 녀석들과…… 아, 에르카 기사(技師)가 있었지? 늑대형 고렘, 펜릴을 데리고 방랑하는 고렘 기사.

분명히 그 사람은 저쪽 세계에서는 다섯 손가락 안에 들어갈 정도의 천재라고 했는데……. 도저히 그렇게 보이지는 않지만. 푸석푸석한 머리에 도수 높은 안경, 구깃구깃한 흰 옷을 떠올려 보니, 과연 힘이 되어 줄지 크게 의심이 되었다.

"뭔가 생각났습니까?"

"네에, 일단은요."

"그럼 움직이세요. 서두를 것은 없지만 게으름을 피워서도 안 됩니다. 밭을 경작하고 물을 주지 않으면 싹은 나지 않으니까요."

맞다. 일단은 저편으로 가서, 그 기사에게 이야기를 들어 보자. 무언가 변이종에 대항할 고렘 등을 알고 있을지도 모르니 헛걸음은 아니겠지.

"그럼 잠깐 다녀오겠습니다."

"토야가 많은 수확을 보길 바랍니다."

괭이를 든 코스케 삼촌과 헤어졌다. 나는 【이공간 전이】를 사용해 뒤쪽 세계로 전이하려고 했지만, 그 전에 모두와 연락을 해 두어야 한다는 생각이 들어 일단 자제했다. 몇 번이고 혼나니 역시 절로 기억이 난다.

단지, 또 데려가 달라고 할 가능성이 있다는 게 문제지만…….

제4장 두 개의 세계

“그럼 준비는 됐어?”

“저, 정말 괜찮은 거지? 이상한 곳에 혼자만 내던져지거나 그러진 않아?”

“괜찮다니까.”

나에게 매달리는 에르제를 보고 나는 쓴웃음을 지었다. 평소에는 용감한 에르제였지만, 때때로 이렇게 무서워할 때도 있다. 물론 그런 것도 에르제의 매력이지만.

결국 이번에는 에르제, 야에, 힐다가 동행하기로 했다. 지난번에 가지 못했으니까.

스우와 사쿠라는 이번에도 일정이 안 맞아 같이 못 가지만, 나중에 같이 데리고 가자.

이번에는 차원문이 아니라【이공간 전이】로 이동한다.

카렌 누나가 모르는 세계로 가는 것이 아니라면【이공간 전이】로 동행자를 데리고 가도 괜찮다고 확실히 보증해 주었으니 그 확인도 겸한 것인데…….

“저어……. 손을 잡는 정도로도 괜찮은데…….”

"아니. 저어…… 그것만으로는 어딘가 불안해서 말입니다."

"마, 맞아요! 잘 잡고 있는 편이 안전해요!"

그렇게 말하며 야에는 오른팔을, 힐다는 왼팔을, 에르제는 내 정면의 몸통을 끌어안고 있었다. 기쁘기는 기쁘지만, 솔직히 말해 쑥스러웠다. 얼른 뒤쪽 세계로 전이하자.

"그, 그럼 갈게."

안겨 있는 모두를 포함해 신기로 두른 뒤, 【이공간 전이】를 발동해서 우리는 이 세계 밖으로 날아갔다.

우리가 전이한 장소는 멀찍이 산과 숲이 보이는 어딘가의 언덕 위였다. 바로 앞에는 가도가 보였지만, 걸어 다니는 사람은 아무도 없었다. 어느 나라의 변경인가?

"성도 아렌 근처로 전이해 왔는데, 역시 어긋났나?"

지도로 확인해 보니 성왕국 아렌트의 왕도, 성도 아렌에서 꽤 떨어진 장소였다. 아렌트 국내이긴 하지만 꽤 가장자리 쪽이었다.

"딱 보기만 했을 뿐이지만 다른 세계라는 생각이 안 들어. 어딘가의 시골 같아."

나에게서 떨어진 에르제가 가도 앞을 바라보며 그렇게 말했다. 나도 너희 세계에 도착했을 때 그런 생각을 했었어.

"기본적으로 이웃한 세계니까 마을 외곽은 크게 안 다르지 않을까? 자, 그럼. 에르카 기사는~…… 앗, 여기인가."

스마트폰의 지도로 에르카 기사를 검색했다. 마지막으로 만난 성도 아렌트에서 꽤 북쪽으로 떨어진 장소에 있는 듯했다.

일단은 【게이트】로 성도까지 간 다음 그곳에서 【플라이】로 날아가기로 하자.

"그러고 보니 아직 점심을 안 먹었지? 겸사겸사 성도까지 먹으러 갈까?"

"좋습니다. 이쪽의 요리를 더 먹어 보고 싶다고 생각하고 있었으니까요."

잔뜩 들뜬 야에 일행을 데리고 【게이트】를 열어 성도로 전이했다. 이미 알고 있는 카페에 가기 전에 판매되는 신문을 한 부 구매했다. 표제에 적힌 문자가 내 눈길을 끌었기 때문이다.

〈또다시 황금 마괴물 나타나다〉

변이종이 또 이쪽 세계에 나타난 모양이었다. 게다가 이곳 성도에.

성기사가 다루는 고렘 부대가 간신히 변이종을 토벌한 모양이지만, 성도의 대귀족이 희생되었다고 한다. 그 대귀족은 왕가에 모반을 획책했었던 듯, 천벌을 받았다고 말하는 민중도 많다고 한다.

이런 도시에까지 나타나게 되었을 줄이야…….

지금까지 변이종은 사람의 부정적인 감정에 이끌려 출현했지만, 최근 들어 무차별적으로 습격하게 된 것인지도 모른다.

설마하니, 세계가 점차 융합되는 탓에 이쪽 결계도 약해진 건가……?

그렇다고 한다면 더욱 어떻게든 해야 하는 거잖아.

한시라도 빨리 에르카 기사를 만나기 위해 조금 빠르게 점심을 먹고 【플라이】를 사용해 성도에서 날아가기로 했다. 나만.

여전히 모두는 【플라이】로 날아가는 것을 싫어해서 내가 먼저 가기로 한 것이다. 슬슬 적응해 줬으면 하는데…….

그렇다고 해서 억지로 권유할 생각은 없었기 때문에 얼른 가보기로 했다. 날면서 【인비저블】로 모습을 감추는 것도 잊지 않았다. 가끔 비행선 등과 스쳐 지나갈 때도 있으니까.

똑바로 계속 날아서 꽤 북쪽…… 앞쪽 세계로 말할 것 같으면 하노크 왕국 근처까지 갔다.

"대충 이 부근일 텐데……."

고도와 속도를 떨어뜨리고 지상을 살폈다. 천천히 이동하고 있는 듯하니 길을 걷고 있을 것 같은데…….

"응? 저건가?"

가도에 외따로이 그림자가 보였다. 늑대 한 마리가 구깃구깃한 흰 옷을 입은 여성의 멱살을 물고 끌고 가는 중이었다.

틀림없다. 에르카 기사와 그 호위인 늑대형 고렘 펜릴이다.

박사는 추욱 늘어진 채 펜릴이 끌고 가는 대로 가만히 있었다. 어디 다치기라도 한 건가?!

【인비저블】을 풀고 펜릴과 에르카 기사가 있는 곳에 내려섰다.

"이봐, 괜찮아?!"

〈으응?! 오오! 토야 님 아닌가! 오랜만이다, 잘 지냈나?〉

펜릴이 물고 있던 에르카 기사를 놓고 나에게 말을 걸었다. 여전히 바리톤 같은 좋은 목소리다.

"그보다 무슨 일이야? 에르카 씨가 무슨 부상이라도……."

〈응? 아니, 아무것도 아니다. 이전 마을에서 마스터가 쓸데없는 돈을 많이 쓰는 바람에 노잣돈이 다 떨어져서 말이지. 음식을 사지 못했다.〉

"뭐어?!"

순간 무슨 말을 하는지 이해가 안 되었지만, 다음에 들려 온 꼬르르르르르르륵…… 하는 자기주장이 강한 배 속의 소리를 듣고 모든 것을 이해할 수 있었다.

"배, 배가, 고파……."

당장에라도 죽을 것 같은 얼굴로 이쪽을 바라보는 에르카 기사를 보고 나는 정말로 이 사람을 의지해도 좋을지, 마음속이 불안으로 가득 찼다.

"괜찮을까……."

괜찮지 않다, 라고 대답을 하듯이 꼬르르르르르르르르

륵…… 하고 다시 울리는 배.

나는 무심코 작게 한숨을 내쉬고 말았다.

◇ ◇ ◇

"야~ 잘 먹었다, 잘 먹었어. 3일 만에 제대로 된 걸 먹었어. 역시 벌레나 개구리 같은 건 먹고 싶지 않았거든."

【스토리지】에서 꺼낸 용고기 꼬치구이를 한바탕 먹어 치우고서야 에르카 기사는 겨우 진정이 된 모습이었다. 야에 수준으로 먹어 치우네……. 그거야 상관없지만.

"그런데 왜 이런 곳에 토야가 있는 거야? 덕분에 살았지만."

"에르카 기사한테 묻고 싶은 게 있어서 찾았어."

"나한테? 예상해 보자면 고렘에 관한 거?"

"뭐, 그것도 있지만. 뭐부터 이야기하면 될까……. 일단 이걸 봐 줘."

나는 조금 전에 구매한 신문을 꺼내 변이종 기사를 가리켰다.

에르카 기사가 그것을 읽자 펜릴도 옆에서 신문을 들여다보았다. 문자도 읽을 수 있는 거야? 이 늑대 고렘…….

"오호라, 요즘 소문이 도는 황금 괴물이구나. 이게 왜?"

"그 녀석은 '사신'이 만들어 낸 권속. 이 세계를 침략하기 위해 나타난 첨병이야. 이윽고 이 세계의 모든 곳에 이 녀석들이 나타나 날뛰고 다니겠지. 이 세계는 위험에 처해 있어."

"…………어디, 아파? 좋은 의사 선생님을 소개해 줄까……?"

가여운 아이를 보듯이 에리카 기사는 도수 높은 안경을 살짝 올리고 나를 바라보았다.

옆에 있는 펜릴까지도 비슷한 표정으로 나를 쳐다보았다.

아니, 분명히 나도 수상한 종교가의 사기 예언 같은 느낌이라고 생각은 했지만!

안 되지, 안 돼. 제대로 설명을 안 하면 오해를 부를 수밖에.

"실은 나는 이곳과는 다른 세계에서 온 왕이야."

"아아, 이미 늦은 건가……."

〈멀쩡해 보이는 만큼 더욱 비극이군…….〉

아냐! 안타까운 표정으로 날 바라보지 말아 줘!

그리고 이것저것 설명을 하는 데만 몇 시간이 필요했다. 말은 정말 어려워…….

"그렇구나, 음음. '이세계에서 온 침략자', 그리고 '이웃한 다른 세계'라. 그래, 개념적으로는 말도 안 되는 이야기는 아니야. 그렇지 않으면 느와르 능력을 설명할 수 없을 테니까."

"느와르?"

“‘검은색’ 왕관이야. 조종은 시간의 톱니바퀴와 시공의 문. 병렬 세계에서 원하는 것을 이쪽 세계로 끌어오는 거지. 설마 그 이세계에서 누군가가 올 거라고는 생각하지 못했지만. 아니, 느와르는 병렬 세계니까 이세계와는 다르려나? 그건 시계열로 따지면…….”

또 ‘왕관’ 인가. 그 ‘검은색’ 왕관인가는 시공 마법 같은 것을 조종하는 모양이었다. 어쩌면 5000년 전, 파레리우스 노인이 만난 것은 그 ‘왕관’ 이 아니었을까?

“다만 바로 믿기는 어려운 게 사실이야. 나는 이세계에서 왔다, 라는 말을 듣고 ‘아, 그러시군요.’ 라고 대답할 수는 없는 거지. 신종 사기일지도 모르고.”

〈만약 이게 사기라고 한다면, 상당히 머리가 나쁜 사기 수법이군.〉

실례되는 소릴. 그렇지만 일단 그 마음을 모르는 것은 아니다. 말을 하는 자신도 참 거짓말 같다고 생각하니까. 믿게 할 방법이라면…….

프레이즈야말로 그 증거이기도 하지만, 다행인지 불행인지 이쪽 세계는 그렇게까지 프레이즈의 피해를 많이 입지 않았다. 아직 믿을 수 있는 재료로서는 부족한 건가. 신종 마수라고 생각하면 그만이기도 하다.

일단 이 고렘 기사가 믿어 주기만 하면 되는 거라면 억지로 앞쪽 세계로 데리고 가면 되는데…….

아.

"그럼 이쪽 세계에서는 절대로 볼 수 없는 걸 보여 줄게."

"절대로 볼 수 없는 거?"

고개를 갸웃하는 에르카 기사 앞에서 나는 【스토리지】를 열어 그곳에 넣어두었던 레긴레이브를 꺼냈다. 쿠웅, 하고 땅을 울리며 나의 기체가 지면에 발을 딛고 내려섰다.

"후오아아아아아아아아아아아아?!"

〈후오오오오오오오오오오오오오?!〉

눈앞에 수정 장갑 거인병이 나타나자 눈을 휘둥그렇게 뜨고 입을 벌린 채 올려다보며 몸이 굳어 버린 한 명과 한 마리.

"이건 프레임 기어야. 프레이즈…… 이세계의 침략자에게서 세계를 지키기 위해 만든 기계병이지."

"프레임 기어……? 고렘이 아니고?"

"아냐. 고렘과는 달리 프레임 기어에게는 의지가 없어. 사람이 타고 움직이는 탈것이니까."

〈의지 없는 탈것, 인가. 그렇군, 확실히 이건 고렘이 아니다. 말하자면 무기, 도구 종류인가.〉

"물론 그냥 도구가 아니라 애착이 있는 파트너 같은 존재지만. 그런 점은 고렘과 공통되는 부분이라고 생각해."

데먼스트레이션도 겸해 레긴레이브에 올라타 하늘을 날며 간단한 움직임을 보여 주었다. 우쭐해져서는 프라가라흐까지 선보이고 말았다.

레긴레이브의 모니터로 지상을 확인해 보니 그곳에는 하늘을 올려다보며 재차 몸이 굳은 한 명과 한 마리가 있었다. 아무래도 놀라게 하는 데는 성공한 듯했다.

지상으로 내려선 뒤, 내가 레긴레이브에서 내리자 에르카 기사가 전력 질주를 하며 다가왔다.

"그거, 나 줘!"

"안 돼."

딱 잘라 거절한 다음, 세계의 끝을 맞이한 듯한 표정을 지으며 에르카 기사가 털썩 주저앉았다. 그렇게 쉽게 줄 것 같아?

잠시 장난감을 조르는 어린아이처럼 떼를 썼지만, 펜릴이 에르카 기사의 엉덩이를 깨물자 간신히 평정을 되찾았다. 그래도 아직 투덜거리긴 했지만.

일단 【스토리지】에 레긴레이브를 되돌리고 겨우 믿어 준 듯이 보이는 에르카 기사에게 나는 본론을 말했다.

변이종…… 황금 괴물이 이 세계에 대거 나타날 경우, 이 세계에 대항할 수단이 과연 있는지였다.

"강력한 고렘이 여럿이 대처하면 쓰러뜨릴 수는 있을 것 같지만, 꽤 힘들 것 같아. 고렘도 좋은 것도 있지만 나쁜 것도 있는 데다, 전투력이 전혀 없는 것도 있으니까."

그거야 그렇겠지. 산초 씨의 게 버스 같은 것은 이동용 고렘일 테고. 싸움에는 어울리지 않는다는 것쯤은 보면 안다. 우리 에투알 세 대도 어울리지 않을 거라 생각하고 말이다.

〈마스터, 군사용 고렘이라면 어떻지? 그거라면 숫자로는 지지 않을 텐데.〉

“숫자라면 말이야. 하지만 이 경우엔 질이 떨어지면 아무것도 안 되지 않을까? 쓰러뜨리지 않으면 의미가 없으니까.”

“군사용 고렘?”

익숙지 않은 말을 듣고 무심코 대화에 끼어들었다.

“고렘은 기본적으로 한 사람당 한 대야. 그건 여러 고렘을 동시에 조종하면 일어나는 감응 저해를 우려한 것인데, 군사용 고렘…… 군기병(솔다토)이라고 불리는 것은 그게 없어. 즉, 혼자서 여러 대의 고렘을 자유롭게 조종할 수 있지.”

군사용 고렘, ‘군기병(솔다토)’이라고 불리는 고렘은 ‘군기조(서전트)(軍機曺)’라고 하는 리더 고렘을 통해 한 개의 소대 같은 움직임이 가능한 고렘이라고 한다.

즉, 고렘 사용자가 계약하는 것은 군기조(서전트)뿐으로, 그 아래에 여러 군기병(솔다토)이 있는 것이다.

그렇구나. 그러면 감응 저해를 일으키지 않고 혼자서 많은 고렘을 조종할 수 있다. 하지만…….

“군기병(솔다토)은 모두 공장제(팩토리). 즉, 특수능력(고렘스킬)은 없어. 게다가 개인에 따라 조종할 수 있는 숫자는 한정돼 있지. 열 대를 조종할 수 있는 사람도 있지만, 평균 한 명당 다섯 대 정도가 고작이야. 거기에 더해 계약한 군기조가 당해 버리면 그 아래의 군기병도 기능이 정지되는 약점도 있고.”

"어……? 그럼?"

"능력(레거시) 보유형 한 대가 더 나을지도 모른다는 거야. 상황에 따라 다르겠지만."

으으음. 그러니까, 뭐야. 혼자서 강한 파워 10짜리 고렘을 조종하든가 아니면 파워 2자리 고렘을 다섯 대 조종하든가 해야 하는 건가?

확실히 상황에 따라서 다르긴 하지만…….

"그런데 나는 고대(레거시) 기체 고렘을 세 대나 계약했는데? 거기다 감응 저해 같은 것도 전혀 일어나지 않았어."

"고대(레거시) 기체를? ……그거, 시리즈 아니야?"

"응, '에투알' 이라는 세 대짜리 시리즈였어."

"고대(레거시) 기체를 시리즈로 모으는 건 힘든 일인데? 대부분이 제작자를 알 수 없는 고렘이니까. 분명히 감응 저해가 일어날 가능성은 적지만, 현실적이지 않아."

맞다. 그 세 대는 가동되지 않아서 팔리지 않고 남아 있던 것이었다. 그렇지 않으면 고대(레거시) 기체는 곧장 다 팔려 버리겠지.

"결론을 말하자면, 네가 말한 변이종이 대거 습격해 오면 이 세계에는 대항할 수단이 거의 없다는 거야."

역시나. 아무리 '왕관' 이 강력해도 숫자에는 한계가 있을 테고, 니아가 말한 '대가' 도 필요해진다.

그 이외의 고대(레거시) 기체의 경우, 하급 변이종이라면 아직 어떻게든 된다고 해도 중급, 더 나아가서는 상급을 상대해야 하는데, 역시 무리다.

아니, 그 이전에 출현했는지 안 했는지도 알 수 없으니 어떻게 해 볼 도리가 없다. 역시 모험자 길드 같은 조직을 만들어 감지판으로 끊임없이 감시할 필요가…….

"자, 이쪽도 묻겠는데…… 아니, 부탁이 하나 있는데."

"응? 뭔데? 프레임 기어라면 안 줘."

"쳇."

혀를 차지 마.

"개인적으로는 흥미가 있지만, 그건 일단 놔두고. 조금 전에 너는 다른 세계의 왕이라고 했지?"

"응, 일단은."

"그렇다면 그 프레임 기어라는 것이 다른 곳에도 몇 대인가 더 있고, 그걸 자유롭게 다룰 수 있는 권력이 있다는 거야?"

"권력이라고 할지…… 분명히 몇백 대나 가지고 있지만, 전부 내 개인적인 물건이기도 하고, 나 외에는 가지고 있는 사람이 없어."

아니, 엔데에게는 용기사(드라군)을 건네줬던가.

어디까지나 프레임 기어는 브륀힐드의 물건이 아니라 나 개인의 물건이다. 제작비나 개발비에 나랏돈은 한 푼도 안 들어갔으니까. 전부 오르바 씨를 통해 쇠팽이나 야구용품 등, 다양한 것을 이용해 번 돈을 사용했다.

"내가 부탁하고 싶은 것은, 내가 친하게 지내는 소국이 여기서부터 북서쪽에 있는데, 그 나라에 힘을 빌려줬으면 한다는 거야.”

“힘을 빌려줘?”

“현재 그 나라는 옆 나라의 침략을 받고 있어서 힘든 상황이거든. 그래서 그 침략을 막아 줄 수 없을까 하거든.”

소국의 이름은 ‘프리물라’. 침략을 하려고 하는 나라는 ‘토리하란 신제국’인가. 으~음, 검색…….

스마트폰으로 지도를 공중에 투영했다. 반전되어 있어 알기 힘들지만, 앞쪽 세계로 말하면 프리물라는 제노아스의 일부인가……. 그리고 침략을 하는 곳은 유론이라…….

……뭐지? 앞쪽도 뒤쪽도 그 토지에 사는 녀석들은 비슷한 짓을 하는 건가? 유론도 하노크와 전쟁을 걸었으니.

“참고로 묻는데, 이 ‘토리하란 신제국’이란 나라는 어떤 나라야?”

“제정(帝政)을 펼치는 철저한 권위주의 국가지만, 황제는 그냥 장식. 국가 권력 최고 기관은 원로원이 쥐고 있어. 이번 침략도 그 원로원이 결정했다는 소문이야.”

국가 내부까지 유론이랑 비슷해. 천제국과 신제국. 유론의 경우는 천제가 권력을 쥐고 있었지만.

〈토리하란 신제국은 조금 전에도 이야기가 나온 ‘군기병(솔다토)’를 보유하는 나라지. 군사용 고렘 보유수로는 마공국 아이젠가르드, 갈디오 제국 다음이라는 소문이다.〉

“그런데 ‘군기병(솔다토)’을 채용한 나라는 그 세 나라 이외에는 거의 없긴 해.”

그럼 최하위잖아. 아무튼 그만큼 고렘과의 계약은 파트너제가 보통이라는 거려나?

그렇다고는 하지만 전쟁에 개입한다라~ 지금까지의 경험상 변변치 못한 일이 벌어질 텐데. 이쪽 세계에서는 입장 같은 걸 생각하지 않아도 되니 그건 다행이지만.

“솔직히 말하면 배경을 모른 채 함부로 참견할 수는 없어. 전쟁을 멈추게 하는 데까지라면 상관없지만, 이야기를 들어 보지 않으면 뭐라고 말하기가…….”

“그래도 좋아. 프리물라 국왕을 만나 이야기를 들은 다음에 결정해도. 단지, 그다지 느긋하게 있을 수는 없거든. 이미 국경에서는 프리물라 기사단과 신제국군이 전투를 시작했다고 하니까.”

그럼 서둘러야겠네. 어물거리고 있다가 희생자가 늘어나는 것은 피하고 싶다. 설사 이곳이 자신의 세계가 아니더라도.

“그럼 서두를까? 【레비테이션】.”

“냐앗?!”

〈오오오?!〉

나는 한 사람과 한 마리를 부유 마법으로 지면에서 떠오르게 했다. 어차피 이동할 거니, 그쪽에 도착한 다음에 야에 일행을 부르자.

"하늘을 날아서 갈 테니, 그대로 가만히 있어. 위험하지는 않지만, 조금 무서울지도 모르니 눈을 감는 편이 나을지도 몰라."

〈"날아?! 잠깐……."〉

뭐라고 하든 말든 나는 에르카 기사 일행을 데리고 【플라이】로 단숨에 상공 수천 미터까지 날아올랐다.

장소를 생각해 보면, 이곳에서 몇 분이면 도착한다.

〈"흐으으으으으으으으으으윽?!"〉

프리물라 왕국을 향해 가속하기 전에 떠올라 있는 손님들을 보니, 어째서인지 고통스러운 것처럼 보였다. 아, 저쪽에 장벽을 펼치는 걸 깜빡했어.

귀찮아서 【프리즌】을 발동시켜, 둘의 주변을 바람과 충격, 그 외에 여러 가지에서 보호해 주는 감옥이 둘러싸게 하였다. 그리고 산소 농도도 지상과 비슷하게 만들어 두었다.

좋아, 이제 단숨에 속도를 올려도 괜찮겠어.

【프리즌】 안에서 에르카 기사가 뭔가 떠들고 있었지만, 불평은 나중에 듣자.

전력으로 날면 프리물라 왕국까지는 5분도 걸리지 않는다.

음속을 넘는 충격파를 남기고 우리는 프리물라 왕국으로 떠났다.

◇ ◇ ◇

“무서워, 무서워. 나는 건 무서워…….”

〈누우우우우…….〉

지면에 웅크려 앉아 투덜대는 에르카 기사와 그 옆에서 축 늘어져 있는 펜릴.

그렇게까지 무서웠나? 둥실둥실 뜬 채로 전면 유리가 장착된 고속 비행기를 타고 있는 거나 다름없으니…… 조금 무서우려나?

기껏 5분 만에 목적지인 프리물라 왕국에 도착했는데, 조금 전부터 10분 이상이나 저 상태다.

“저 사람이 저어, 이 세계에서는 굴지의 고렘 기사……인 거죠?”

“아니, 응, 지금은 조금 그렇지만 말이지…….”

【게이트】를 열어 불러온 힐다 일행이 에르카 기사를 보고 미묘한 표정을 지었다. 머리는 퍼석퍼석, 유리병 밑바닥처럼 도수 높은 안경, 구깃구깃한 흰 옷을 입은 여성이 투덜투덜 중얼거리며 웅크려 있으니 그렇게 보이는 것도 당연한가?

“오오오. 폭신폭신합니다~.”

“이 아이, 정말 고렘이야? 그냥 개처럼 보이는데?”

〈아가씨 여러분, 나는 늑대이니…… 개 취급은 사양해 주었

으면 한다…….〉

"아, 그래? 미안."

축 늘어져 있는 펜릴을 야에와 에르제가 마구 쓰다듬었다.

세 명의 소개는 조금 전에 했지만 이 상태이니 잘 들었을지 수상하다. 그렇지만 슬슬 부활해 줬으면 하는데.

"이제 그만 성으로 안내해 줘. 전투가 시작됐다면서?"

"핫. 그랬지. 서둘러야 해!"

밀려 내려온 안경을 원래대로 돌리고, 에르카 기사가 제정신으로 돌아왔다.

현재 장소는 프리물라 왕국의 왕도 프리물렛에서 조금 떨어진 가도 옆길. 여기서부터 걸어가면 곧장 왕도로 들어갈 수 있다.

왕도에 도착한 뒤, 그곳의 경비병에게 에르카 기사가 무언가 카드 비슷한 것을 보여 주자 곧장 6륜 고렘 마차가 준비되었다. 아무래도 친하다는 말은 거짓말이 아닌 모양이다.

고렘 마차에 올라탄 우리는 프리물라 기사에게 안내를 받아 곧장 왕성을 향해 갔다.

창문으로 보이는 성 아랫마을의 사람들은 서서히 다가오는 전쟁의 위기 때문인지, 어딘가 그늘이 진 것처럼도 보였다.

브륀힐드성보다는 큰 프리물라 왕성에 도착하자, 곧장 질 좋은 옷을 입은 풍채가 좋은 수염을 기른 남성이 이쪽으로 달려왔다. 동그랗다.

체형 탓도 있어 열심히 달리고는 있지만, 어딘가 코미컬한 느낌이 들었다.
"에르카 님~!"
"어라. 에브리 시종장."
〈오랜만이다.〉
우리 눈앞에서 숨을 고르며 에브리 시종장이라고 불린 50대의 남성은 에르카 기사 그리고 파트너인 펜릴과 악수를 하였다. 악수라고 해야 할지, 펜릴은 그냥 개가 '손'을 하듯 손을 사람 손에 올린 거로만 보였지만.
"잘 와 주셨습니다. 폐하도 틀림없이 기뻐하실 겁니다. 이걸로 프리물라주도 완전한 힘으로 싸울 수 있을 겁니다."
"프리물라주?"
"이 나라의 왕가 전용 고렘이야. 고대(레거시) 기체지. 내가 몇 년에 한 번씩 정비해 줘."
무심코 중간에 끼어들고 만 나에게 시종장 에브리 씨라고 하는 사람이 시선을 돌려 바라보았다.
"응? 그런데 이분은 누구신지?"
"조력자야. 어쩌면 신제국군의 침략을 막아 줄지도 몰라."
"그그그, 그렇습니까?!"
눈을 크게 뜨고 가부키 배우가 하는 과장된 포즈처럼 굳어버린 에브리 시종장. 이 사람은 행동 하나하나가 전부 코미컬하네.
"바로 폐하를 알현할 수 있을까? 비공식적으로 만나고 싶어. 조금 복잡한 이야기를 하게 될지도 모르니까."

"알겠습니다. 잠시 기다려 주십시오!"

스스로 자신의 가슴을 탁 치더니 기침을 하고는 에브리 시종장은 또 달리기 시작했다. 저 사람은 뭐냐, 마더 구스의 험프티 덤프티를 떠오르게 했다. 겉모습이 어딘가 모르게.

그런 실례되는 생각을 떠올리고 있던 나를 에르카 기사가 돌아보았다.

"토야. 내가 왜 네 이야기를 믿었다고 생각해?"

"……? 그거야 레긴레이브…… 프레임 기어를 보여 줬기 때문 아냐? 그리고 검은색 '왕관' 이었던가? 그 고렘의 능력을 알고 있어서?"

갑자기 그런 말을 하는 에르카 기사의 의도를 알 수 없어 나는 고개를 갸웃했다.

"분명히 그것도 믿게 된 이유들이지. 그리고 또 하나, 이 나라의 존재가 있었기 때문이야. 이 나라는 이쪽 세계에서 가장 오랜 역사를 지녔어. 5200년 전, 고대 세계대전으로 세계가 멸망한 후 많은 신생국이 만들어졌는데, 그때부터 현재까지 남아 있는 곳은 이 나라뿐이야."

고대 세계대전……. 두 개의 고대 대국 주도로 세계를 휩쓴 대전이었던가? 분명히 많은 고렘이 투입된 격렬한 전쟁으로 뒤쪽 세계는 한 번 붕괴되었다고 했던가.

문명을 잃어 고렘을 만드는 기술도 잃은 탓에 몇 남지 않은 가동되는 고렘들과 함께 세계를 조금씩 재생했다……라고 했던가?

5200년 전이라고 하면 앞쪽 세계의 프레이즈 대공습보다도 먼저 멸망한 건가…….

"이 왕가에는 한 가지 전승이 남아 있는데, 5200년 전에 붕괴된 후의 세계에서 여러 부족이 서로 다투고 있던 이 땅에 남자 한 명이 나타났다나 봐. 그 남자는 이국의 말을 사용했고, 신기한 마법의 힘을 사용했대. 이윽고 그 남자는 하나의 부족에 받아들여져, 주변 부족을 잇달아 복속시켰어. 그 사람이 이 나라의 초대 국왕. 그 국왕은 친한 사람들에게 이런 말을 남겼다나 봐. '나는 이곳과는 다른 세계에서 왔다' ……라고."

"뭐……?!"

에르카 기사의 말을 듣고 나는 뭐라 말을 하지 못했다.

어떻게 된 거지? 이곳의 초대 국왕은 이세계에서 온 사람이라는 건가? 설마…….

"이 나라의 '프리물라' 라는 국명은 그때의 부족 이름이고, 국왕의 이름은 아니야. 이 나라 왕가의 이름은 '파레리우스' 왕가. 초대 국왕의 이름은 '레리오스 파레리우스'."

"파레리우스……라고……?"

아레리아스 파레리우스. 5000년 전에 고대 파르테노 왕국에 존재했던 시간의 현자. 시공 마법 사용자로서 파레리우스 섬의 결계를 만들어 낸 인물.

그가 파레리우스섬에서 만들려고 했던 차원문은 미완성으로, 뒤쪽 세계로는 건너가지 못했던 것 아닌가? 아니, 박사의 이야기를 들어 보면 마력이 부족했을 뿐, 거의 완성은 했었던가?

만약 검은색 '왕관' 인가가 우리 세계에 나타났다가 돌아갔다면 그때 누군가가 같이 건너갔다고 해도 이상할 것은 없다……? 젠장. 생각이 뒤죽박죽이야.

"뭔가 짚이는 곳이라도 있는 모양이지?"

"……파레리우스라는 이름을 알아. 우리 세계에서 5000년 전에 존재했던 시공 마법 사용자야. 이름은 '아레리아스' 지만. 또 파레리우스섬이라는 섬이 있는데, 그 아레리아스와 제자의 자손들이 그곳에서 살고 있어."

아마 이 파레리우스 왕가의 선조는 아레리아스 파레리우스의 아이, 또는 손자가 아닐까?

그렇다고 한다면, 파레리우스섬의 센트럴 도사…… 그 여성과 같은 뿌리를 둔 먼 친척인 셈이 된다. 200년 정도 시간의 차이가 있다는 것이 신경 쓰이지만……. 시간을 거슬러 올라간 건가?

"이건 좀…… 당시의 사람을 데리고 올 필요가 있을지도 모르겠어."

"박사를 데리고 오시려고 하는 거군요?"

"응. 그편이 좋잖아? 우리만으로는 판단할 수 없는 일도 있을지 모르니까."

야에와 그런 이야기를 하자, 대화를 이해하지 못한 에르카 기사가 고개를 갸웃했다.

"당시의? 어? 무슨 소리야?"

"미안. 잠깐만 여기서 기다려 줄 수 있어? 금방 돌아올게."

도수가 높은 안경을 살짝 벗고, 눈을 껌뻑이는 에르카 기사를 두고 나는 【이공간 전이】로 앞쪽 세계의 바빌론으로 돌아갔다.

【격납고】로 이전해 보니 여전히 미니 로봇들이 쪼르르쪼르르, 공구 종류와 자재를 옮기고 있었다. 정비소에 서 있는 에르제의 【게르힐데】, 그 어깨 즈음에서 정비를 하고 있는 모니카의 모습이 보였다.

"미안, 모니카. 박사는 어디에 있어?"

"으응? 아~ 박사라면 저기, 저쪽에 있어."

모니카가 스패너로 가리킨 곳을 보니 박사가 있었다. 있다고 해야 할지, 누워 있었다. 바닥에 엎드려서는 칠칠치 못하게 잠을 자다니……. 깬다 깨~.

겉보기에는 어린아이라 얼핏 보면 흐뭇하게도 보이지만.

"음냐음냐……. 우히히, 아가씨, 귀여운 팬티를 입고 있네. 살짝 벗어 줘 봐……. 자, 다리를 들고…… 우효효."

눈곱만큼도 흐뭇하지 않아!

"이봐. 잠깐 일어나 봐. 비상사태야."

"음냐?"

아직도 헤벌쭉 풀린 얼굴로 비몽사몽인 박사를 내가 흔들어 깨우려고 하자, 박사는 초점이 맞지 않는 눈으로 나에게로 손을 뻗었다.

"우움~."

"우읍!"

갑자기 박사가 내 목을 안더니 입술을 빼앗았다. 떼어 놓으려고 했지만, 내 몸을 양다리로 더욱 고정시키며 안겨든 탓에 좀처럼 떨어지지 않았다.

그러는 사이에 작은 혀가 침입해 들어와 내 입안을 유린했다. 그 엄청난 테크닉은 정말…… 무서워!

"읏, 적당히 좀 해!!"

"후갹?!"

나는 억지로 박사를 떼어내 바닥에 내던졌다. 어떤 의미에서는 정말 위험했어…….

"어라? 나의 귀여운 아가들은?"

"잠꼬대한 거였어……?"

머리를 비비면서 두리번거리는 박사. 그런 것보다 꿈속 상대는 여자아이였어?!

아무튼 사정을 간단히 말하고 박사와 함께 다시 【이공간 전이】로 뒤쪽 세계의 프리물라 왕국으로 돌아갔다.

"오래 기다렸지?"

"우와아아아아앗?!"

갑자기 나타난 우리를 보고 에르카 기사와 펜릴은 그다지 놀라지 않았지만, 눈앞에 있던 에브리 시종장은 오버액션을 하며 뒷걸음질 쳤다. 에르제 일행은 그 모습을 보고 웃음을 참는 중이다.

"괜찮아. 이 사람은 전이 마법 사용자거든."

"그, 그랬습니까. 이것 참 실례를."

호흡을 거칠게 쉬면서도 몸가짐을 가다듬는 에브리 시종장. 이 사람은 리액션 연예인이라도 하는 편이 좋지 않을까?

"그건 그렇고, 그 아이도 이세계의 아이야?"

"응. 이 아이는 레지나 바빌론 박사. 프레임 기어를 개발한 사람이야."

"이 아이가?!"

이번엔 에르카 기사가 놀란 눈으로 바빌론 박사를 바라보았다. 그거야 그럴 수밖에. 겉보기에는 헐렁헐렁한 흰 옷을 입은 어린 여자아이로밖에 보이지 않을 테니까.

이전에 박사에게는 번역 마법 【트랜슬레이션】을 걸어 두었으니, 아마 문제없이 대화할 수 있을 거다. 일단은 소개하자.

"박사, 이쪽은 에르카 기사와 그 호위 고렘인 펜릴이야. 고렘 기사로서는 이 세계 유수의 기술자라고 하더라고."

"호오. 이것 참, 이것 참. 레지나 바빌론이다. 잘 부탁해. 이것저것 나중에 이야기를 듣고 싶군."

"에르카야. 이쪽이야말로 이야기를 듣고 싶어. 마법 문명 기술에 관해 이것저것."

두 사람은 대담하게 웃으면서 서로 악수를 하였다. 어라? 뭔가 만나게 하면 곤란해질 것 같은 두 사람을 만나게 해 버린 듯한…….

"토야, 잠깐만……. 왜 둘 다 히죽거리고 있어? 좀 무서운데……."

에르제 일행이 약간 오싹한 표정을 지었다. 으~음. 라이벌 의식을 불태우느라 웃는 모습이 아닌 것 같아. 미지의 기술을 얻을 수 있다는 환희의 웃음이려나……?

세제 등의 설명서에 적혀 있는 '위험하니 섞지 말 것' 같은 문자가 뇌리에 떠올랐다.

"아, 아무튼. 다 모이셨으면 이쪽으로 오시죠. 폐하께서 기다리십니다."

아직 조금 동요하는 느낌이 남아 있는 에브리 시종장이 우리를 재촉하며 걷기 시작했다.

왕성의 복도를 걸으면서, 바빌론 박사에게 이 나라의 초대 국왕이라고 하는 '레리오스 파레리우스' 라는 인물에 관해 물어보았다.

"레리오스……. 아, 그 사람이라면 파레리우스 노인의 차남이었어. 장남과 마찬가지로 마공학의 길을 걸었는데 파레리우스 노인의 조수를 맡았을 거야. 하지만 분명히 젊은 나이로 죽었다고 들었는데……."

그런데 죽지 않고, 아니, 죽기는커녕 이세계로 날아와 이 땅에서 임금님이 되었다.

참 기묘한 이야기지만, 살짝 내 입장과 겹치는 부분도 있어 이상하게 친근감이 들었다.

안내받아 간 복도의 막다른 곳에 있는 문 앞에는 강건해 보이는 기사 두 사람이 나란히 서 있었다.

에브리 시종장이 문을 열고 우리를 방 안으로 들여보냈다. 물론 무기 등의 물건을 지니고 있지 않은지 체크를 받았지만, 내 브륀힐드는【스토리지】에 넣어 두었기 때문에 문제없었다.

야에 일행도 성 안에 들어오기 전에 반지의【스토리지】에 무기를 넣어 두어서 특별히 주의받는 일 없이 안으로 들어갈 수 있었다.

실내는 역사가 느껴지는 중후하고 심플한 만듦새로, 장엄하고 화려하다기보다는 착실하고 튼튼한 분위기를 내뿜었다.

그 방 안쪽의 책상 앞 의자에 걸터앉아 있던 남성이 일어서서 이쪽을 향해 다가왔다.

나이는 40대 중반. 튼실한 체격이긴 했지만 마초는 아니었다. 이른바 마른 근육이라고 해야 할까?

갈색의 짧은 머리카락, 멋들어진 콧수염과 턱수염을 길렀고 얼굴도 상당히 차분한 멋을 지닌 부류에 들어갔다. 그리고 그 갈색 머리 위에는 심플한 황금 왕관이 올라가 있었다.

이 사람이 이 프리물라 왕국의 국왕. 즉, 시간의 현자, '아레리아스 파레리우스' 의 자손이라는 건가.

"오랜만이군, 에르카 기사. 잘 와 주었네."

"오랜만입니다, 국왕 폐하."

두 사람은 친근하게 대화를 하고 악수를 하였다. 그건 국왕으로서라기보다는 대등한 친구에게 하는 행동이었다.

프리물라 국왕의 시선이 에르카 기사에서 나에게로 이동했다.

"신제국군의 침공을 막을 수 있다고 들었는데, 이자들을 말하는 것인가?"

"네. 이곳의 초대 국왕이 남긴 '석판' 도 해독할 수 있을지 모릅니다. 이전의 폐하께서 말씀하신 '밖' 에서 온 자들이라고 합니다."

"……!"

에르카 시가의 말을 듣고 프리물라 국왕이 마른침을 삼키는 모습이 뚜렷이 보였다. 나를 향한 시선이 미묘하게 변화했지만, 이윽고 조용히 입을 열었다.

"『htmzt/ioiuo kzttt/aeoui hkrtymn/iaioaii sstm/oieu srhnnk/oeaaia?』"

"엥?"

순간 무슨 말을 했는지 알아듣지 못한 우리를 보고 국왕이 그 눈을 가늘게 떴다. 하지만 우리 옆에서 비슷한 말이 튀어나왔다.

“『srhmh/oeaao u』. 그건 파레리우스 노인의 아들이 남긴 말인가? 아쉽지만 지금은 고대 마법 언어를 말할 수 있는 사람이 우리 세계에도 그다지 없거든.”

박사가 씨익 웃으면서 국왕에게 말을 건넸다. 아아, 고대 마법 언어였구나. 번역 마법을 사용하면 나도 말을 못 하진 않을 거라 생각하지만.

그런 것보다, 박사를 데리고 오길 잘했다.

“그렇군. 고대 마법 언어라. 우리 왕가에서는 ‘옛말’로서 전해지고 있지. 이걸 외우지 못하면 왕가를 잇는 것이 허용되지 않았네.”

호오. 혹시 초대 국왕은 아버지인 파레리우스 노인이 차원문을 완성해 파레리우스섬의 모두를 이쪽 세계로 전이시킬 것이라고 계속 믿었던 건가?

세대가 바뀌어도 언젠가 반드시 온다고……. 그렇게 생각하니 너무 안타까운 마음이 들었다.

아마 그 사람은 결계를 펼친 파레리우스섬 이외의 원래 있던 세계는 프레이즈에게 멸망당해 버렸다고 생각했겠지.

그 자손인 프리물라 국왕이 우리 앞으로 와서 손을 내밀었다. 꽤 거리낌 없는 임금님인 듯하다.

“자네들을 환영하네. 프리물라 왕국의 국왕, 루디오스 프리물라 파레리우스라고 하네.”

“브륀힐드 공국 국왕, 모치즈키 토야입니다. 이쪽은 레지나 바빌론 박사 그리고 저의 약혼자들인 에르제, 야에, 힐다입니다."

내민 국왕 폐하의 손을 잡았다. 그 표정에서 놀라움이 섞인 빛이 보였는데 내 직위 탓인지, 아니면 박사의 직위 탓인지, 아니면 약혼자가 많아서 그런지, 판단은 되지 않았다.

"일단은 이것을 봐 주세요."

그렇게 말하고 나는 스마트폰에서 어떤 영상을 틀어 공중에 투영했다.

"오오……!"

"이건……."

프리물라 왕국의 국왕 폐하, 에르카 기사와 펜릴, 에브리 시종장, 재상, 기사단장, 그리고 호위 기사가 어둑어둑하게 커튼을 친 실내에 떠오른 그 영상을 보고 침을 삼켰다.

그 영상에서는 수정 괴물 및 황금 괴물과 거대한 갑옷 기사의 격렬한 싸움이 펼쳐지고 있었다.

"수정 괴물은 프레이즈, 황금 괴물은 그 변이종입니다. 현재, 저희 세계는 이 녀석들의 습격을 받고 있습니다. 그렇다고는 해도 지금까지는 모두 격퇴했지만요."

실내에 있는 사람들의 얼굴을 돌아보면서 내가 그렇게 말했다. 믿어 줄지 어떨지는 제쳐놓고 일단 사실만을 말해 주자.

"그리고 이 괴물들은 여러분의 세계에도 출현하기 시작하고 있습니다. 언젠가는 1만을 넘는 숫자의 이 녀석들이 이쪽에 출현할 겁니다."

"그건 확실한 정보인가?"

"확실합니다. 실례지만 이쪽 세계에서 녀석들에게 대항할 수 있는 것은 기껏해야 고대(레거시) 기체 고렘뿐일 겁니다."

국왕 폐하에게는 미안하지만 거짓말을 해도 아무런 이득이 없다. 세계가 연결되면, 아무리 발버둥 쳐도 그렇게 되어 버린다.

"그게 사실이라고 치고, 우리에게 자네…… 아니, 이세계의 공왕 폐하는 뭘 바라는 거지?"

"녀석들을 쓰러뜨릴 때 도와주셨으면 합니다. 이 나라뿐만이 아니라, 언젠가 다른 나라들도요. 저쪽 세계에서는 거의 90퍼센트의 나라가 동맹을 맺고, 한마음이 되어 침략자와 싸우고 있습니다. 마찬가지로 이쪽의 나라들도 손을 잡고……."

"우리에게 신제국과도 손을 잡으라는 것인가! 우리에게 침략자란 녀석들을 말하는 거다!"

쾅! 하고 테이블을 두드린 사람은 40대의 수염을 기른 투박한 기사단장. 불타는 듯한 붉은 머리카락이 인상적으로, 딱 봐도 무인이라는 느낌을 풍기는 사람이었다.

"물론 서로 적이니 곧장 사이좋게 지내라고 하는 것은 어려울지도 모르지만요. 적어도 대화가 가능한 상태가 된다면 좋지 않을까 해요."

"대화고 뭐고, 상대가 전혀 이야기에 귀를 기울이지 않는 이상, 어쩔 수가 없지. 그렇다면 그다음은 무력 충돌 외에 뭐가 있을까."

비꼬듯이 굉장히 마른 몸의 재상이 그렇게 말했다. 이 사람은 어딘가 포기한 듯한 인상을 풍겼다. 이런 상황에서는 어쩔 수 없는 일인지도 모르지만.

"그러네요. 이야기에 전혀 귀를 기울이지 않는다면 뺨을 때려 이쪽의 목소리가 들리게 해 주면 됩니다. 알기 쉬운 이야기죠."

"으응? 신제국인가 뭔가를 멸망시킬 생각이야?"

"아니아니, 그럴 리가. 그런 성가신 일을 할 리가 없잖아. 멸망시키면 그 나라를 어떻게 해?"

내 옆에서 히죽거리고 있던 박사의 가벼운 농담을 살짝 받아넘겼다. 그 말을 듣고 재상이 처음에는 오싹한 표정을 지었지만, 곧장 씁쓸하게 웃었다.

"마치 신제국을 이길 수 있다는 듯한 말투군요."

"으~음……. 아마 쓰러뜨릴 수 있을걸요? 나라를 쓰러뜨린다는 것이 뭘 가리키는지는 모르겠지만, 들은 대로라면 그 정도의 나라는 멸망 정도는 쉽게 시킬 수 있어요. 저에게는 그 후의 통치가 훨씬 어렵고 귀찮은 일이에요. 다른 나라를 침략하다니, 뭐가 즐거운지 저는 전혀 모르겠네요."

기가 막힌 표정을 지은 프리물라 사람들에게 나는 그렇게 말했다.

이건 여러 의미에서 진심이었다. 작은 브륀힐드도 고생하고 있는데 그걸 확장하다니…… 생각하고 싶지 않다. 이쪽 세계에서는 임금님으로 추대되지 않게 주의해야겠어!

"그, 그럼 공왕 폐하라면, 현재 침략을 받고 있는 우리 나라를 구할 수 있다고 하는 건가?"

"가능합니다. 단지, 프레임 기어…… 그 갑옷 거인 말인데, 그건 인간을 상대로 전쟁하기 위한 것이 아니라 사용할 수 없지만요."

"그럼 어떻게 신제국군의 침공을 막겠다는 건가?!"

또다시 기사단장이 크게 소리쳤다. 재상과 기사단장, 조금 전부터 이 두 사람의 태도를 보면 한 나라의 왕을 상대로 행동하는 모습이 아니었다. 옆에 앉아 있는 에르제 일행도 잔뜩 곤두서 있었다.

프리물라와의 교섭은 나와 박사에게 맡겨 두었기 때문에 지금은 아무 말 안 하고 있지만, 상대의 태도가 너무 나쁘면 폭발할 수도 있다.

물론 '이세계의 임금님입니다' 라고 말했다고 해서, 그걸 믿을 수는 없다는 그 마음은 이해된다. 아, 국왕 폐하가 기사단장을 보고 부드럽게 주의를 줬어.

그것 봐, 혼났잖아. 신하가 군주의 얼굴에 먹칠하는 행동을 하면 안 되지.

정신을 가다듬고 나는 국왕 폐하에게 질문했다.

"침공하고 있는 신제국군의 총대장은 누구죠?"

"분명히…… 토리하란의 제2 황자였을 거네. 베로아 재상, 그렇지?"

"넷. 제2 황자인 리스틴 라 토리하란입니다."

호오, 제2 황자구나. 마침 딱 좋아.

"그럼 그 제2 황자를 포획하죠. 그 황자를 인질로 삼으면 교섭 테이블에는 나서 주겠죠?"

내 발언을 듣고 박사를 제외한 모두가 입을 반쯤 벌리고 눈썹을 가운데로 모았다. 뭔가요, 그 '무슨 소리 하는 거야, 이 녀석?' 같은 눈은. 분명히 하는 짓은 유괴범과 다를 바 없지만 말이지.

"토야는 전이 마법을 사용할 수 있거든. 적진에 침입해 그 총대장을 데리고 돌아오는 것 정도야 식은 죽 먹기지."

옆에 있던 박사가 싱글싱글 웃으며 설명했다. 뭐, 그렇게 하겠다는 거다.

조금 비겁한 느낌도 들지만 이게 가장 빠른 방법이다. 상대 병사들을 전멸시키는 것도 뒷맛이 나쁘니까. 황자 입장에서는 날벼락이 따로 없겠지만.

"그, 그게 가능하다면 확실히 신제국군은 병사를 물릴 테지만……."

"하지만 미리 말해 두겠습니다. 제2 황자를 붙잡는다고 해도, 이쪽의 요구는 오로지 정전(停戰)뿐이에요. 인질을 구실삼아 영토를 내놓으라든가, 몸값을 요구하지는 말았으면 합니다. 그리고 말할 것도 없지만, 제2 황자의 안전은 지켜 주셔야 합니다."

나는 전쟁을 멈추고 싶은 거지 신제국을 멸망시키고 싶은 것이 아니니까. 어차피 제멋대로 행동하지는 못하게 하겠지만.

"그렇지만 제2 황자를 돌려보내면, 또 신제국군이 침공해 오는 것이 아닐까?"

"물론 제2 황자를 돌려보낼 때 철저히 못을 박아 둘 겁니다. 다음에는 황제를 납치할 거라고 말이지요."

무슨 그런 악당이 다 있냐 생각을 할지도 모르지만, 지금에 와서 체면을 차려 봐야 아무런 도움도 안 된다.

"……공왕 폐하는 참으로 터무니없는 분이시군요."

"죽는 사람이 나오는 것보다는 낫잖아요? 우리 세계에서는 이미 나라끼리 싸우고 그럴 상황이 아니거든요. 미안하지만 이쪽 세계도 가까운 시일 내에 그렇게 될 겁니다. 다른 나라와 손을 잡지 못하는 나라는 멸망할 뿐이에요."

베로아 재상의 말을 듣고 조금 가시가 돋친 말로 대답했다.

어떤 나라든 쉽사리 멸망하게 두지는 않을 거지만 말이지.

나도 만능은 아니다. 구하고 싶어도 무리일 때가 있다.

"그래, 공왕 폐하는 성공 보수로, 우리가 뭔가를 하라고 말할 생각인가?"

"진정되면 우리 나라와 동맹을 맺어 주셨으면 합니다. 이쪽 세계에는 별로 연고가 없어서요. 이세계의 나라와 동맹이라니, 수상하다고 생각하시겠지만요."

"아니, 그 점은 신용하고 있네. 우리 왕가 자체가 애초에 이방인이니 말이야. 그 존재를 의심하지는 않아. 에르카 기사의 보증도 있고 말일세."

흐음. '그 점은' 이란 말이지. 전면적으로 믿는 것은 아닌 듯하지만, 지금은 그 정도도 충분하다. '이세계인' 이라는 것은 믿지만 '이세계의 국왕' 이라는 것은 아직 조금 의심하고 있는 건가?

"지도 표시. 프리물라 왕국과 토리하란 신제국의 전선 지역."

〈알겠습니다.〉

스마트폰의 음성과 동시에 이 나라 주변의 전체 지도가 공중에 투영되더니, 점점 지역이 좁혀져 갔다.

레벤이라. 현재 공격을 받고 있는 곳은 레벤 성채 도시. 신제국군이 세 방향을 둘러싸듯이 압박하고 있었다.

"이건 상당히 위험한 상황입니다……."

"네. 간신히 방어하고 있기는 하지만요……."

화면을 보고 야에와 힐다가 중얼거렸다. 일단 요새이기는 하니 쉽사리 함락되지는 않겠지만, 고대 기체(레거시)에 더해, 군기병(솔다토)인가 하는 군사용 고렘이 투입되었다고 하면 알 수 없겠어.

"검색. 토리하란 신제국 제2 황자."

〈검색 중……. 23건입니다.〉

"많네."

"으~음……."

돌아온 대답을 듣고 무심코 눈썹을 찌푸렸다. 이건 내가 딱 봤을 때, '제2 황자일지도 모른다' 라고 판단하게 될 사람이 그만큼 있다는 거잖아? 여전히 정밀도가 낮은 검색 마법이야.

"제2 황자의 외모적 특징을 알고 있나요? 사진이 있으면 굉장히 도움이 될 것 같은데요."

"사진은 없지만…… 나이는 19세, 금발에 무척 단정한 얼굴이라고 들었네. 그리고 병약하여 피부가 흰 편이라고 하더군. 아마도 제실(帝室)의 문장을 몸에 지니고 있을 걸세."

금발 꽃미남이란 말이지. 태어날 때부터 황자님이라니 부러워……. 조금 뾰로통한 마음으로 토리하란 신제국의 제실 문장을 확인했다.

머리가 두 개인 사자에 교차된 두 자루의 쌍검이라. 그것을 염두에 두고 검색을 해 보니, 딱 한 건으로 좁혀졌다.

아마 이게 토리하란의 제2 황자가 틀림없다.

"그럼 잠깐 갔다 올까."

"나도 따라가도 될까?"

옆에 있던 박사가 갑자기 그런 말을 꺼냈다.

"아, 그럼 나도 갈게."

하고, 이어서 에르제 일행도 손을 들었다.

"어? ……응, 좋아."

확실히 이곳에 모두를 남겨 두고 가는 것은 좀 그렇다. 프리물라의 임금님과 시종장은 그렇다 치고, 다른 사람들은 우리를 아직 의심하고 있는 것 같으니까.

같이 행동하는 편이 안심된다.

"그럼 갈까. 거리와…… 방향은 이렇게 되는구나. 【텔레포트】."

모두를 데리고 나는 단숨에 공간을 전이했다. 그리고 순식간에 토리하란 신제국의 막사에 도착했다.

같은 타입의 【이공간 전이】를 사용하게 된 덕분에, 【텔레포트】로도 어느 정도의 거리라면 완벽하게 전이할 수 있게 되었다. 이제는 옷을 갈아입는 중에 뛰어들거나 하지 않는다.

눈앞에는 갑자기 나타난 우리를 보고 눈을 휘둥그렇게 뜨는 청년이 한 명 있었다. 보아하니 이 사람이 제2 황자인 리스틴인가 보네. 금발이기도 하고. 순정 만화에 나올 법한 가냘픈 황자님이다.

텐트 안에는 그 외에 메이드로 보이는 여성 두 명이 있었다.

"누, 누구냐?!"

"일단 프리물라 국왕의 심부름꾼……이 되려나? 그쪽은 리스틴 황자이지?"

내 대답에 곧장 반응하여 황자는 허리의 검을 빼고 자세를 잡았다.

"침입자다! 맞서 싸워라!"

"앗, 안 되지. 【프리즌】."

성가셔지면 곤란하니 리스틴 황자와 우리 주변에 방어벽을 펼쳤다.

우르르르 텐트 안으로 병사들이 와서 우리를 향해 달려들었지만, 모두 보이지 않는 벽에 막혀 이쪽으로 올 수 없었다.

"으아아앗!"

"앗, 위험합니다."

제2 황자가 검을 뽑아 우리에게 휘둘렀지만, 야에가 간단히 양손으로 칼등을 잡아 뒤튼 뒤에 검을 빼앗았다. 내가 말하는 것도 뭐하지만, 점점 약혼자들도 인간의 한계를 넘어서고 있구나…….

"자, 미안해."

검을 빼앗겨 멍한 표정을 짓고 있는 토리하란의 황자님의 팔을 붙잡고 나는 【패럴라이즈】를 발동시켰다.

팔을 붙잡힌 황자가 흐느적하게 지면에 쓰러지는 모습을 본 노년의 기사가 우리를 향해 거칠게 소리쳤다.

"이 자식들! 리스틴 황자에게 무슨 짓을 할 셈이냐?!"

앗, 역시 황자가 틀림없는 모양이다. 사람을 잘못 보고 납치하면 큰일이니까.

"프리물라 왕국 침략을 중지해 주세요. 그때까지 황자의 신병은 이쪽이 맡고 있겠습니다. 토리하란군이 자국으로 물러가면 황자는 오체가 멀쩡한 상태로 무사히 돌려 드리겠다고 약속합니다."

텐트에 들어와 있던 기사들에게 나는 이쪽의 요구를 제시했다. 이를 갈면서 이쪽을 노려보는 기사들의 시선이 따가웠지만, 제발 그러지 말았으면. 무리인가?

"마치 악당 같은 대사네."

"어떤 의미에서 보면 토야 님답다고도 할 수 있습니다만……."

"기사도 정신과는 거리가 먼 행동이지만…… 이것도 전쟁 회피를 위해서예요. 눈을 감겠습니다."

"저기요……."

별로 난 하고 싶어서 하는 게 아니거든? 정말이야.

나를 히죽거리며 보고 있던 박사가 쓰러진 황자의 얼굴을 들여다보았다. 【패럴라이즈】는 신체의 자유는 빼앗지만, 의식은 확실히 남아 있을 테니 우리 말도 다 들렸을 테고 아마 박사도 보일 것이다.

"……어라? 호오…… 흐음흐음, ……그렇구나…… 꽤 재미있는걸?"

쓰러진 황자를 찰딱찰딱 만지면서 박사가 뭐라고 중얼거렸다. 성추행 같은 행동을 할 것 같아서 나는 일단 둘을 떼어 놓았다. 다른 일로 문제를 일으키면 곤란하거든~?

"토야. 일단 황자를 돌봐 주는 역할도 필요하니, 저쪽의 메이드들도 데리고 가는 편이 좋겠어. 프리물라 측에 모든 것을 맡겨 둘 수는 없잖아?"

음. 그것도 그런가.

"거기 있는 두 분은 이쪽으로 와 주실 수 있을까요? 황자의 신변 관련으로 돌봐 주시길 부탁드리고 싶은데요."

내 요청을 듣고 메이드 두 사람이 이쪽으로 왔다. 메이드들이 【프리즌】 안으로 들어오도록 설정을 변경해 침입을 허가하자, 갑자기 메이드 두 사람이 어느새 단검을 손에 들고 이쪽을 습격했다.

하지만 그것도 예상 범위 내. 당황하지 않고 대처해 황자와 마찬가지로 【패럴라이즈】로 움직이지 못하게 만들었다. 이런 진영 안에 있다는 점을 생각해 보면, 평범한 메이드가 아닐 거란 것 정도는 이미 예측하고 있었어.

"그럼 황자의 신병은 받아가겠습니다. 군이 물러가면 반드시 무사히 돌려 드리죠."

"정말이겠지……?"

"물론입니다. 프리물라 왕국 사람 중 그 누구도 손가락 하나 대지 못하게 하겠습니다."

우리를 둘러싼 기사들 중에서도 한층 더 나를 강하게 노려보는 노년의 기사를 보고 나는 그렇게 대답했다. 황자의 교육 담당인가?

일단 용건은 끝났다.

나는 다시 【텔레포트】를 사용해, 【프리즌】까지 통째로, 조금 전에 있던 프리물라 왕국의 회의실로 전이했다.

갑자기 나타난 우리를 보고 프리물라 사람들이 술렁였다. 원인은 내가 아니라, 쓰러져 있는 상태로 같이 전이해 온 세 명 탓인가?

“고, 공왕 폐하…… 그곳에 있는 자가…….”

“네. 토리하란 신제국의 제2 황자입니다.”

프리물라 국왕에게 설명하면서, 조금 전에 주워 온 황자의 검을 건네주었다. 검의 손잡이에는 황실의 문장이 새겨져 있으니, 이제 가짜가 아니라고 확신할 수 있겠지.

메이드들은 박사에게 부탁했다. 성희롱하지 말라고 못을 박아 두었는데도 불구하고 가슴을 주무르기 시작해서 꿀밤을 때려 주었다.

“들리나요? 이곳은 프리물라 왕국의 왕성입니다. 지금부터 자유롭게 해 드릴 텐데, 날뛰시면 안 됩니다? 프리물라 왕국 사람들에게도 절대 손을 대지 못하게 하겠습니다.”

제2 황자에게 그렇게 말하자, 살짝 고개를 끄덕였다. 아무래도 이해해 준 모양이었다. 나는 황자에게 【리커버리】를 걸어 마비 상태를 풀었다.

몸이 자유로워졌다는 사실을 깨닫고 황자가 일어섰다. 그때가 되어서야 나는 비로소 의외로 키가 작다는 사실을 깨달았다.

"……너는 프리물라 왕국 사람이 아닌 건가?"

황자는 아직 험악한 눈초리로 나를 노려보았다. 어쩌면 당연한 건가. 유괴범이니까.

"저는 프리물라 왕국 사람이 아닙니다. 이번 전쟁을 막고 싶었을 뿐인 사람이에요. 그러니 프리물라가 황자를 해치는 일은 제가 용서하지 않습니다."

"……전쟁을 막고 싶었던 것은 나도 마찬가지다. 이렇게 해서 전쟁이 중지된다면 기쁘게 포로로서 치욕을 받지."

어라라? 의외로 말이 통하는 황자님이잖아. 조금 놀라고 있는데 박사가 내 코트의 옷자락을 쭉쭉 당겼다. 뭐지?

작은 목소리로 박사가 나에게 어떤 사실을 알려 주었다. 어엇?! 그게 뭐야?!

눈앞의 황자를 응시했다. 아니, 확실히 그런 말을 들으니 그런 것 같기도……. 그런데, 대체 왜 그렇게 된 거야?!

"토야, 왜 그래?"

"아니……."

에르제 일행에게도 박사가 알려 준 내용을 작은 목소리로 말해 주었다. 세 사람 모두 눈을 휘둥그렇게 뜨고 깜짝 놀랐다. 당연하지!

"구, 국왕 폐하. 아무튼, 황자의 방을 준비해 주실 수 있을까요? 제, 제가 상황을 설명할 테니까요!"

"음? 아, 그래. 알았네."

건네받은 황자의 검을 바라보고 있던 프리물라 국왕이 부하 기사에게 방으로 안내하라고 명령했다.

황자와 메이드들에게는 아직 【프리즌】이 걸려 있어서 아무도 건드릴 수 없었다. 그걸 알았기 때문인지, 세 사람 모두 기사의 안내를 순순히 따랐다.

그 뒤를 따라 우리도 퇴실했다. 이제부터는 이 나라 사람들만 모여서 회의를 하는 편이 좋다. ……라는 둥, 뭐라는 둥 그럴듯한 소릴 했지만, 이제부터 어쩌면 좋나 하고 나는 고민에 빠졌다.

황자에게 할당된 방으로 들어가 나는 실내 전체에 【프리즌】을 펼친 다음, 음성을 차단했다. 누가 들으면 곤란할지도 모르니까.

"다시 자기소개하겠습니다. 저는 브륀힐드…… 아, 지금은 그렇게까지 말 안 해도 되나? 모치즈키 토야. 어~ 마법사라고 생각하시면 됩니다. 그리고 이쪽이 에르제, 야에, 힐다, 그리고 바빌론 박사입니다."

"마법사……! 오호라, 조금 전의 묘한 현상도 그래서였던 건가. 이해했다."

"네. 아무튼 그 힘 덕에 이 방에는 아무도 들어올 수 없고, 이야기가 새어 나갈 염려도 없습니다. 그래서 묻는 건데. 혹시 저어, 황자님이 아니라…… 황녀님?"

눈 앞에 펼쳐진 숨을 삼키는 그 얼굴을 보고 모든 것을 알아챘다. 박사의 말대로구나……. 와~ 뭐야 이거~.

◇ ◇ ◇

"……어떻게 알았지?"

"아니, 이 박사가……."

"손의 형태나 골격, 걷는 모습을 보고도 여성이라는 것을 알 수 있지. 살짝 만져 보니, 살집도 부드러웠어. 여성 특유의 페로몬도 느껴지고 말이야."

의기양양한 얼굴로 박사가 말했지만, 보통은 그래도 몰라. 변태인가? 변태였어.

박사의 말을 듣고 생각에 잠겨 있던 힐다가 말했다.

"기다려 주세요. 혹시 당신은 제2 황자의 대역인가요?"

"아니. 틀림없이 내가 제2 황자인 리스틴 라 토리하란이다. 본명은 리스티스 레 토리하란이지만."

그렇다면 나라 밖으로는 남성이라고 거짓 정보를 알린 건가? 왜 또 그런 짓을 한 거지?

메이드 두 사람은 처음부터 알고 있었던 듯했다. 당연한가.

외부에 새어나가지 않도록 일상생활을 도와줄 사람이 필요할 테니까. 아, 그래서 박사는 이 두 사람을 데리고 가자고 말했던 건가?

“내가 여자라는 사실은 아버지(황제 폐하)와 어머니(황후 폐하) 그리고 오라버니(황태자), 내 교육 담당인 제로릭 경(卿), 그의 아내이자 궁사 의사인 마르 그리고 메이드인 라라와 루루밖에 모른다.”

교육 담당? 혹시 그 나를 노려봤던 노년의 기사가 제로릭 경인 건가?

확인해 보니 역시 그렇다고 한다. 일단 제2 황자가 총대장인 건 사실이지만, 실질적인 지휘권은 제로릭 경이 쥐고 있다는 모양이었다.

“……이게 어떻게 된 거지?”

모두와 얼굴을 마주 보고 대화를 나눴다. 황자를 납치했다고 생각했는데 황녀였다. 프리물라 측에 뭐라고 이야기하면 좋지?

“별로 문제없지 않아? 황자든 황녀든 황제의 자녀라는 점에는 변함없잖아. 전쟁을 막기 위한 인질로 사용할 거지?”

“글쎄, 과연 그럴까.”

에르제의 말을 듣고 리스틴, 아니 리스티스 황녀 본인이 끼어들었다. 과연 그럴까, 라니 무슨 소리지?

“아버지야 어쨌든, 원로원은 어떻게 나올지 몰라. 그 녀석들은 황족 따위야 얼마든지 갈아치울 수 있는 장기 말로 생각하고 있으니까.”

그게 뭐야. 괴뢰 국가라고는 들었지만, 그렇게 심해?

“그렇다면…….”

“최악의 경우, 나는 그냥 죽은 것으로 처리되고, 신제국의 침공은 계속될 수도 있어. 아무리 원로원이라도 그렇게까지 할 거라고는 생각하지 않지만, 불가능하지도 않지.”

나는 머리를 쥐어 쌌다. 이건 역시 예상외였다.

‘제2 황자를 추모하기 위한 전쟁이다!’, ‘제2 황자를 죽인 프리물라를 용서하지 마라!’ 라고 목소리를 높일 수도 있어, 이런…….

“으으음……. 그렇다면 리스티스 님을 납치해도 의미가 없다는 말입니까?”

“안타깝지만 그럴 가능성이 커. 아니, 오히려 악화할지도 몰라. 아마 전쟁은 멈추지 않을 거야.”

아~ 정말. 뭐야 그게. 이래선 프리물라 왕국 쪽에도 무슨 말을 들을지 모르잖아. ‘도움이 안 되는군’ 이란 딱지가 붙을 거야.

곤란한 나를 보고 재미있다는 듯이, 박사가 옆에서 히죽거리며 웃었다.

“토야, 어떻게 할 거지? 역시 신제국군을 전멸시킬 건가?”

“그러니까, 그런 짓은 안 할 거야. 참 나, 양쪽 모두 사망자가 안 나오게 이런 수를 사용한 건데…….”

“……오직 그것만을 위해서 날 납치한 건가? 너는 진심으로

이 전쟁을 멈추게 할 작정이었다는 거야?"

머리를 쥐어 싸고 있던 나를 보고 제2 황녀…… 아니, 제1 황녀? 가 말을 걸었다.

"멈추게 할 작정이 아니라, 멈추게 할 겁니다. 확실히 난폭하고, 당신에게는 더할 나위 없는 민폐일지는 모르지만 이게 가장 간단할 거라고 생각했어요. 전쟁이라니, 바보 같다고 생각하지 않나요?"

"아버지도 그렇게 말씀하셨지……. 하지만 원로원의 바보들이 주장을 밀고 나가, 프리물라와 전쟁을 하게 되었지. 황제라고는 해도 원로원을 무시할 수 없다. 신제국의 황제란 종이호랑이에 불과해."

마치 자기 이야기처럼 리스티스가 자조적으로 말했다. 흐음, 황제 쪽은 꽤 멀쩡한 편인 것 같네.

그런데 신제국의 원로원은 그렇게 힘이 강한가? 내가 아는 고대 로마 등의 원로원과는 꽤 다른 것 같다. 이세계어 번역의 문제인 건지, 이쪽에서는 그게 맞는 건지는 모르겠지만, 변변치 못한 녀석들의 모임이라는 것은 알겠다.

신제국의 원로원은 원로원 의장을 수장으로 둔 기관으로 총원은 약 50명. 귀족에서 선출된 의원으로 이루어지며 종신제, 그것도 세습이 허용된다.

처음에는 황제의 조언 기관으로 기능했지만, 어느새 황제마저 능가하는 권력을 지니게 되었고 지금은 신제국의 실권을 완전히 장악하고 있다는 모양이다.

제국의 백성을 업신여기며 상당히 제멋대로 나라를 운영하는 듯했다. 그것을 수정하려는 사람이 나타나면, 온갖 수단을 써 짓밟아 놓는다고 한다.

"그 우두머리에 해당하는 자가 원로원 의장인 모록 라피토스야. 70을 넘은 할아버지지만, 모두 그 녀석이 두려운 나머지 원로원을 거역하지 못하지."

"황제도 말인가요?"

"표면상 원로원은 황제의 조언 기관이지. 그걸 무시하고 황제가 무언가 일을 추천할 수는 없어. 원로원 의장에 대한 처벌이나 개정을 과연 그 원로원이 인정할 거라 생각해?"

그야 인정하지 않겠지. 그런 권력을 차지하고 있는 기관이 내부인에게 관대한 것은 흔한 이야기다. 이번 전쟁도 그렇게 황제의 의사를 무시하고 시작된 거겠지.

"하지만…… 왜 황자라고 속인 거죠?"

"내가 황녀로서 자랐다면 지금쯤 원로원의 영감들의 아들, 또는 손자와 억지로 결혼을 했을 테지. 생각만 해도 소름이 끼치는군. 처음에는 사산이라고 거짓말을 해서 제로릭 경 밑에서 자라는 것이 어떠냐는 이야기도 나왔다는 듯하지만, 어머니가 역시 곁에 두고 싶다고 하셔서 이렇게 된 거야."

왕가, 황가의 혈통을 끌어들여 권력을 강화하는 것은 어느 시대, 어느 세계에서도 공통된 사항인 모양이었다.

듣자 하니, 황녀의 오빠인 황태자는 이미 그런 절차를 끝마쳐서 황태자의 약혼자는 원로원 의장의 딸이라고 한다.

황태자는 의장의 딸과의 결혼을 무척 싫어한다는 모양이다. 상대는 상당한 연상인 데다, 그것도 모자라 성격이 상당히 비뚤어져 있다고 한다. 그런 신부라니, 최악이야…….

내 약혼자들은 모두 다정해서 다행이야. 가끔 무서울 때도 있지만…….

"왜?"

"아니, 아무것도 아냐."

에르제의 말을 듣고 나는 무표정하게 대답했다. 그러니까 왜 그렇게 감이 날카로운 거야?

아무튼, 토리하란의 황제와 황비가 황녀를 제2 황자로 키운 것도 이해가 갔다. 귀여운 딸을 지키기 위한 고육책이었던 거겠지.

황태자는 후계자 압박이 있어 결혼을 거절하기는 어렵지만, 제2 황자라면 그다지 곤란할 일이 없다. 물론 황태자는 어떻게 돼도 좋다거나 그런 것은 아니겠지만, 원로원 입장에서는 아무래도 좋겠지.

그것도 그럴 것이, 황태자에게 자신의 딸을 억지로 떠밀어 결혼시킬 정도다. 최종적으로는 황위 찬탈을 생각했던 것 아닐까? 그렇다면 제2 황자의 혈통은 끊겨 버리는 것이 오히려 좋은 일이니까.

어느 쪽이든 간에 원로원은 변변치 못한 곳이다. 이야기를 들어 보니, 이 전쟁도 그 녀석들이 억지로 획책한 일이라잖아. 그런데 자신들은 물론 그 일족도 전쟁에는 참가하지 않았다.

"그 원로원 의장 영감을 어떻게든 하면 황제가 권력을 되찾고, 전쟁을 멈출 수 있는 건가……?"

"그, 그래! 원로원 의장인 모록이 실각하면 남은 원로원 의원들은 오합지졸이니, 황제 폐하가 곧장 군을 철수시킬 거다! 프리물라와의 전쟁을 회피할 수 있어!"

조용히 중얼거린 내 발언에 반응해, 힘차게 역설하는 레스티스. 아니, 마음은 알지만 너무 노골적인데. 속셈을 숨기고 행동할 타입은 아니라고 생각하긴 했지만, 참 알기 쉬운 사람이다.

그렇지만 이럴 때는 하자는 대로 하는 편이 좋으려나? 프리물라 왕국뿐만이 아니라 토리하란 신제국에도 연줄을 만들 수 있으니까.

나는 타산적으로 그렇게 생각했다.

"거래를 하죠. 저는 그 원로원 의원인가 하는 사람을 어떻게든 할 테니, 이 전쟁을 그만두도록 황제 폐하에게 진언해 줘요. 부탁할 수 있을까요?"

리스티스의 눈을 똑바로 보면서 나는 머리에 떠오른 제안을 말해 주었다.

그 말을 듣고 꿀꺽 침을 삼키면서도 황녀는 선명한 목소리로 나에게 말했다.

“……정말로 어떻게든 할 수 있다면, 목숨을 걸고 이 전쟁을 막아 보이지. 마법사인 자네에게 부탁하네. 신제국을, 아니, 신제국과 프리물라를 구해 줘.”

에르제 일행에게 시선을 돌려 보니, 모두도 작게 고개를 끄덕여 주었다.

좋아. 그렇다면 협력해 줄 사람이 필요하겠지? 프리물라 왕국의 체면을 생각하면 리스티스를 이곳에서 데리고 나갈 수는 없으니까. 교육 담당이라고 하는 그 늙은 기사에게 도와 달라고 할까? 제로릭 경이라고 했었지?

지도를 확인해 보니, 아무래도 아직 그 막사에 있는 듯했다. 얼른 가서 얼른 납치해 올까.

……납치도 이젠 자연스러워졌어. 생각이 범죄자처럼 되어 버리다니. 익숙해진다는 것은 무서운 일이구나. 칭찬받을 일은 아니지만.

곧장 돌아올 예정이어서 이번에는 나만 갔다 오기로 했다.

“【텔레포트】.”

신제국의 막사로 다시 전이하자 조금 전과 마찬가지로 몇 명의 기사와 목표인 제로릭 경이 있었다.

탁자를 둘러싸고 무언가 회의를 하는 중인 듯했다. 납치당한 황자에 대해 이야기하고 있는 거려나?

“아니?!”

“이, 이 자식, 아까 그?!”

눈을 번쩍 뜨며 놀라는 기사들의 사이를 뚫고 나는 순식간에 제로릭 경의 등 뒤로 돌아갔다. 브륀힐드의 총구를 등에 겨누자 제로릭 경은 사벨의 손잡이에서 손을 떼고 천천히 양손을 들어 올렸다.

"조금 상황이 변했으니, 이 사람도 데리고 가겠습니다. 제2황자와 함께 나중에 꼭 돌려 드릴 테니 걱정 마시길. 그럼 실례."

할 말만 하고 나는 제로릭 경과 함께 다시 리스티스 일행이 있는 프리뮬라 왕성의 방으로 귀환했다. 여기까지의 소요 시간은 1분이 채 안 됐다.

"할아범!"

"오오, 전하!"

재회한 주종인 두 사람의 감동도 느낄 새 없이 제로릭 경에게 상황을 설명해 달라고 리스티스에게 요청했다. 어서 오해를 풀지 않으면 손에 쥔 사벨로 푸욱 찔릴지도 모르니까.

신묘한 얼굴로 리스티스의 설명을 듣던 제로릭 경이었지만, 이야기를 모두 다 듣자 팔짱을 끼고 깊은 생각에 잠겼다.

이윽고 눈을 뜨더니 제로릭 경은 나에게 날카로운 시선을 던졌다.

"토야라고 했던가? 자네가 마법사라는 것은 알겠다. 이 정도의 일을 해낼 정도이니, 믿지 않을 수도 없지. 하지만 어떻게 원로원 의장을 신제국에서 제거하겠다는 거지? 죽일 건가?"

"그럴 리가요. 그 녀석이 악당이라고는 해도 죽일 생각은 없어요. 심판한다고 하더라도 그건 제 역할이 아니니까요."

"그럼 어떻게 할 건가?"

"글쎄요. 어딘가 멀리, 배도 지나지 않는 무인도에 일족을 모두 (강제적으로) 바캉스를 보낸다든가, 코에 손가락을 꼽지 않으면 말을 할 수 없는 괴질에 걸리게 한다든가?"

아, 박사 이외의 모두가 오싹한 표정을 짓고 있다. 일단 노인인 모양이니, 이래 봬도 신경을 써 준 편인데.

'생명 흡수', '질병 발병', '공포 부여', '정신 착란', 그런 계통이라면 고대 어둠 속성 마법으로 가능하니까. 생명을 빼앗지 않고 상대를 무력화하는 거라면 그 정도로 충분하다고 생각한다. 최면 마법 【히프노시스】로 기억을 개조하는 것도 방법이지만, 역시 그건 너무한 건가?

음, 토리하란 황제에게 어떻게 하면 좋을지 의견을 구해 보는 것도 괜찮을 것 같다.

그런 악당은 집안 수색만 해도 범죄의 증거가 속속들이 드러날 테니까. 아무튼 일단은 포박을 먼저 해야 한다.

"하지만 방심은 금물이다. 녀석은 원로원 의장답게 경호가 삼엄해. 항상 호위 기사는 물론 여러 대의 고렘이 지키고 있지. 거기에 더해 요즘엔 신기한 술수를 사용하는 뛰어난 실력의 호위 기사가 붙어 있다고 들었다."

신기한 술수를 쓰는 호위? 나랑 마찬가지로 마법사인 걸까? 아니면 츠바키 씨 같은 인술을 쓰는 사람이라든가?

아무튼 만만하지 않은 상대라는 말을 하고 싶은 거겠지. 하지만 【프리즌】에 가두어 버리면 꼼짝달싹도 못 한다.

"그쪽은 소인들에게 맡겨 주십시오."

"고렘이라면 부숴 버려도 되는 거지?"

"실력을 보여 주고 싶어요!"

정말 마음 든든한 말이다. 하지만 너무 심하게는 하지 않겠지? 이제 세 사람 모두 드래곤 정도라면 일격에 쓰러뜨릴 수 있는 수준에 다다랐으니까…….

"일단, 그 호위들은 저희한테 맡기시고, 제로릭 경에게는 황제 폐하에게 설명해 주시길 부탁드리고 싶은데요."

"……나에게 나라를 배신하라는 말인가?"

"절대로 하지 않겠다고 하시면 강요는 하지 않겠습니다. 그럴 경우 전부 저희의 판단에 따르게 되더라도, 나중에 불평하시면 안 됩니다?"

나중에 가서 그렇게 했으면 더 좋았을 거다, 이렇게 했으면 더 좋았을 거다, 같은 말을 해도 난 모릅니다? 최악의 경우 방해하길래 냅다 때렸는데 그 사람이 제로릭 경의 아들이었을 가능성도 충분히 있다.

"할아범, 이 사람들에게 힘을 빌려줬으면 해. 어차피 더는 원로원 녀석들을 내버려 둘 수는 없잖아? 이 사람의 마법이라면 혹시……."

"……전하께서 그렇게 말씀하신다면 그러겠습니다. 프리

물라와의 전쟁을 막기 위해서도, 이 노인의 생명을 걸고 가능한 일은 모두 다 하겠습니다."

제로릭 경이 리스티스에게 무릎을 꿇고 고개를 숙였다.

아니아니아니, 생명을 걸 필요 없어요.

일단 제로릭 경에게 【리콜】로 원로원 의장인가 하는 사람에 관한 기억을 살펴보고, 지도로 검색했다.

여기 있네. 토리하란 신제국의 제도, 원로원의 의사당에 계시는군요.

이 거리라면 【텔레포트】로 갈 수 있다. 거리로 따지면 브륀힐드에서 벨파스트 왕도 정도이니 엇나가지는 않을 거다.

"일단 호위인 고렘이나 기사들을 전투가 불가능하게 만들고, 그다음 모록 의장인가 하는 사람을 붙잡겠습니다. 그리고 그 녀석을 데리고 황제 폐하에게 가서 판단을 내려 달라고 할 건데…… 괜찮을까요?"

"문제없네. 그 말대로 된다면 말이야."

엇차, 아직 의심하고 계시네? 음, 어쩔 수 없나. 전투 능력은 아직 안 보여 줬으니까.

지도 표시를 보니 모록 의장은 이동 중인 듯했다. 방에서 전투하기보다는 넓은 장소로 이동하길 기다리는 편이 좋으려나?

이 의사당 중앙에 있는 넓은 홀로 나오면 전이해서 습격하자.

……습격한다니……. 마치 산적 같다는 생각이 들어 조금 마음이 무거워졌다. 후우…….

호위는 고렘이 다섯 대, 기사가 다섯 명인가. 확실히 엄중한 경비인 듯하다.

“전이하면 제로릭 경은 뒤로 물러나 주세요. 자칫 잘못 손을 대면 일이 성가셔지니까요.”

“……본의는 아니지만, 따르지.”

고개를 끄덕이는 제로릭 경과 홀에 들어오기 직전인 모록 의장을 확인하고, 나는 【텔레포트】를 발동했다.

순식간에 우리는 모록 의장의 정면으로 전이했고, 제로릭 경은 지시대로 후퇴하여 홀에 있는 기둥 그림자에 숨었다.

우리를 본 기사 중 한 명이 큰 소리로 외쳤다.

“아니?! 침입자다! 의장님을 지켜라!”

곧장 고렘 다섯 대 중 두 대가 의장 앞으로 뛰쳐나와 우리 정면에 섰다.

균형이 잡힌 밸런스 좋은 체격의 고렘으로 바이저 같은 것이 내려와 있었다. 팔에는 무언가 화기 같은 것이 장비되어 있는데, 이게 ‘군기병(솔다토)’ 인가?

후방에 있는 한 대만큼은 뿔이 나 있어, 다른 네 대와는 다르게 보였다. 저게 군기병의 사령탑인 ‘군기조(서전트)’ 겠지.

“쏴라!”

기사의 명령을 받고 머신건 정도는 아니지만, 나름대로 연사 속도를 지닌 탄환이 고렘의 팔에서 발사되었다.

“소용없어!”

에르제가 장비한 건틀릿으로 모든 탄환을 튕겨 냈다. 내가 이런 말 하긴 뭐하지만, 정말 터무니없을 정도야…….

그대로 순식간에 고렘과의 거리를 좁힌 에르제가 번개처럼 돌려차기를 날리자, 금속 덩어리인 장갑이 찌부러지는 것과 동시에 고렘은 멀리 날아가 버렸다.

"그럼 소인들도."

"네!"

야에와 힐다는 앞으로 나온 호위 기사 두 명을 향해 빠르게 다가가 눈에도 보이지 않을 정도의 연속 공격을 날렸다. 그 일순간에 상대의 갑옷만이 너덜너덜해질 만큼 잘려, 기사가 정신을 잃고 그 자리에서 쓰러졌다.

두 사람의 외날검과 양날검은 특수한 정재제라 마력을 흘리는 것으로 벨 것인가 베지 않을 것인가를 임의로 선택할 수 있다. 그렇기는 해도, 갑옷만을 베는 기술은 놀라울 뿐이다. 나한테는 조금 무리다.

앗, 보고만 있지 말고 나도 할 일을 해야지.

"【벼락이여 오너라, 백련(白蓮)의 뇌창(雷槍), 선더 스피어】."

남은 고렘 중, 뿔이 달린 군기조(서전트) 한 대를 노리고 나는 벼락 마법을 날렸다.

일격에 기능이 정지되어 그 자리에 군기조(서전트)가 쓰러지자 다른 네 대도 마찬가지로 더는 움직이지 않았다. 오호라, 에르카 기사의 말대로다. 이게 군기병(솔다토)의 장점이자 단점이기도 한 건가.

“아~! 내가 해치우고 싶었는데~!”

“앗, 미안.”

먹잇감을 빼앗겨서 삐친 에르제. 아니, 군기조(서전트)의 기능을 확인하고 싶었을 뿐이야.

“큭! 에에잇, 바이스! 녀석을 제압해라!”

“……알았다.”

후방에 있던 의장이 외치자 내 눈앞을 기사 한 명이 나타나 가로막았다. 투구를 눈 아래로 깊숙이 눌러쓰고 있어 표정은 보이지 않았지만, 움직임에는 낭비가 없었다. 이 녀석, 상당한 실력자야. 이 녀석이 소문의 솜씨가 뛰어난 호위 기사인가?

갑자기 시야에서 그 녀석이 순간적으로 사라졌다. 아니?!

등 뒤에서 느껴지는 기척에 나는 순간적으로 몸을 굽혔다. 웅크린 머리 위로 아슬아슬하게 호위 기사의 검이 통과해 빠져나갔다. 어느새 등 뒤로?!

나는 일어선 뒤 브륀힐드를 블레이드 모드로 바꿔 기사가 날린 검 공격을 받아넘겼다. 이봐이봐, 야에 수준의 실력이잖아.

설마 이 정도의 실력일 줄이야……. 솔직히 놀랐다. 하지만 봐주진 않는다.

“【슬립】!”

“!”

나는 전도(轉倒) 마법으로 기사의 발을 미끄러지게 하고 스턴 모드로 만든 브륀힐드로 공격했다. 미안하네, 잠시 움직이지 말고 있어 줘.

하지만 그 녀석은 쓰러지면서도 몸을 비틀어 아슬아슬하게 검을 피했다. 브륀힐드의 칼끝은 투구에만 적중해, 그것을 멀리 날려 버렸다.

반격이라는 듯이, 녀석의 다리가 공중에서 반쯤 회전해 내 머리를 향해 날아왔다. 나도 그것을 아슬아슬하게 피하고 백스텝으로 거리를 벌렸다. 엄청난 신체 능력이야. 역시 【프리즌】을 사용할 수밖에 없는, 것, 같아…….

"어이어이……. 왜 네가 이런 곳에 있는 거야……?"

일어서서 검을 겨누고 나를 노려보는 그 남자. 투구가 날아가 처음으로 확실히 보게 된 그 얼굴은, 내가 잘 아는 녀석의 얼굴이었다.

항상 자유롭고 종잡을 수 없는 표정은 사라지고, 분위기는 확 변해 있었지만 내가 그 녀석을 잘못 볼 리가 없다.

"엔데……."

내가 그렇게 불렀지만 그 남자는 전혀 반응을 보이지 않았다. 대체 어떻게 된 거야, 이거…….

나는 도와주려고 하는 에르제 일행을 손으로 제지했다.

"이봐, 엔데! 이런 데서 뭐 하는 거야?!"

"……넌 누구지?"

눈썹을 찌푸리며 엔데가 나를 향해 여전히 적대감을 드러냈다. 이 녀석, 무슨 소릴 하는 거야? 장난치는 건가?

"토야야! 모치즈키 토야!"

"모른다."

위험해?! 이 녀석, 주저하지 않고 나를 베려고 했어!

엔데가 아닌 건가? ……아니, 틀림없이 그 녀석이야. 살짝 한번 떠볼까?

"……야, 메르가 어떻게 됐는지 가르쳐 줄까?"

"메르……?"

움찔, 하고 엔데가 반응을 하며 움직임을 멈췄다. 무언가를 떠올리려고 하듯이 시선이 마구 움직였다. 이 녀석…… 나는 잊어버렸으면서 프레이즈의 '왕' 인 메르는 무의식중에 기억하고 있는 모양이다. 기억상실…… 또는 세뇌인가?

"뭐 하는 거냐! 그 녀석은 적이다! 죽여라!"

원로원 의장이 외치자 엔데는 고개를 젓고 다시 칼을 휘둘렀다. 젠장, 성가셔! 이젠 몰라. 잠깐 얌전하게 있어 줘야겠어.

"【프리즌】."

"?!"

엔데가 청백색의 반투명한 정육면체에 갇혔다. 3세제곱미터인 그 결계에 가로막혀 그대로 돌진한 엔데가 바닥에 쓰러졌다.

검을 휘두르고 발로 마구 찼지만 【프리즌】은 꿈쩍도 하지 않았다.

그래 봐야 소용없어. 한 번 그 안에 갇히면 신의 힘이 아닌 이상에야 탈출도 파괴도 불가능하다.

맨 처음에 전개한 크기에 따라 강도가 결정되는 특성만 아니라면, 상급종도 가둘 수 있을 텐데.

자, 엔데 쪽은 나중에 생각하기로 하고, 저 할아버지에게는 물어볼 일이 잔뜩 있다.

"이 녀석!"

"죽어라!"

남은 호위기사 두 명이 공격했다. 상당한 실력자인 듯하지만, 엔데보다는 뒤떨어지는 느낌이다. 하지만 내가 뭔가를 하기 전에 끼어든 야에와 힐다의 검 공격을 받고 허무하게 쓰러지고 말았다. 나무아미.

"이 자식……! 내가 누구인지 아는가?! 원로원을 이끄는 의장, 모록 라피토스다! 물렀거라!"

"몰라. 권력에 매달리는 해로운 노인이라는 건 알지만."

이마에 파란 핏대를 세우고 소리치는 할아버지를 향해 나는 생각한 그대로 말을 했다. 70을 넘었으면 이젠 은거할 때도 됐잖아.

흰색이 섞인 머리카락과 수염을 기른 의장은 시크하긴 하지만 군데군데 화려한 금색 자수가 놓인 로브를 두르고, 손에는 왕홀(王笏)처럼 보이는 지팡이를 들고 있었다. 체격은 마른 편이지만 키가 컸고, 매부리코가 특징적인 얼굴에는 오만한 눈과 주름이 있었다.

"음, 당신 같은 사람이야 아무래도 좋아. 그런 것보다 저 녀석에게 무슨 짓을 한 거지?"

"저 녀석? 아, 오호라……. 네놈은 저 남자를 아는 건가?"

씨익, 하고 웃음을 짓더니 원로원의 의장은 지팡이를 들고 자세를 잡았다.

"저 남자는 말이다, 성 아래에서 다 죽어 가던 것을 내 부하가 주워 왔다. 녀석은 본 적 없는 신비한 도구를 많이 가지고 있더군……. 그래서 대체 어디서 입수했는지 물어보려고 했는데 기억을 잃은 상태였지. 그래서 내가 '바이스' 라는 이름을 주고, 나를 따르도록 특별히 교육해 줬다."

다 죽어 간 것도 모자라 기억상실~? 사쿠라랑 똑같네……. 아니, 거기에 더해 이상한 각인까지 생겼으니, 더 질이 나쁜 건가. 하지만 그거라면 【리콜】로 어떻게든 될지도 모른다.

그런 것보다…… 다 죽어 갔다니, 어떻게 된 거지? 엔데는 상당히 강한데. 저 녀석, 누구한테 당한 건가?

"그 녀석이 가지고 있던 물건 중에는 이렇게 멋진 것도 있었지. 최강의 고렘 말이다!"

원로원 의장이 품에서 꺼낸 것은 프레파라트 같은 유리 파편. 저건 분명히…….

쨍그랑! 하고 의장이 유리 파편을 손가락에 힘을 주어 두 동강을 냈다.

순간, 눈 부신 빛이 주변에 넘쳐나더니 큰 홀의 천장을 뚫고 거대한 갑옷 기사가 출현했다.

흰색과 검은색의 투톤 컬러에 가느다랗고 샤프한 실루엣. 그리고 가장 큰 특징인 양쪽 발뒤꿈치의 바퀴.

그곳에 서 있는 것은 용기사(드라군). 내가 엔데에게 준 프레임 기어였다.

어이어이…… 저 바보는 뭘 빼앗은 거야.

"하하하! 차마 말도 안 나오나 보군! 네놈도 여기까지다!"

웅크린 용기사(드라군)에 원로원 의장은 70대의 노인이라고는 생각하기 힘든 가벼운 몸놀림으로 콕핏에 올라탔다. 힘이 넘치네…….

프레임 기어는 초보도 그럭저럭 움직일 수 있도록 개량해 두었다. 오락실의 게임기나 텔레비전 게임의 컨트롤러급으로 단순하다. 동작의 보조는 직접해 주기도 하고 말이다.

하지만…….

〈나에게 거역한 어리석은 녀석! 짓밟아 주마! 와하하하하!〉

외부 스피커에서 우쭐해진 영감님의 '떠드는 소리'가 들렸지만 나는 무시하고 손에 든 스마트폰을 조작했다. 토옥, 하고.

〈하하하하하하…… 아니?! 왜 이러지? 왜 안 움직이는 거냐?! 전에는 아무 문제 없이 움직였는데……!〉

스피커에서 당황한 듯한 목소리가 흘러나왔다. 영감이 올라탄 용기사(드라군)는 웅크린 채 일어설 생각을 하지 않았다.

그것을 올려다보면서 야에가 한숨을 쉬었고 옆의 에르제는 어깨를 으쓱했다.

"참으로 얼빠진 사람입니다……."

"뭐, 몰랐으니 어쩔 수 없는 거 아닐까?"

〈움직여라! 이 자식! 에에잇! 움직이지 못할까!〉

흘러나오는 목소리를 들으면서 나는 용기사(드라군)를 기어올라, 콕핏 해치 옆에 있는 수동 개폐 락을 해제한 뒤 레버를 당겼다.

푸슛, 하고 공기가 빠져나가는 소리와 함께 아주 간단히 용기사(드라군)의 콕핏 해치가 열렸다.

"히익?!"

"미안하지만, 이거 만든 사람이 나야. 즉, 이 고렘의 원래 마스터는 나라는 거지."

정확하게 말하면 만든 사람은 박사와 로제타 일행이지만.

프레임 기어에는 이럴 때를 위해 긴급 정지 시스템이 장비되어 있었다. 이런 것을 제대로 마련해 놓지 않으면 다른 나라에 절대 빌려줄 수 없을 테니까.

"우햐, 아아아아아?!"

【레비테이션】으로 콕핏에서 모록 의장을 끌어냈다. 당황해 공중에서 발버둥 치며 필사적으로 나에게서 벗어나려고 했지만, 쓸데없는 짓이다. 내가 그대로 의장을 바닥에 내리자 기둥 그림자에서 제로릭 경이 이쪽으로 다가왔다.

"오, 오오! 제로릭 경! 이 녀석을 베어 버리게! 신제국에 대항하는 부정한 자네!"

"그렇게는 할 수 없습니다."

"뭐, 뭣이라?!"

"지금 리스틴 전하가 인질로 잡혀 있습니다. 그러니 저는 아무것도 할 수 없습니다. 죄송합니다, 의장님."

태연하게 잘 말했네. 인질을 잡힌 상태라고 멋지게 얼버무렸다.

"이, 이 자식! 나와 그 도움이 되지 않는 황자, 어느 쪽이 나라에 있어 중요한지 그런 것도 모르나?! 멍청한 자식! 너도 반역죄로 처형해서."

"조금 조용해 봐."

"크윽?!"

에르제가 손날로 가볍게 목덜미를 쳐서 의장을 조용하게 만들었다. 듣고 있으려니 불쾌했는데, 나이스다.

반역죄라니, 무슨 자격이 있다고 그런 소릴 하는 건지. 이 나라도 이런 사람이 위세를 부려서야 앞으로가 큰일이다.

제로릭 경을 동정하듯이 바라보는데, 시선의 뒤쪽에 있던 【프리즌】이 쨍그랑! 하는 소리와 함께 깨지며 안에서 엔데가 구르는 듯한 모습으로 뛰쳐나왔다.

"아니?!"

말도 안 돼?! 신기를 담지 않았다고는 해도 그 정도 강도라면 평범한 공격으로는 깨지지 않을 텐데……?!

엔데는 단검이라고 하기에는 길고, 장검이라고 하기에는 짧은 검을 양손에 하나씩 쥐고 있었다. 쇼트소드인가? 저런 걸 숨기고 있었단 말이야? 그런데 저건…….

잇달아 공격해 오는 두 개의 검끝을 피하면서 엔데의 눈앞에 마법을 전개했다.

"【오너라 뇌빙(雷氷), 백뢰(百雷)의 빙무(氷霧), 볼틱미스트】!"

"으윽!"

갑자기 나타난 안개가 앞으로 내민 오른손을 감싸자 엔데는 감전되어 쇼트소드를 떨어뜨렸다. 내가 곧장 그것을 주워 후퇴한 뒤, 손안의 검을 확인했다. ……역시나.

그 쇼트소드에서는 신기(神氣)가 피어올랐다. 이건 신기(神器)…… 신이 만든 무기다.

"이 녀석, 어디서 이런 걸 손에 넣은 거지……?"

신기(神器)란 신이 지상에서 태어난 사신이나 악신, 또는 그 권속을 멸망시키기 위해 사람들에게 주는 마지막 희망. 용사 등이 신의 대리인으로서 그것을 휘둘러 전설의 무기로 신화 등에 남게 된다.

하지만 신기도 자칫 잘못하면 사신의 못자리가 되기 때문에 볼일이 끝나면 파괴하거나 회수되는데, 복제품과 바꿔치기 되었다고 그랬던가?

"하앗!"

왼손에 남은 쇼트소드를 엔데가 앞으로 뻗었다. 큭……! 아~

진짜. 이 녀석, 성가시게! 이제 그만 제정신으로 돌아와!

"【액셀 부스트】!"

나는 최대 가속 마법으로 순식간에 엔데의 품에 파고들었다.

"아니?!"

"나쁘게 생각 마. 유미나에게 너를 한 방 때리고 와 달라고 부탁을 받았거든."

가차 없이 뺨에 강력한 한 대를 날리고, 나는 그대로 배에 어퍼컷 같은 주먹을 날렸다.

"푸어어억?!"

"잠깐 자고 있어."

배를 부여잡고 고꾸라진 엔데의 목덜미에 손날을 날렸다. 녀석은 손에 든 신기를 떨어뜨리고 그 자리에서 머리부터 쓰러졌다.

"꽤 강력하게 밀어붙이셨군요."

"봐주고 할 상황이 아니었으니까."

참 나, 완벽하게 이용이나 당하고. 기억을 잃었다고는 하지만 쉽사리 속아 넘어가서는.

두 개의 신기를 주워 【스토리지】에 던져 넣고 엔데를 다시 【프리즌】에 가뒀다. 기억의 부활은 나중으로 미뤄 두자. 귀찮으니까.

엔데가 들어간 【프리즌】을 주사위 크기 정도까지 작게 해 주머니에 넣었다.

【스토리지】와는 달리 시간 동결은 불가능하므로 너무 오랫동안 가둬 두면 화장실에도 못 가서 큰일이다. 어서 볼일을 끝내 버리자.

움직이지 못하고 있는 의장도 마찬가지로 【프리즌】에 가두고 제로릭 경의 안내를 받아 황제가 있는 황궁으로 향해 갔다. 물론 용기사(드라군)도 회수해 두었다.

이렇게 소동을 일으켰으니, 주변의 구경꾼이나 경비병이 모이는 것은 당연한 일이다. 하지만 그 전에 우리는 【인비저블】로 모습을 지우고 빠른 걸음으로 황궁으로 침입해 들어갔다. 원래라면 이곳에 들어가는 것도 원로원의 허가가 필요하다고 한다.

황궁 안은 황제의 거처라기에는 소박하다고 해야 할지 수수하다고 해야 할지…… 조금 전의 원로원 의사당과 비교하면 무척 뒤떨어지는 것처럼 보였다.

경비 기사나 고렘도 적은 걸 보면 이곳의 황제는 정말로 힘이 없는 모양이었다. 도를 넘게 화려해도 그건 그거대로 문제가 있을 것 같긴 하지만 말이지.

"폐하!"

제로릭 경이 복도의 막다른 곳에 있던 방문을 열자 집무실 같은 방에서 책을 읽고 있던 50대 남성이 놀라 고개를 들었다.

둥근 안경을 쓴 흰머리 흰 수염의 그 남성은 무인이라기보다는 문관 같다는 이미지가 강했다. 이 사람이 토리하란의 황제인가. 별로 위엄이 안 느껴지네. 친해지기 쉬운 분위기이긴 하지만.

뭐지? 놀라서 두리번거리며 주변을 바라보는데……. 아, 【인비저블】을 해제하는 걸 깜빡했구나.

갑자기 모습을 드러낸 우리를 보고 다시 황제 폐하가 깜짝 놀라 하마터면 의자에서 떨어질 뻔했다.

"우오옷?! 아니, 제, 제로릭 경인가?! 자, 자네는 프리물라의 레벤이 있었을 텐데……."

"긴급한 판단을 해 주십사, 무례한 줄 알면서도 찾아뵈었습니다. 신제국의 운명이 달린 용건입니다."

딱 보기에도 눈을 껌뻑거리며 뭐가 뭔지 모르겠다는 표정의 황제 폐하에게, 제로릭 경이 리스티스에게 받은 편지를 내밀며 처음부터 설명하기 시작했다.

처음에는 난처한 표정을 지었던 황제 폐하였지만, 내가 【프리즌】에서 움직이지 못하고 있는 의장을 꺼내 바닥에 내려놓자, 이번엔 진지한 눈으로 제로릭 경의 이야기를 듣기 시작했다.

"그렇군……. 확실히 우리 나라에 있어 중요한 안건인 듯하네. 여봐라! 루페우스를 불러라!"

황제 폐하가 명령하자, 방의 입구에 있던 기사 한 명이 어딘가로 달려갔다.

옆에 서 있던 제로릭 경에게 일단 물어보았다.

"루페우스라니요?"

"우리 나라의 황태자 전하입니다."

그렇다는 건 리스티스 황녀의 오빠인가. 황제 폐하마저도 이런 취급이니, 황태자가 어떤 취급을 받고 있을지도 짐작이 가긴 하지만.

이윽고 조금 전에 나갔던 기사가 황태자로 보이는 젊은이 한 명을 데리고 돌아왔다.

리스티스와 같은 금발로 나이는 20대 초반…… 꽃미남이긴 했지만, 황제 폐하와 마찬가지로 안경을 쓰고 있어 조금 인텔리 같은 분위기를 풍겼다. 절대로 검을 들고 전선에 나설 타입이 아니었다.

방에 들어온 황태자 전하는 일단 바닥에 굴러다니던 원로원 의장을 보고 깜짝 놀랐지만, 황제 폐하와 제로릭 경의 이야기를 듣자, 어딘가 모르게 점점 눈빛이 바뀌어 갔다.

"아버지! 이건 둘도 없는 호기입니다! 지금이야말로 원로원을 해체하고, 신제국의 질서를 되찾을 때! 이 사람을 따라 프리물라와의 전쟁을 회피하는 것이야말로, 국민의 안녕을 되찾는 일이 될 겁니다!"

"그, 그래. 그런가? 그렇겠군."

황제 폐하까지 어딘가 살짝 움찔할 정도로, 엄청난 열변을 토하네…….

그러고 보니 이 황태자는 이곳에 굴러다니는 원로원 의장의 딸과 약혼을 할 수밖에 없었다고 했지? 성격 나쁜 노처녀라고 들었는데…… 어지간히도 싫었던 건가?

나중에 들어 보니 40을 넘은 데다 비틀린 나쁜 성격의 아줌마로, 가면 같은 두꺼운 화장을 하고 다닌다고 한다. 황태자가 필사적이 되는 것도 이해가 되었다.

이 나라의 결정권을 쥐고 있던 곳은 원로원이었지만, 나라를 운영하는 것은 그들이 아니었다. 원로원을 부숴 버려도 어느 정도의 혼란은 있을 테지만, 이윽고 또 정상적으로 기능하게 되겠지.

원로원은 황제를 언제든 바꿀 수 있는 장기 말이라고 본 듯하지만, 그들 또한 마찬가지 입장이었다. 남의 일이 아니었다는 거구나…….

"알겠다. 그럼 루페우스는 근위대와 고렘을 데리고 원로원 의장의 저택을 철저하게 수색하라. 아무렇게나 국가 예산을 탕진한 증거는 산더미처럼 많이 있을 거다. 제로릭 경은 군을 철수하라. 프리물라 국왕과 화평을 맺겠다."

"이건 어떻게 할까요?"

나는 패럴라이즈로 마비된 의장님을 가리켰다.

"순서는 반대지만…… 증거가 발견될 때까지 지하 감옥에 넣어 두지."

그러네. 원래라면 증거가 발견된 다음에 지하 감옥에 가둬야 하는데. 이 부분만 들으면 누명을 씌운 것처럼 들리기도 한다. 확실히 죄를 지었는데도 말이지.

이렇게 된 이상 다른 원로원 의원들도 그냥은 넘어가 줄 수 없을 테지만, 지금까지 전횡을 일삼은 벌을 받는 거라고 생각하고 벌을 받아들일 수밖에 없다.

루페우스 황태자는 빠른 걸음으로 의장의 저택을 향해 갔다. 상당한 울분이 쌓인 것처럼 보인다. 그 마음을 모르는 것은 아니지만.

우리는 황제 폐하가 프리물라 왕국에 보내기 위해 써 준 친서를 받아들고, 제로릭 경과 함께 일단 전쟁터가 된 레벤 신제국 막사로 전이했다.

제로릭 경이 곧장 군의 철수를 명령하였지만, 일부 원로원을 지지하는 귀족들이 불평하기 시작했다. 아무래도 전쟁으로 약탈물을 얻을 것이라고 기대하고 있었던 듯하다.

하지만 맡아 두고 있던 황제의 칙서를 보여 주고 원로원이 해체되었다는 말을 해 주자, 얼굴이 새파래져서는 그 뒤로는 아무 말도 하지 않았다.

이 녀석들, 뭔가 뒤가 켕기는 일을 했구나? 뒷배가 되어 줘야 할 원로원이 사라졌다는 걸 알고 당황하는 걸 보니. 그런 거야, 제로릭 경에게도 훤히 다 꿰뚫어 보고 있는 듯하지만.

철저히 철수할 것을 명령한 뒤, 이번에는 프리물라 왕성으로 날아갔다.

프리물라 국왕에게 토리하란 신제국 황제의 친서를 전달해 전쟁이 종결되었다고 알리자, 모두 다 할 말을 잊은 듯이 멍한 표정을 지었다.

당연한가. 내가 이 나라에 나타난 지 여섯 시간도 지나지 않았으니. 그렇게 짧은 시간에 두 나라가 위태로운 상황을 벗어나게 했으니까.

"뭐라고 인사를 하면 좋을지 모르겠군……."

"신경 쓰지 마세요. 제가 이쪽 세계에 온 것도 국왕 폐하의 선조가 만든 전이 장치 덕분이니까요. 감사하시려면 그쪽 분에게 하시죠."

모두 일이 정리되어, 감금되어 있던 리스티스가 있는 곳으로 갔다. 방으로 들어온 나와 프리물라 국왕 그리고 제로릭 경을 보더니, 리스티스는 안도의 표정을 지으며 우리가 있는 쪽으로 달려왔다.

제로릭 경이 신제국에서 있었던 일을 직접 이야기했다.

"그런가! 전쟁이 멈추었나!"

"네. 원로원은 해체되고 의장도 붙잡혔으니, 신제국은 새로운 시대를 맞게 될 것입니다."

제로릭 경의 말을 듣고 크게 기뻐하는 리스티스. 이것으로 겨우 리스티스도 가짜 모습에서 해방되었다.

에르제 일행도 서로 얼굴을 마주 보며 미소 지었다.

"전쟁이 벌어지지 않아 정말 다행이야."

"생각보다 꽤 쉽사리 일이 정리되었네요."

"일단은 경사라고 봐도, 되겠지요?"

하지만 내 마음은 무거웠다. 일단 프리물라 쪽은 해결했지만…….

"이쪽은 여러모로 문제가 산적해 있으니……."

주머니에서 꺼낸 엔데가 들어가 있는 【프리즌】을 바라보며, 나는 무심코 한숨을 내쉬었다.

프리물라 왕국과 토리하란 신제국의 전쟁은 양국이 평화조약을 맺어 종결되었다.

그 이외의 것은 양국 간의 문제이니 나는 기본적으로 참견하지 않았다. 물론 리스티스 황녀는 곧장 신제국 쪽으로 무사히 돌려줬다.

신제국 쪽은 어느 정도 반항이 있긴 했지만, 원로원이 해체되고 대부분의 의원이 체포되는 것과 동시에 귀족의 지위와 재산을 잃었다.

의장을 포함해 의원들에게는 어떠한 형벌이 내려지겠지만 솔직히 흥미는 없었다.

양국이 모두 감사하여 일단은 이쪽 세계의 권력자와 연줄이 생겼으니, 나로서는 당초의 목적을 달성했다고 할 수 있었다.

물론 변이종이 공격해 왔을 때의 대책이라고 하기엔 아직 근본적인 해결이 되지는 않았지만.

이번에는 이쯤 해 두고, 일단 앞쪽 세계로 돌아가려고 했을 때 한 가지 문제가 생겼다.

"그러니까~! 데리고 가 줘~!"

"뭐……?!"

에르카 기사가 앞쪽 세계로 데리고 가 달라고 떼를 쓰기 시작한 것이다. 부탁이니까 다리에 들러붙지 좀 말아 줘. 주변에 있는 에르제 일행과 프리물라 사람들의 눈이 무섭잖아!

"토야, 이 사람의 지식은 여러모로 우리에게 도움이 돼. 도와줬으면 하는 것도 있으니, 데리고 가도 괜찮지 않을까?"

"레지나, 바로 그거야!"

척억! 하고 박사를 가리키는 에르카 기사. 아니, 그럴지도 모르지만, 성가신 일이 늘어날 것 같은데……. 이 사람, 틀림없이 성격에 문제가 있을 테니까.

펜릴도 따라온다면 어느 정도 안심할 수 있을지도 모르지만.

"애초에 데리고 가다니, '바빌론' 에 말이야?"

"지상이면 기밀이 새어나가지 않을 거란 보장이 없으니까. 어차피 '연구소' 나 '공방' 에 틀어박혀 있게 될 거야."

으~음……. 이 사람의 협력을 받아 강력한 고렘을 제작하고 프레임 기어를 개량한다면, 앞으로의 싸움에 확실히 도움이 된다.

힐끔, 하고 에르제 일행을 쳐다보았다.

"괜찮지 않을까? 많은 도움을 받을 수 있을 것 같으니까."
"그래, 모두가 그렇게 말한다면……."
"야호~! 다른 세계에 가다니~! 해냈어, 펜릴!!"
〈잘됐구나, 마스터.〉
펜릴의 앞다리를 잡고 일으킨 에르카 기사가 빙글빙글 돌며 춤추는 모습을 보니, 일말의 불안감이 느껴지는 것도 사실이었지만, 뭐, 어떻게든 될 테지.
"다른 세계라……. 토야, 나도 언젠가 데리고 가 줄 수 있겠는가? 선조님의 세계에."
"언젠가는 꼭 안내해 드리겠습니다. 폐하와 똑같은 파레리우스라는 이름을 지닌 분과 만나게 해 드릴게요. 상당한 미인이세요."
"그것참 기대되는군."
웃으면서 프리물라 국왕과 나는 악수를 하였다. 조만간 또 오겠다고 약속한 뒤 무슨 일이 있으면 드래크리프섬의 은룡을 찾아가라고 말해 두었다.
일단 그곳의 용들에게는 공격당하지 않는 한, 인간을 습격하지 말라고 명령해 두었다. 인간의 언어는 말할 수 없지만, 이해할 수 있는 용도 많으니 내 이름과 목적을 알리면 시로가네와 만나게 해 주겠지.
"그럼, 다음에 뵙죠."
"그래. 이번에는 정말로 많은 신세를 졌네. 고마워."

국왕 폐하의 목소리를 들으면서 우리 여섯 명과 한 마리는 【게이트】를 지나 드래크리프섬으로 간 다음, 그곳에서 차원문을 사용해 앞쪽 세계의 바빌론 공중 정원으로 귀환했다.

그곳에서 일단 에르카 기사에게 기다리라고 해 두고, 나는 지상에서 유미나 일행을 데리고 왔다. 아마 별문제 없을 거라고 생각하지만, 혹시 모르니까.

유미나의 마안으로 에르카 기사에게 악의가 없다는 것이 확인되어서, 나는 박사에게 바빌론 안내를 부탁했다. 두리번거리며 주변을 둘러보고는 우리 박사에게 이런저런 질문을 하며 두 명과 한 마리는 멀어져 갔다.

배고파~라고 하면서 에르제 일행도 지상으로 이동했다. 나도 뭔가 먹을까 하고 걷는데 유미나가 쭈욱 소매를 잡아당겼다.

"토야 오빠, 설마하니, 저분은 열 번째의……."

"아냐! 기술 스태프로 받아들였을 뿐이야!"

"그런가요?"

생긋 웃는 유미나. 순간적으로 엄청난 위압감을 받았다……. 아니, 정말로 늘릴 생각은 없어.

그런 주제에 내연 관계의 애인은 인정한다는 생각은 잘 이해되지 않지만, 그쪽도 늘릴 생각은 없다.

유미나를 비롯한 약혼자들이 말하길, 박사를 포함한 바빌론 넘버즈는 모두 애인 포지션이라는 모양이지만. 그건가? 자녀가 태어나지 않으니 OK다, 뭐 그런 건가?

"앗, 그렇지. 저편 세계에서 엔데랑 만났어. 그 바보, 기억을 잃어 세뇌되어 있더라고."

"엔데 씨가요? 그래서 어떻게 됐나요?"

"응? 약속대로 한 방 때려 주고 데리고 왔는데."

엔데를 가둔 주사위 크기의 【프리즌】을 주머니에서 꺼내 정원 잔디 위에 내던졌다.

"'해방(릴리스)'."

내가 그렇게 말하자 【프리즌】이 깨지며 쓰러진 엔데가 그 자리에 나타났다.

다음 순간, 그 엔데가 갑자기 일어서더니 손을 뻗어 유미나를 붙잡으려 했다.

"커헉!"

"꺄……!"

이 자식……! 나는 유미나를 향해 뻗은 엔데의 손을 잡은 뒤, 잡아당겨 힘껏 업어치기를 날렸다. 등을 강하게 부딪친 바보에게 나는 그대로 【패럴라이즈】를 먹였다.

"크헉!"

나는 축 늘어져 움직이지 않게 된 엔데의 손을 놓았다.

"정신을 차리고 있었단 말이야? 【프리즌】은 이런 점이 난점이란 말이지……."

시간은 평범하게 흐르니 안에서 의식을 되찾은 거겠지. 그리고 탈출 기회를 엿보고 있었던 것인지도 모른다.

그런데 이 녀석, 유미나를 습격하려고 할 줄이야. 두세 방 더 때려 둘까?

"착란을 일으켰나 봐요."

"아~ 그럴 거야. 기억이 뒤죽박죽된 모양이니까. 일단 메르가 있는 곳으로 데려가 기억을 되찾게 해 주자."

일일이 공격을 당하는 것도 성가시니까.

【레비테이션】으로 마비된 엔데를 공중에 띄우고, 우리는 바빌론의【성벽】으로 갔다.

메르를 연금해 둔 방에 도착해 나는 축 늘어진 엔데를 내려 주었다.

"엔데뮤온?!"

그때까지 허물 같았던 프레이즈의 '왕'인 메르가 다급히 달려와 엔데를 안아 올렸다.

"너무해……. 누가 이런 짓을……!"

"아~……. 이렇게 만든 사람은 나지만, 자, 잠깐만! 그런 눈으로 보지 마! 설명할 테니까! 그 녀석, 기억을 잃었는지 우리를 습격했거든요. 그래서 움직이지 못하게 조치한 거예요. 정당방위라고요!"

눈물을 글썽이며 비난하듯 노려보아서 나는 어쩔 수 없었다고 빠르게 설명했다. 어느 정도 과잉 방어였다는 것은 부정할 수 없었지만.

"기억을……?"

"듣기론 죽을 뻔했다는 모양이야. 그게 원인이 되어 기억을 잃었는데, 나쁜 녀석이 이상한 기억을 각인시켜서 뭔가 나를 적으로 인식하더라고. 참고로 너는 조금 기억하고 있는 모양이지만."

"……알겠습니다. 그럼 곧장 치료하겠습니다."

"어?"

무심코 그런 목소리가 나온 나를 그대로 무시한 채, 메르는 양손 손가락에서 파킥파킥 하고 결정 촉수를 뻗었다. 마치 유리 장미 넝쿨처럼 뻗은 촉수 열 개가 엔데의 목 이곳저곳에 고정되었다.

"엔데뮤온의 기억을 불러일으키겠습니다. 조금 귀에 거슬리는 소리가 날지도 모르니 조심해 주세요."

그렇게 말하자마자 메르의 양손에서 날카롭고 높은 소리가 공명하기 시작했다. 귀에 거슬리는 소리를 몇십 배로 늘린 듯한 소리를 참을 수 없어 나와 유미나는 【프리즌】 밖으로 대피한 뒤 소리를 차단했다.

"치료한다고 했는데요……."

"내 【리콜】과 같은 능력을 지니고 있을지도 몰라. 아마 엔데의 정신에 직접 간섭해, 기억을 불러일으키려고 하는 거겠지."

무심코 뇌를 전자레인지에 집어넣은 듯한 이미지가 떠올랐다. ……폭발하는 건 아니겠지?

이윽고 【프리즌】 안의 메르가 고개를 돌리더니 이쪽을 곤란한 듯한 눈으로 쳐다보았다. 응? 무슨 일이 있었나?

【프리즌】 안에 다시 우리가 들어가자, 메르가 다급히 말을 걸었다.

"저어, 아마 원래대로 돌아갔을 테지만, 눈을 움직일 뿐 반응을……."

곤란해하는 메르의 무릎 위에서 엔데가 나를 비난하는 듯한 시선으로 바라보았다.

"앗, 【패럴라이즈】 때문인가?"

잊고 있었어. 그러니 못 움직일 수밖에.

엔데에게 다가가 나는 【리커버리】를 걸었다. 일단 또 날뛸지도 몰라 다시 【패럴라이즈】를 발동할 수 있는 상태를 유지해 두었지만.

이윽고 엔데는 천천히 메르의 뺨에 손을 뻗어 부드럽게 쓰다듬으며 미소 지었다.

"……여어, 메르. 오랜만이야."

"엔데뮤온……!"

메르가 엔데를 껴안았다. 아무래도 성공한 모양이었다. 일단은 안심인가.

"기억이 돌아온 모양이네."

"덕분에……. 하지만 기억을 잃었을 때의 일도 확실히 기억하고 있어……. 날 엄청 때린 것 같던데, 토야."

"그건 네가 나빴던 거지. 네 책임이야."

독설을 할 수 있게 됐을 정도면 괜찮겠구나. 껴안고 있는 메르의 어깨 너머로 눈썹을 찌푸린 엔데를 보면서 나는 그렇게 생각했다.

"그런데 왜 메르가 이런 곳에 있는 거야? 네가 납치해 왔어?"

"납치해 왔다니, 큰일 날 소릴. 납치가 아니라 보호야. 프레이즈들이 모여들지 못하도록 해 둔 거지. 이 안이라면 많은 것들로부터 격리할 수 있으니, 틀림없이 안전해."

이쪽에서도 유괴범인가. 한순간 험악해졌던 엔데의 시선을 보고 똑 부러지게 아니라고 대답해 두었다. 섭섭하잖아.

서로 노려보는 우리 사이에 스읏 유미나가 끼어들었다.

"일단 엔데 씨도 메르 씨도 서로 지금까지의 일이나 앞으로의 일을 이야기해 보시는 게 어떠신가요? 저희는 자리를 비켜 드릴게요."

"어? 잠깐만. 유미나?"

유미나는 쭉쭉 등을 떠밀며 나를 【프리즌】 너머 방문 밖의 복도로 내쫓았다. 왜 그래?

"안 되죠, 토야 오빠. 서로 떨어져 있던 연인이 오랜 시간을 거쳐 드디어 재회한 거잖아요? 더 배려해 줘야죠."

"……아, 그런 거였어?"

유미나는 동정 반, 호기심 반의 표정을 지으며 나에게 설명해 주었다. 너무 둔해서 미안합니다.

물론 그 마음을 모르는 것은 아니다.

"'남의 사랑을 방해하는 녀석은 말에게 걷어차여 죽어 버려라' 같은 건가?"

"그게 뭔가요?"

"내가 원래 있던 세계에 전해 오는 말이야. 다른 사람의 연애를 방해하는 사람은 눈치가 없어도 너무 없으니, 그런 녀석은 말에게 차여 죽을 수도 있다, 라는 의미."

말에게 차여도 죽지 않는 몸이 되어 버렸지만, 굳이 나서서 차이고 싶지는 않다. 엔데에게는 묻고 싶은 것도 산더미처럼 많지만, 지금은 유미나의 체면을 세워 줄까.

어차피 그 【프리즌】에서는 탈출할 수 없으니까. 신기(神器)도 빼앗았고 말이야.

우리는 함께 엔데 일행이 있는 방 앞에서 떠나갔다.

"자아, 알고 있는 것을 불어 보실까?"

탕, 하고 책상을 두드리며 나는 정면에 앉아 있는 엔데를 노려보았다. 어둑어둑한 방 안, 책상 위에 있는 빛 마법을 걸어 놓은 스탠드가 엔데의 옆얼굴을 비췄다.

"고향의 계신 어머니가 우시잖아. ……돈가스 덮밥 먹을래?"

"……토야가 뭘 하고 싶은 건지는 모르겠지만, 배는 고프니 주면 먹을게."

응, 살짝 장난을 좀 쳐 봤다. 심문이라고 하면 이런 게 정석이다 싶어서.

메이드 차림의 셰스카가 그릇에 돈가스 덮밥 세 개를 가지고 왔다. 나와 엔데, 그리고 일단 메르 몫까지.

"저도요?"

"프레이즈에게는 필요 없을지 모르지만, 기껏 만들었으니 먹어 봐. 남겨도 되니까."

난처해진 메르가 엔데를 바라보았지만, 엔데가 젓가락을 들고 먹기 시작하자 메르도 더듬더듬 젓가락을 사용하여 돈가스 덮밥의 고개를 입에 넣었다.

"?!"

눈을 번쩍 뜬 메르가 덥석덥석 돈가스 덮밥을 열중해서 먹기 시작했다. 아무래도 마음에 든 모양이었다.

"그러고 보니 지배종은 음식을 먹지 않아도 괜찮았던가?"

"프레이즈는 원래 적은 빛과 마력만 있으면 활동할 수 있으니까. 먹는다는 행동을 그다지 경험해 보지 못한 거야. 리세는 꽤 먹는 것에 집착하고 있지만."

"그렇지, 그 리세라는 아이는 어디 갔어? 같이 행동했었잖아?"

"그 이야기도 나중에 해 줄게. 일단 지금은 먹자."

그래. 식기 전에 먹자. 맛있네. 이걸 만든 사람은 클레아 씨인가? 아니면 루? 레굴루스의 공주인데, 그 아이의 요리 수준도 꽤 올라가서 거의 본업 수준이 되어 가고 있으니까.

돈가스 덮밥을 다 먹고 (메르는 아직 더 먹고 싶은 눈치였지만) 일단 엔데의 이야기를 들어 보기로 했다.

"토야도 알고 있잖아? 황금 프레이즈에 대해서."

"변이종 말이야?"

"변이종……. 그래, 확실히 그건 갑자기 변이한 종류야. 이 세계에 온 프레이즈들은 현재, 두 개의 세력으로 나뉘고 말았어. 네이가 이끄는 '왕' 재흥파와 유라가 이끄는 개혁파지. 유라가 어딘가에서 손에 넣은 힘으로 프레이즈는 새로운 생명체로 다시 태어날 수 있게 됐어."

네이는 전에 딱 한 번 만난 적이 있는 여성형 지배종이고, 유라는 그 기분 나쁜 지배종인가? 무슨 생각을 하는지 알 수 없는 어두운 눈이었는데……. 그 녀석이 사신의 힘을 손에 넣었었지?

"유라의 힘을 확인하려고 차원의 틈새에 있는 그 녀석들에게 갔었는데 쌍둥이 지배종…… 레트와 루트라고 하는데, 그 녀석들에게 당했어. 부끄럽지만 꼼짝도 못 하고 당했지. 이전에는 그렇게 강한 전투력을 지닌 녀석들이 아니었는데, 변이종으로 다시 태어난 녀석들은 엄청난 힘을 가지고 있었어. 나는 도망치는 것만으로도 힘에 부칠 정도였지."

"또 지배종이 있었단 말이야……? 그것도 변이종이 됐다니……."

"그 힘은 비정상적이야. 나는 다양한 세계를 건너다녔기 때문에 잘 알아. 그건…… 신의 힘. 세계를 만든 절대적인 존재의 힘이었어."

"아니, 정확하게 말하면 달라. 그건 사신의 힘이야. 결코 신의 힘은 아닌 거지. 지상에서 태어난 신이랑 비슷한 존재의 힘이야."

내 말을 듣고 엔데가 눈을 껌뻑거렸다. 어떻게 그런 걸 알고 있냐고 묻는 듯한 얼굴이었다. 그 얼굴을 보고 나는 살짝 웃고 말았다.

"……나도 전부터 묻고 싶었는데, 토야는 정체가 뭐야? 평범한 인간은 아니지?"

"글쎄……. 음, 가르쳐 줘도 되나?"

나는 알기 쉽게 몸에서 신기를 발하는【신위해방】을 선보였다. 엔데 일행도 이 기척이 뭔지 알아챌 수 있겠지.

의도대로 두 사람 모두 신기를 느끼고는 놀라며 뒷걸음질을 쳤다. 앗, 너무 심했나. 나는 신기를 없애고, 원래 상태로 돌아갔다.

"그, 그 기운은……."

"일단 나도 신이라는 존재에 속하긴 한다나 봐. 지금은 그냥 수습생이지만."

엔데와 메르는 놀란 표정 그대로 얼굴이 굳었다. 음, 당연한가? 그 【신위해방】이라는 것은 상대가 누구든 무작정 '내가 신이다!' 라는 기운을 새겨 버리는 거니까. 나는 아직 카렌 누나에게조차 미치지 못하리라 생각하지만.

"……그럼 무릎을 꿇고 고개를 숙이며 숭배해야 하나……."

"그만둬. 기분 나쁘니까. 말했잖아. 수습생이라고. 아직 정신 신족은 아니야. 평범하게 대해 줘."

엔데는 메르와 시선을 나누더니 서로 고개를 끄덕였다. 아직 조금 긴장하고 있는 듯하지만, 금세 익숙해지겠지.

"그래서? 그 쌍둥이에게 왕창 깨지고 기억을 잃은 거야?"

"왕창 깨지긴……. 그래, 맞는 표현이긴 하지. 그때는 도망치는 데 성공하긴 했다. 단지 이대로는 위험하다고 생각해서 나도 새로운 힘을 손에 넣으려고 생각했지."

"그게 이거?"

나는 【스토리지】에서 엔데가 들고 있던 쇼트소드 두 자루를 꺼냈다. 틀림없이 이건 신기(神器)였고 신의 힘이 깃들어 있었다.

"그 검 두 자루는 이 세계에서 조금 떨어진 다른 세계에 있던 거야. 그 세계에는 사룡(邪龍)인가 뭔가가 날뛰어서 용사인가 뭔가가 이 검을 사용해 그걸 없애 버렸는데, 그 용사의 자손이 대대로 이어받아 오던 걸 내가 잠깐 빌려 왔지."

절도잖아! 아니, 어차피 지상에 계속 두면 사신의 못자리가 되었을 가능성도 있으니, 결과적으로 좋은 일을 한 것인지도 모르지만.

“그런데 그때 그 검을 회수하러 왔다는 수수께끼의 남자를 만났어. ‘이대로 신기가 지상에 있어서는 위험하다.’ 라고 했는데, 나는 또 왕창 깨지고 말았어. 목숨만 겨우 부지해서 전이해 도망쳤는데, 세계를 잘못 들어선 모양이야. 그곳에서 의식을 잃었지. 그 뒤에는 그 의장 할아버지의 명령대로 조종되고 말았어.”

검을 회수한다고? 지상에 있으면 위험해? ……그건 혹시 하급신인가?

잠깐 두 사람에게 기다려 달라고 양해를 구한 뒤, 하느님에게 전화를 걸었다. 이러저러한 일이 있다고 설명을 하자 가볍게 대답이 돌아왔다.

〈아, 그건 무신이네. 상당히 장래성이 있으니 제자로 삼고 싶다고 했지. 아, 검이라면 지상의 다른 사람에게 준다든가 없애지만 않는다면, 토야가 마음대로 해도 상관없네.〉

네, 역시 예측대로~…….

용케도 무신과 싸워 살아남았구나, 이 녀석. 아니, 무사한 건 아닌가. 거의 죽을 뻔했고, 기억을 잃었으니까.

그 사실을 알려 주자 역시 엔데도 겨우 뻣뻣한 웃음을 짓는 것이 최선인 듯했다.

쌍둥이 지배종에게 왕창 깨짐→무신에게 왕창 깨짐→나에

게 왕창깨짐, 이렇게 3연패인가. 조금 동정이 가네……. 엔데도 약한 게 아닌데 말이야.

일단 이 신기는 【스토리지】에 넣어 두었다.

"아무튼 너에 대해서는 잘 알겠어. 그런데 같이 있던 리세라는 지배종은?"

"리세는 네이가 있는 곳으로 보냈어. 이런저런 설명을 하기 위해서. 변이종의 일도 있었고……. 두 사람은 자매거든."

그랬구나. 전혀 안 닮았지만.

하지만 프레이즈 자매라니, 어떻게 된 거지? 그런 것보다 번식 자체가 어떻게 되는지 이해가 안 되는데. 메르가 있는 곳에서 묻기도 그렇고, 이건 그냥 넘어가기로 하자…….

"그런데, 토야는 우리를 어떻게 할 생각이야?"

"글쎄……. 미안하지만 메르는 【프리즌】에서 내보낼 수 없어. 적어도 지금은. 프레이즈가 이 나라를 습격하는 것만큼은 사양하고 싶거든. 엔데는 어떻게 하면 좋을까……."

이 녀석은 우리의 아군이 아니라 메르의 아군이니까. 어떻게 보면 이해하기 쉬운 상대이긴 한데.

"나는 토야가 메르에게 위해를 가하지 않는 한 도와주겠어. 이렇게 된 이상 모든 것을 정리하지 않으면 앞으로 나아갈 수 없으니까."

"나는…… 한 번 더, 네이나 유라와 대화해 보고 싶습니다. 한 번 더, 제대로 마주 보고 이야기를 해서…… 이런 일은 이제 그만두라고 전하고 싶어요. 어려울지도 모르지만……."

고개를 살짝 숙이고 메르가 대답했다. 그런 것이라면 리세의 연락을 기다려야 하려나. 단지, 네이는 둘째치고 그 유라가 이야기를 들을지는 의심이 간다.

"일단은 현상 유지이려나. 미안하지만 당분간 연금 생활을 보내 줘야겠어."

"어이어이, 나도?"

"너는 메르를 혼자 남겨 둔 벌로 여기에 있어. 감시하지는 않을 테니, 마음껏 러브러브해도 돼."

"뭐……?!"

당황하는 엔데와 얼굴을 붉히는 메르를 보면서 나는 방 밖으로 나갔다. 방을 나서기 전에 엔데가 메르의 손을 잡고 있는 모습을 보았다. 침울해 있던 메르의 정신 건강이 조금이라도 회복되었으면 하는데 말이야.

"이야기는 잘 마무리되었습니까?"

거실로 돌아가 보니 야에가 의자에 앉아 기다리고 있었다. 테이블에는 덮밥 그릇이 여러 개 겹쳐져 있었다. 야에, 돈가스 덮밥을 몇 그릇째 먹는 거야…….

"응, 일단은. 잘 되면 프레이즈와는 이제 싸우지 않아도 될 것 같아. 변이종과는 계속 싸워야 할 것 같긴 하지만."

"그건 잘되었군요. 그건 그렇고 이셴의 오라버니께서 편지를 보내셨습니다. 가까운 시일 내에 모로하 형님과 재대결을 하고 싶으니 편의를 봐 달라는 말씀입니다."

재대결? 주타로 씨가? 언제 모로하 누나랑 싸웠었지?

"전의 무술 대회 때입니다. 우승한 오라버니와 형님이 그 후에 싸웠다고 하십니다."

아, 그때인가? 축제 마지막 날, 나는 전날 기라와의 싸움으로 쓰러지는 바람에 계속 잠을 잤었지?

두 사람이 싸운 결과는 두말할 것도 없이 모로하 누나의 압승이었다. 봐주는 일 없는 대결이었다는 모양이다. 승리한 기쁨을 패배의 분함으로 순식간에 떨어뜨리다니, 악마냐. 신이지만.

"주타로 씨에게는 미안하지만, 또 질 거라고 생각해……."

"그건 오라버니도 다 아시고 계실 겁니다. 그렇지만 훈련을 받을 생각이신 거지요."

그렇다면 상관없지만. 긍정적인 사람이라 다행이다. 그것으로 마음이 꺾여서 불량해지면 책임감이 느껴질 테니까.

갑자기 품 안에서 스마트폰이 울렸다. 아, 코사카 씨네. 불길한 예감이…….

"네, 여보세요……."

〈폐하. 슬슬 오늘 해야 할 정무를 봐주시지 않으면 여러모로 지장이 생기는데, 어디 계십니까?〉

"아, 네. 곧 돌아가겠습니다……."

요즘 들어 뒤쪽 세계의 일도 있고 해서 많은 일을 뒤로 미뤄 됐으니. 당분간은 이쪽에서 얌전히 있어야 하려나?

정무라고는 해도 다양한 안건을 결정하는 것뿐이지만. 그러고 보니 모험자 길드의 길드 마스터, 레리샤 씨가 모험자 육성 학교 설립안을 제출했었지?

던전섬을 목표로 브륀힐드에 오는 모험자가 늘었다. 그에 따라 신입이 무리하다가 크게 다치거나, 최악의 경우 죽는 일도 늘어나고 있다. 그것을 막고자 하는 것이다.

살아남기 위한 기술은 배워 두면 손해 볼 일이 없다. 가능한 한 수업료를 싸게 할 생각이긴 하지만.

일단 코사카 씨가 있는 곳으로 가 볼까.

"일하러 다녀오겠습니다~."

"잘 다녀오십시오."

야에의 배웅을 받으며 나는 브륀힐드 성으로 가는 【게이트】를 열었다.

린의 전용기인 그림게르데가 오른쪽 팔에 장비한 개틀링포를 연사했다.

방패를 들고 자세를 잡은 힐다의 지그루네가 그것을 막으며 돌진하려고 했지만, 발밑으로 그레네이드가 발사되어 발걸음이 멈췄다.

〈조금만 버텨 주세요, 힐다 씨!〉

언덕 위에서 루의 발트라우테가 오른쪽 어깨에 있는 대포를 린의 그림게르트를 향해 조준했다.

장거리 사격용 'C유닛'을 장비한 발트라우테. 그 발뒤꿈치의 앵커가 지면에 박히고 대포에서 폭발음과 함께 탄환이 발사되었다.

〈큭!〉

린이 개틀링 사격을 멈추고 회피 행동에 들어갔다. 루가 발사한 탄환은 조금 전까지 그림게르데가 있던 지면을 크게 날려 버렸다.

날아오른 흙먼지가 주변을 뒤덮었다. 그 틈에 힐다의 지그루네가 그림게르데에 다가가 접근 공격을 시도했다. 섬멸전 포격형인 린의 기체는 근거리전에 불리하다.

〈이겼습니다!〉

〈그렇게는 안 됩니다!〉

옆으로 휘두른 검을 외날검 하나가 나타나 받아냈다. 흙먼지 안에서 나타난 것은 야에가 조종하는 슈베르트라이테였다.

힐다가 탄 백병전 중장비형인 지그루네와 야에가 탄 백병전 경장비형 슈베르트라이테는 꽤 비슷한 기체다. 공격 중시인가, 방어 중시인가의 차이밖에 없다.

오렌지색 기사와 보라색 갑옷무사가 몇 번이나 계속 칼을 부딪쳤다.

한편 그 두 사람에게서 거리를 벌린 린의 그림게르데와 루의 발트라우테는 서로 장거리전을 전개하고 있었다.

린의 개틀링포가 회전을 멈췄다. 탄환이 떨어진 것이 아니라, 연속 사용으로 인한 오버히트 때문이었다. 린은 연기가 피어오르는 개틀링포를 오른팔에서 분리했다. 쿨타임을 기다리는 것보다도 방해되는 개틀링포의 포기를 선택한 것이다.

그 타이밍에 루가 장거리 사격용 'C유닛' 을 고속기동용인 'B유닛' 으로 바꾸고, 몸에 장착된 부스터를 이용해 고속 돌격을 시도했다.

린도 서둘러 어깨의 6연장(連裝) 미사일 포트를 열었지만 이미 늦어, 발트라우테가 빼낸 검이 먼저 그림게르데의 가슴을 찔렀다.

〈제법인걸……. 하지만 그냥은 안 져……!〉

그림게르데가 양팔로 벨트라우테의 팔과 목을 제압하고, 검을 관통한 흉부 장갑을 억지로 열었다. 그리고 그곳에서 나타난 2연장 개틀링포가 일제히 불을 뿜었다.

〈앗, 그건, 치사해……!〉

근거리 일제 사격으로 발트라우테가 벌집이 되어 갔다. 검에 찔린 그림게르데도 무너져 양쪽 기체 모두 폭발해 사방으로 흩어졌다.

〈코코노에 진명류 오의, 비연열파(飛燕裂破)!〉

〈레스티아류 검술, 오식(五式) 나선(螺旋)!〉

슈베르트라이테의 외날검과 지그루네의 양날검이 동시에 서로의 콕핏인 흉부를 꿰뚫었다.

〈무승부……입니까…….〉

〈아쉽네요…….〉

두 대가 그 자리에서 내부에서부터 폭발을 일으켜, 산산조각이 나며 사방으로 튀었다. 주변은 뭉게뭉게 연기가 피어올랐고, 전장에는 더는 아무도 남지 않았다…….

〈모의 전투 종료. 양 진영 모두 승자 없음. 무승부. 해치를 개방합니다.〉

푸쉿, 하고 공기가 빠지는 소리가 나며 프레임 유닛의 해치가 열렸다.

바빌론의 거대 모니터에서 시선을 그쪽으로 돌려 보니 네 개의 유닛에서 조금 전에 대전했던 네 명이 밖으로 나와 있었다.

“이게 프레임 기어의 전투야. 시뮬레이션이지만.”

“후오오오오…….”

〈무오오오오…….〉

에르카 기사와 펜릴이 입을 O 자 모양으로 벌리고 흥분해서 목소리를 쥐어 짜냈다.
"수고했어."
프레임 유닛에서 나온 네 명에게 말을 걸었다.
"이것 참, 또 무승부가 되었습니다."
"그러네요."
"저는 이겼다고 생각했는데요……. 설마 저까지 끌어들여 자폭할 줄은……."
"방심은 금물이야. 이겼다고 생각했을 때가 가장 위험하지. 마무리가 아쉬워."
지금처럼 팀을 나누면 무승부가 될 가능성이 크다고 생각했는데, 그렇게나 딱 맞게 무승부가 될 줄이야.
개량해야 할 점을 들자면 그림게르테의 근접전 무기인가. 근접했을 때 무언가 수단이 없으면 꼼짝없이 당할 테니까. 나중에 로제타와 상의해 볼까.
"그런데 저 사람한텐 뭘 돕게 할 생각이야?"
에르카 기사에게 시선을 던지면서, 옆에 있던 박사에게 물었다.
"그건 이쪽의 마법공학을 배운 다음의 일이지만, 일단은 무엇보다도 빨리 만들어야 하는 건 통신 기기야."
"통신 기기?"
"단순한 통신 기기가 아니라, 앞쪽 세계와 뒤쪽 세계가 통신할 수 있는 걸 말하는 거지. 차원문에 사용되고 있는 시공 마법을 이용하면 아마 가능할 거야."

확실히 그렇게 되면 편리해진다. 저편에서 변이종이 나타나도 바로 정보를 얻을 수 있으니까.

"그럼 스마트폰으로도 통신이 가능해지는 건가?"

"일단 그런 방향으로 진행할 생각이야. 중계하는 기지국을 설치하면 못 할 것도 없지. 어느 정도 시간 지연은 생길지도 모르지만."

그렇다면 '홍묘' 의 니아에게도 스마트폰을 건네주는 편이 좋으려나……? 아니, 그 녀석은 부숴 버릴 것 같으니 부수령인 에스트 씨에게 주는 편이 좋을지도 모른다.

"세계가 하나가 되면 중계지가 없어도 연결될 테지만 말이야……."

그렇다고 해서 이 문제를 내버려 둬도 되는 것은 아니다. 유비무환이니 친구가 다녔던 보이스카우트의 구호, '항상 대비하라' 는 말은 새겨 둬야 한다.

'언제 어느 때, 어떠한 장소에서 어떠한 일이 일어나도 대처할 수 있도록, 항상 준비를 게을리 하지 말라.' 였던가?

"그건 맡겨 둘게. 완성하면 알려 줘."

"좋아. 아, 완성하니 생각나는데, 펠젠에서 만들고 있는 마도 열차는 어떻게 됐지?"

"어~ 곧 1호 열차와 2호 열차가 벨파스트와 리프리스에 납품될 예정이라고 하니, 그때 또 연락하겠지."

동쪽의 펠젠에서 서쪽의 두 나라로 열차를 전이해 달라고 부탁을 받았으니까.

동시에 벨파스트, 리프리스의 두 나라 사이를 잇는 선로도 착착 건설되고 있는 듯하다. 흙 속성의 적성을 지닌 마법사들은 아주 인기가 많겠는걸?

벨파스트, 리프리스 사이의 운행이 순조로우면, 이번엔 펠젠이 남쪽의 레스티아와의 사이에 선로를 놓을 예정이라는 모양이다. 그 뒤에는 벨파스트에서 미스미드다.

일단 당분간은 승객을 태우는 여객 열차라기보다는 화물 열차로서 물자의 운행이 주 임무가 되겠지만. 그것으로 국가 간의 수송이 원활해지면 여러모로 편리해질 거라 생각한다.

바빌론에서 지상으로 내려가 곧장 오르바 씨의 스트랜드 상회로 갔다. 성 아랫마을의 일각에 자리 잡은 스트랜드 상회는 이젠 드베르그에서 캡슐토이까지 폭넓은 상품을 취급하는 대상회가 되었다.

가게 앞에 만들어진 놀이 공간에는 오늘도 아이들이 쇠팽이나 켄다마 등의 놀이 도구를 가지고 와서 다 같이 놀고 있었다.

"아, 폐하~! 안녕하세요~!"

"""""안녕하세요~!"""""

한 사람이 가게에 들어가려는 나를 알아채고 인사를 하자, 다른 모두도 평소처럼 일제히 인사를 해 주었다.

"응, 안녕. 다들 힘차 보이네."

나는 【스토리지】에서 알사탕을 꺼내 아이들에게 나눠주고 조금 이야기를 한 뒤 가게 안으로 들어갔다.

아이들이 알려주는 정보도 그냥 무시할 것은 못 된다. 마을의 작은 변화나 부모님의 불만, 어른들의 다양한 소문 등, 참고되는 것들도 있다. 물론 대부분은 잡담 같은 이야기지만.

가게 안으로 들어가자 곧장 오르바 씨가 맞이해 주며 나를 안으로 안내했다.

"마동승용차(에테르 비클)는 어떤가요?"

"네. 각국의 왕가에서 몇 대인가 구매했습니다. 곧 귀족들 사이에도 소문이 퍼질 겁니다."

마동승용차는 꽤 가격이 높은 편이다. 쉽사리 살 수 없는 만큼, 귀족들에게는 일종의 신분 증명 같은 의미로 팔리리라 생각한다.

"마도 열차의 모형은 어떤가요?"

"어느 정도의 숫자는 갖출 수 있으리라 생각합니다. 운행 개시 식전에는 시간에 맞을 겁니다."

마도 열차의 모형은 단순한 완구가 아니라, 진짜 마도 열차의 인지도를 높이기 위한 목적도 있었다.

다른 나라들도 열차를 깔기 원한다면, 토목 작업용으로 개발된 드베르그도 얼마 정도는 판매할 수 있겠지. 펠젠에는 마법사가 많으니 그다지 팔리지 않을지도 모르지만.

그 후, 오르바 씨와 캡슐토이 신작이나 마동승용차의 모형 이야기 등을 한 다음 나는 가게를 떠났다.

그리고 오랜만에 성 아랫마을을 산책했다. 이전보다 더욱 번화해졌고 마을의 크기도 확장되었다. 그만큼 트러블도 많아져 순찰 기사의 출동 횟수도 많아졌다. 현재는 큰 사건은 일어나지 않은 듯하지만.

나선 김에 곧장 마을의 중앙에서 조금 떨어진 곳에 있는 이 나라의 유일한 학교에 얼굴을 내밀자 사쿠라의 어머니이자 학교의 교장 선생님이기도 한 피아나 씨가 마중 나와 주었다.

학교 쪽도 정상적으로 운영되고 있는 듯했다. 설비 중에 부족한 것은 없는지 물어보니 음악 수업 때 사용하는 악기가 없다고 해서 피아노를 선물했다.

지금까지 사쿠라가 노래하거나 소스케 형이 곡을 연주하거나 했지만, 역시 선생님들도 연주할 줄 아는 편이 좋다. 소스케 형이라면 잘 가르쳐 주기도 할 테지. 음악의 신이니까.

겸사겸사 학생들이 사용할 캐스터네츠와 리코더도 선물했다. 이건 음악 시간의 필수품이다.

잠시 피아나 씨와 이야기한 뒤, 물러나려고 밖으로 나가 보니 냥타로가 기다리고 있었다. 뭐지?

"폐하! 부탁이 있습니다냥!"

"제노아스의 마왕 폐하를 출입금지시켜 달라는 건 역시 좀 무리가 있어."

"쳇. 아, 아니, 그게 아니라! 저도 동료가 필요합니다냥!"

"? 있잖아? 온 마을에 잔뜩."

냥타로의 부하 고양이들은 마을 전체가 가득했다. 브륀힐드는 고양이가 많은 성 아랫마을이긴 하지만, 냥타로 덕분에 질서가 잘 잡혀 있어서 인간에게 민폐를 끼치는 일은 거의 없었다.

오히려 인간 쪽이 고양이들에게 민폐를 끼치는 일이 많을 정도다.

"그건 고양이 동료입니다냥! 그게 아니라, 저와 같은 카트시 동료가 필요합니다냥! 한 마리가 모두를 관리하는 것은 무리입니다냥!"

냥타로가 내 다리를 붙들고 늘어졌다. 아파아파, 발톱 세우지 마!

"그런데 네 주인은 사쿠라잖아? 왜 엉뚱하게 나한테 그래?"

"사쿠라 님은 카트시를 정해서 부를 수 없다냥! 그러니 제 친구를 세 마리 정도! 제발, 제발 좀 부탁합니다냥!"

"아아, 진짜. 알았어, 알았으니까 그만해!"

고양이가 무릎을 꿇고 넙죽 엎드린 모습은 처음 봤어. 음, 역시 냥타로 혼자서 온 마을의 고양이들을 관리하기는 어려운 건가. 원래 냥타로는 피아나 씨의 호위 역할이기도 했으니.

"잠깐 기억을 읽을게. 부르고 싶은 카트시를 머릿속에 떠올려 봐."

"알겠습니다냥."

냥타로의 앞다리를 쥐고 이마를 맞댔다. ……다른 사람들이 보면 고양이랑 뭐 하는 거냐고 생각할 만한 장면이다.

머릿속에 카트시 세 마리가 떠올랐다. 오호라, 이 녀석들인가?

학교 운동장에 마법진을 그리고 소환에 필요한 마력을 흘렸다. 이윽고 검은 안개가 떠올랐지만, 다음 순간에 그곳에서 소용돌이가 치며 그것을 단숨에 날려 버렸다.

냥타로 때처럼 그곳에 나타난 세 개의 작은 그림자는 허리에 차고 있던 가느다란 검을 빼내 하늘을 향해 치켜들고 한목소리로 높다랗게 외쳤다.

"""한 사람은 모두를 위해, 모두는 한 사람을 위해!"""

한 마리는 아메리칸 쇼트헤어처럼 의연한 카트시. 또 한 마리는 샴고양이처럼 우아한 카트시. 그리고 마지막 한 마리는 조금 체격이 큰 페르시안 같은 카트시.

각각은 모두 냥타로와 마찬가지로 장화에 깃털이 달린 모자, 장갑, 망토, 레이피어를 갖춘 기사 같은 모습으로 나타났다. 세 마리 모두 고양이 기사인가?

"우리의 주인이시여. 우리에게 이름을 선사해 주십시오."

아메리칸 쇼트헤어인 카트시가 앞으로 나와 무릎을 꿇었다. 어라? 이 녀석은 '냥' 이라는 말을 안 붙이네.

코하쿠의 은혜 덕인지, 나는 짐승 계열 소환수는 조건 없이 계약할 수 있어서 이제는 이름을 붙여 주면 끝이지만…….
음, 그 이름밖에 없으려나?
"너는 아토스. 그쪽이 아라미스. 그리고 너는 포르토스야."
"""알겠습니다."""
아메리칸 쇼트헤어가 아토스, 샴고양이가 아라미스, 페르시안 고양이가 포르토스다.
"얘들아~! 오랜만이다냥~!"
"오오, 너인가. 잘 있었나?"
"당신은 변하지 않은 것 같군요."
"카하하, 여전히 호리호리하구먼. 밥은 잘 먹고 다니나?"
서로 아는 사이라 그런지 금방 화기애애하게 대화를 나눴다.
"일단 너희는 냥타로를 도와줘. 그 외엔 자유롭게 행동해도 좋아."
"""냥타로?"""
"아, 아니다냥! 본명은 달타냥이다냥! 냥타로는 별명이다냥!"
필사적으로 냥타로가 세 마리에게 설명했다. 아, 맞아. 그랬었지.
오랜만에 옛 친구들과 만나서 쌓인 이야기도 많을 것 같아, 나는 한 마리당 은화 한 닢을 하사했다. 이 마을의 술집이라면 냥타로 일행에게도 술을 팔아 준다. 물론 개다래나무 술을.

냥타로는 피아나 씨의 경호가 있어서 내가 먼저 세 마리를 술집으로 데리고 가기로 했다. 길을 기억해야 하니 전이 마법은 사용하지 않기로 했다. 이제 슬슬 저녁이니 술도 팔기 시작하겠지.

마을 사람들은 내가 카트시를 데리고 다니는 데도 냥타로에게 익숙하기 때문인지 별로 놀라지 않았다. 놀라는 쪽은 모두 외부에서 온 여행객들이나 모험자였다.

"꽤 활기가 넘치는 마을이군요."

"마음에 든다니 정말 다행이야."

아토스가 두리번두리번 주변을 주의 깊게 관찰하면서 그런 말을 했다. 아라미스는 담장 위를 걷는 고양이(아마 암컷)에게 활달하게 손을 흔들었고 포르토스는 노점의 닭구이를 침을 흘리며 뚫어지게 바라보았다.

"너희도 냥타로와 마찬가지로 이 성 아랫마을을 있는 듯 없는 듯 잘 지켜 줘. 잘 부탁해."

"""넷!"""

술집에 도착해 안으로 들어가니 곤드레만드레 취한 처음 보는 아저씨 앞에서 스이카가 술을 마시고 있었다. 이 로리 술의 신은 또 술에 절어 있구나……. 돈을 빼앗았으니 못 마실 텐데, 보아하니 술 내기라는 명목으로 한턱내게 했구나?

"아~ 토야 오빠네~ 잘 있지~?"

"그럼, 잘 있지. 앗, 그런 것보다 대체 몇 잔째 마시고 있는 거야…….”

헤롱헤롱이잖아. 테이블에 놓여 있는 빈 병을 보고 카운터에 있는 사장님 쪽으로 시선을 돌리자 노골적으로 시선을 피했다. 정말 좋은 손님을 확보해 뒀구나. 이 녀석만 손님으로 남아 있으면 사장님이 길거리에 나앉을 염려는 없다.

“그쯤 해 둬. 카리나 누나에게 들키기 전에 돌아가자.”

“예엡~ 못 걸으니까 업어 줘.”

이 녀석은 술에 취하는 것도 취하지 않는 것도 자유자재일 텐데, 대부분은 취해 있단 말이지. 마음만 먹으면 당장 맨정신으로 돌아갈 수 있지 않을까? 물론 술에 취하는 걸 즐기는 면도 있겠지만.

이제 와서 그런 점을 추궁해 봐야 아무 소용이 없어서 나는 해 달라는 대로 스이카를 등에 업었다. 정말로 한심한 여동생을 데리고 사는 기분이다.

“사장님, 이 녀석들에게 개다래나무 술을 부탁해요. 나중에 냥타로도 올 테니 잘 부탁합니다.”

“알겠습니다.”

술집 사장님도 브륀힐드의 주민인 만큼 세 마리를 보고도 아무 말 하지 않았다. 익숙함이란 굉장한 거구나.

세 마리를 술집에 남겨 두고, 나는 스이카를 업은 채 성으로 돌아갔다. 【게이트】를 써도 괜찮겠지만, 어쩐지 오늘은 그냥 걸어서 돌아가고 싶은 기분이었다.

해 질 녘의 바람이 기분 좋았다. 가끔은 이런 날도 나쁘지 않나.

"토야 오빠앙……."

"응~?"

"……………………………토할 것 같아……."

"【게이트】!"

정면에 나타난 빛의 문으로 나는 망설임 없이 뛰어들었다. 야, 웃기지 마!

"……우웩@*〆#에엑+☆%에에엑."

"끄아————————————?! 목덜미에다가————?!"

……나는 다시는 술 취한 사람을 업지 않겠다고 다짐했다.

■ 헬름비게

개발자: **레지나 바빌론**
본프레임 개발자: **레지나 바빌론**
정비 책임자: **하이로제타**
관리 책임자: **프레드모니카**
소속: **브륀힐드 공국 공왕 직속**
탑승자: **린제 실레스카**
높이: **16.4미터** 중량: **7.3톤** 탑승 인원: **2명(조종자는 1명)** 메인 컬러: **파랑**
무장: 2연장 라이플, 벌컨포×4, 2연장 그레네이드 런처×2, 날개 부분 블레이드×2

'창고'에서 발견된 신형 프레임 기어의 기본 설계를 바탕으로 만든 린제 전용기. 발큐리아 시리즈 중 하나. 공
전 가변형 프레임 기어.
비행 형태로 변형하여 자유롭게 하늘을 날 수 있는 기체. 주로 공중의 적을 섬멸하기 위해 만들어졌다. 그림게
데와 마찬가지로 무한 장전과 마력 덕에 정탄 포격이 가능하다. 또, 날개 부분을 블레이드로 만들어 적을 벨 수
있다.

개발자: **레지나 바빌론**　　　　본프레임 개발자: **레지나 바빌론**
정비 책임자: **하이로제타**　　　　관리 책임자: **프레드모니카**
소속: **브륀힐드 공국 공왕 직속**　　탑승자: **린**
높이: **17.5미터**　중량: **26.5톤**　탑승 인원: **1명**　메인 컬러: **검정**
무장: 흉부의 4연장 개틀링포×2, 어깨 부분의 6연장 미사일×2, 다리 부분 7연장 미사일×2,
허리 부분 기관포x2, 왼손: 5연장 벌컨포, 오른손: 장착식 암개틀링포

'창고' 에서 발견된 신형 프레임 기어의 기본 설계를 바탕으로 만들어 낸 린 전용기. 발큐리아 시리즈 중 하나. 섬멸전 포격형 프레임 기어.
전이 마법으로 무한 장전이 가능하며, 마력을 이용한 정탄 포격으로 다수의 적을 단숨에 섬멸하는 기체. 공격력은 다른 프레임 기어를 훨씬 능가하지만, 전력으로 일제 사격을 하면 냉각 모드에 들어가고 만다. 오르트린데에 이은 중장갑을 지니고 있지만 움직임은 둔하다.

후기

『이세계는 스마트폰과 함께.』 제14권을 전해 드렸습니다. 즐겁게 읽으셨나요?

빠르게도 어느덧 애니메이션이 끝난 지 1년이 지나려고 합니다. 요즘엔 뭔가 정말로 시간이 순식간에 지나갑니다. 세월은 화살 같군요.

리얼타임으로 보지는 않았지만, DVD를 보고 마음에 들어 원작도 샀습니다! 라는 편지를 받고 매우 기뻤습니다. 애니메이션 덕분에 해외에서도 편지를 받아 감사할 따름입니다. 감사 감격 눈물 펑펑.

대략 이번 권 부근의 이야기에 접어들 무렵에 하비 재팬에서 서적화 이야기를 꺼내 주셨습니다. 그 시점에 13권 분량의 글이 쌓여 있던 셈인데……. 그로부터 4년. 정말 순식간입니다.

이야기는 아직도 한참 계속됩니다. 앞으로도 잘 부탁드립니다.

하지만 이걸 쓰고 있는 현재, 지금은 8월인데…… 실은 더위로 인해 상당히 지쳤습니다.
집에 에어컨은 있지만 침실에는 없어서…… 선풍기로 버티고 있습니다. 그래서 매일 제대로 잠을 자지 못하는 밤을 보내고 있습니다. 자고 일어나면 굉장히 지쳐서 피로합니다. 어서 여름이 끝났으면 좋겠습니다…….
여름은 정말로 싫어해서, 이 시기만 되면 뭘 해도 컨디션이 나빠집니다.
그다지 밖으로 나도는 일이 아니기 때문에 열사병에 걸릴 위험이 적다는 것이 다행이지만요.
이대로는 다른 병으로 또 쓰러질 수 있으니 에어컨이 있는 거실에서 잘까 생각 중입니다. 이번 권이 발매될 9월에는 시원해져 있기를 기대합니다.

자, 14권에 이르러 겨우 존재한다고 냄새만 풍겼던 프레이즈의 '왕'인 메르가 등장했습니다. 앞으로 프레이즈 측도 단순한 적이 아닌 입장으로 토야 일행과 여러모로 얽히게 됩니다. 엔데도 말이죠.
프레이즈라는 위협은 사라지고 싸움은 변이종과 사신 일당으로 옮겨 갑니다. 그렇지만, 이 작품은 그렇게까지 시리어스해지지는 않을 테니 가벼운 마음으로 읽어 주세요.

몇 번이고 반복해서 읽고 싶어서 구매해 주신 분들의 책장에 오래도록 남는 작품이 되었으면 하는 바람입니다. 그렇게 되도록 앞으로도 힘내겠습니다.

아, 참고로 프리물라의 임금님이 이야기한 고대 마법 언어는 적당한 말장난입니다. 대단한 문장은 아니니 읽지 못해도 문제없습니다. 이런 식의 문자를 열거하는 장면은 앞으로도 나오겠지만, 그다지 신경 쓰지 않으셔도 괜찮습니다.

그러니, 이제 감사의 말씀을.

일러스트를 담당해 주신 우사츠카 에이지 선생님, 항상 감사합니다. 계속 캐릭터가 늘어가고 있지만, 부디 잘 부탁드립니다.

메카닉 디자인을 담당해 주신 오가사와라 토모후미 선생님, 바쁘신 가운데에도 디자인을 맡아 주셔서 감사합니다. 메카닉이 더욱 늘어나겠지만, 부디 잘 부탁드립니다.

담당자이신 K 님, 그리고 하비 재팬 편집부 여러분, 이번 책의 출판을 도와주신 여러분, 항상 감사합니다.

그리고 「소설가가 되자」와 본서를 지금까지 읽어 주신 모든 독자 여러분에게 깊이 감사드립니다.

후유하라 파토라

이그리트의 태양왕, 이셴의 왕,
창관(娼館)의 수상한 여주인,
파란색 『왕관』을 보유한 별종 왕자.
하나같이 평범하게는 상대할 수 없는 자들뿐인데……
이세계는 스마트
후유하라 파토라 illustration■우사츠카 에이지

뒤쪽 세계로도 뻗어 간 변이종의 마수.
세계 각국과 더욱 유대를 강화하기 위해
두 개의 세계를 분주히 오가는 토야 일행.
폰과 함께. 15

이세계는 스마트폰과 함께. 14

2019년 07월 15일 제1판 인쇄
2019년 07월 20일 제1판 발행

지음 후유하라 파토라 | **일러스트** 우사츠카 에이지 | **옮김** 문기업

펴낸이 임광순
제작 디자인팀장 오태철
편집부 황건수 · 신채윤 · 이병건 · 이홍재 · 김호민
디자인팀 한혜빈 · 김태원
국제팀 노석진 · 엄태진

펴낸곳 영상출판미디어(주)
등록번호 제 2002-000003호
주소 21311 인천광역시 부평구 평천로 132 (청천동)
전화 032-505-2973(代) | **FAX** 032-505-2982

ISBN 979-11-6466-229-6
ISBN 979-11-319-3897-3 (세트)